二重真相

暴き屋稼業

南　英男
Minami Hideo

文芸社文庫

目次

プロローグ

二つの影が重なった。

若いカップルだった。どちらも二十代の半《なか》ばだろう。

二人は数メートル先の太い樹木の近くで、唇を貪《むさぼ》り合いはじめた。舌を吸い合う音が生々しい。

繁みに身を潜《ひそ》めた中年男は、思わず暗視望遠鏡《ノクトスコープ》を握《にぎ》り直した。

代々木公園内である。十月中旬の夜だった。時刻は十一時近かった。

男は覗《のぞ》きの常習犯だ。中堅精密機器メーカーの社員だった。四十代の後半である。

閑職に追いやられたのは、三年前の夏だ。本人には仕事でミスをした覚えはない。

それだけに、理不尽な人事異動には腹が立った。しかし、辞表を書くだけの勇気はなかった。

新しいセクションは、ほとんど残業の必要がなかった。

男は時間を持て余すようになる。もともと社交下手で、まったくの下戸《げこ》だった。これといった趣味もない。

家庭にも居場所がなかった。口うるさい彼は、妻子に疎《うと》まれていた。分譲マンションは3ＬＤＫで、自分の個室はなかった。

やむなく男は会社の帰りに、夜の公園でぼんやりと数時間を過ごすようになった。哀《かな》しい時間潰《つぶ》しである。

二日目の晩、彼は園内で強烈なシーンを見た。あろうことか、一組の男女が植え込みの陰で全裸で交わっていた。そのカップルに刺激されたのか、近くのベンチに坐《すわ》っていた恋人たちも人目も憚《はばか》らずに痴戯《ちぎ》に耽《ふけ》りだした。

男は翌日から、覗《のぞ》き魔に変身した。

園内には、同好の士が幾人かいた。そんなことで、覗き見の後ろめたさは消し飛んだ。

男は勤め帰りに駅やデパートの手洗いで黒ずくめの服に着替え、せっせと夜の公園や河川敷《かせんしき》に出かけた。

何時間か粘《ねば》れば、たいがい淫《みだ》らな行為を盗み見できる。雪の降りしきる夜に、ベンチで坐位で交わっているカップルさえいた。

暑い季節なら、七、八組の濡《ぬ》れ場を拝める。男は土砂《どしゃ》降《ぶ》りの雨の晩でも、海浜《かいひん》公園や墓地に出向く。カーセックスが行われているからだ。

たっぷり愉《たの》しませてほしいものだ。

男は舌嘗《したな》めずりしながら、戯《たわむ》れている男女の動きを眺《なが》めつづけた。

いつものように、下腹部が熱を孕《はら》みそうだった。喉《のど》の渇《かわ》きも覚えた。

濃厚なキスを交わしているカップルは、ごく普通のサラリーマンとＯＬだろう。特に荒《すさ》んだ印象は与えない。だが、動きは大胆だった。二人は恥じらうふうもなく、互いの性器をまさぐり合っていた。

もっと派手にやってくれ。

男は心の中で、けしかけた。暗い愉悦《ゆえつ》に浸《ひた》っている間は、日頃の憂《う》さを忘れられる。まさに至福《しふく》の刻《とき》だった。

抱き合っていた二人が、いったん離れた。

すぐに女が櫟《くぬぎ》の樹幹《じゅかん》に抱きつき、形のいいヒップを後ろに突き出した。男が女の足《あし》許《もと》にひざまずいて、スカートの裾を大きくはぐる。

女はパンプスを蹴《け》るように脱ぎ捨てた。その動作は速かった。みじんの迷いもうかがえない。

男が手早くパンティーストッキングと真珠色のショーツを一緒に引きずり下《お》ろした。

女は前を向いたまま、器用に片足を抜いた。

暗視望遠鏡《ノクトスコープ》を持った男は生唾《なまつば》を溜《た》め、ぐっと身を乗り出した。いつからか、雄々《おお》しく勃起していた。

若い男がスラックスのファスナーを下げ、猛《たけ》った欲望を摑《つか》み出した。ほとんど同時に女が振り向き、男の腰に片腕を回した。

昂《たか》まったペニスは、ほどなく女の口に含まれた。

その瞬間、若い男が短く呻《うめ》いた。女は狂おしげに舌を使いはじめた。頬がへこんだり、盛り上がったりしている。ひどく煽情的《せんじょうてき》な眺めだ。

男が両手で女の頭を抱え、自ら腰を躍《おど》らせはじめた。荒っぽいイラマチオだった。女は口を小さくすぼめ、時々、喉の奥を軋《きし》ませた。寄せられた眉根《まゆね》が淫猥《いんわい》に映った。

数分経《た》つと、若い男が急に腰を引いた。

昂まりの先端が女の顎《あご》に当たる。どこかコミカルだった。男が弾《はじ》けそうになったことを小声で告げた。

「まだ駄目よ」

女が笑顔で言った。

若い男は屈《かが》み込むと、女を立ち上がらせた。すぐさま彼は、スカートの中に頭を突っ込んだ。女がくすぐったそうに身を捩《よじ》った。

男が息を弾ませながら、舌を閃《ひらめ》かせはじめた。

覗きの常習者には、舌の動きは見えない。それが、かえって猥《みだ》りがわしかった。

女が喘《あえ》ぎ、なまめかしい声を洩《も》らす。中年男はそそられ、灌木《かんぼく》を掻《か》き分けて静かに二人に接近した。

カップルとの距離が縮まった。

女の乱れた息遣《いきづか》いが耳を撲《う》つ。中年男の動悸《どうき》は、にわかに速くなった。

若い男がスカートの中から顔を出し、せっかちに女の向きを変えさせる。女が心得顔で櫟の幹を抱きかかえ、白桃のような尻を高く掲《かか》げた。

若い男が女の背後に立ち、一気に貫《つらぬ》いた。

突き刺すような挿入だった。女が甘やかな声を発し、切なげに腰を振りはじめた。

男はリズムを合わせた。

二人の体は、すっかり馴染《なじ》んでいる様子だ。結合部から、湿った摩擦音が響いてくる。なんともエロティックな音だった。

いつものように、どさくさに紛《まぎ》れて女の体にタッチしてやろう。

覗き魔は、若い男の真後ろに回り込む気になった。這《は》い進みかけたとき、暗がりの奥が急に明るんだ。

電灯の光ではない。

中年男は目を凝《こ》らした。炎だった。かなり大きな炎だ。驚いたカップルが慌《あわ》てて体を離す。

「ね、なんなの？」

女が不安そうな声で若い男に訊《き》いた。

「何かが燃えてるようだな」

「ガソリン臭《くさ》いわ」

「そうだな。それから、髪の毛が焦《こ》げてるような臭《にお》いもする」

「そうね」

「ひょっとしたら、誰かが焼身自殺したのかもしれないぞ」

「なんだか怖いわ。ね、帰ろう?」

「そうするか」

若い男が言いながら、急いで分身をスラックスの中に戻した。

女もショーツとパンティーストッキングを引っ張り上げ、そそくさと靴を履《は》いた。

二人は手を取り合って、公園の出口に向かって走りだした。

「ちぇっ、いいとこだったのに」

中年男は立ち上がり、橙色《だいだいいろ》の炎が上がっている場所まで大股《おおまた》で歩いた。

全身を炎に包まれた若い女性が遊歩道にくの字に倒れていた。そのそばには、空のポリタンクと茶色のハンドバッグが転がっている。

「おい、転がれ! 転がって火を消すんだ」

中年男は暗視望遠鏡《ノクトスコープ》を黒い綿ブルゾンの懐《ふところ》に収め、大声で叫んだ。

しかし、まるで反応がない。火は一段と勢いを強め、大小の炎が躍り上がった。肉の焦げる臭いが、あたりに漂いはじめた。

もう手の施《ほどこ》しようがない。

中年男は短く合掌し、あたふたと繁みの中に隠れた。誰かが走ってくると思ったが、足音はどこからも聞こえてこなかった。

園内には、数十組のカップルがいるはずだ。どうやら誰もが騒ぎに巻き込まれたくないらしい。

どいつもこいつも薄情だ。

覗きの常習犯は懐から旧型の携帯電話を取り出し、やむなく一一〇番した。

「何がありました？」

相手の声は落ち着いていた。

「代々木公園内で、若い女が焼身自殺したようなんです」

「あなたのお名前は？」

「そんなこと、どうでもいいでしょ。それより、早く現場に……」

男は通話終了キーを押し、公園を走り出た。

市民からの通報を受けた警視庁通信指令本部は、ただちに機動捜査隊と所轄の代々木署に連絡を取った。

最初に現場に駆けつけた初動班の捜査員たちが消火器で火を消し止めた。しかし、若い女はすでに半ば炭化していた。所持していた運転免許証から、身許は判明した。死者はフリーのジャーナリストの式場《しきば》恵《めぐみ》、二十六歳だった。

次の日、警察は歯の治療痕から本人と断定した。ポリタンクの把手《とって》からも、恵の指紋が採取されていた。

遺書はなかった。自殺の動機もなさそうだった。検視で扼殺《やくさつ》の疑いもあったことから、遺体は東京都観察医務院で司法解剖された。

その結果、恵の気管支や肺には煤煙《ばいえん》がまったく溜まっていないことが明らかになった。

焼身自殺なら、気管支や肺に煤煙が入っているはずだ。つまり、恵は死んだ後に何者かに焼かれたことになる。

焼身自殺を装った他殺であることは間違いない。その日のうちに、代々木署に捜査本部が設けられた。

第一章　美人ジャーナリストの死

1

何かが耳許《みみもと》を掠《かす》めた。

銃弾の衝撃波だった。一瞬、聴覚を失った。

とっさに瀬名渉《せなわたる》は敏捷《びんしょう》に身を屈《かが》めた。笹塚《ささづか》にある自宅マンション前の路上だ。

夜の九時半過ぎだった。

銃声はまったく聞こえなかった。瀬名は忙《せわ》しく視線を巡《めぐ》らせた。

二十メートルほど離れた暗がりに、不審な大男が立っていた。刺客《しかく》か。右手に消音器付きの自動拳銃を握《にぎ》っている。三十歳前後だろう。

瀬名は自分の車の後ろに逃げ込んだ。

スウェーデン製のサーブだ。車体は濃紺で、走行距離はまだ二万キロにも満たない。

発砲した男が小走りに近づいてくる。

瀬名は屈《かが》んだまま、腰の後ろから手製の目潰《めつぶ》しを引き抜いた。ペンライトほどの大きさだ。ストロボマシンと名づけていた。

狙撃者《そげき》の足が止まった。

瀬名は車の陰から飛び出し、ストロボマシンのスイッチボタンを押した。白い閃光《せんこう》が闇《やみ》を抉《えぐ》る。

「おっ」

大男が太い腕で顔面を覆《おお》った。

無防備だった。瀬名は、相手の顎《あご》にショートアッパーを見舞った。ヒットした。大男がのけ反《ぞ》る。

すかさず瀬名は、体当たりをくれた。大男はよろけて、尻《しり》から落ちた。弾《はず》みで、暴発した。

発射音は、子供の咳《せき》よりも小さかった。銃弾は瀬名の股《また》の下を抜けていった。

大男が銃把《グリップ》を握り直し、引き金に指を深く巻きつけた。瀬名は踏み込んで、相手の鳩尾《みぞおち》を蹴《け》った。

大男が唸《うな》りながら、前屈みになった。

瀬名は、相手の右腕に足を飛ばした。空気が揺らぐ。サイレンサーを嚙《か》ませたベレッタ92FSコンパクトが路面に落ち、短く滑った。

「誰に頼まれた?」

瀬名は問いかけながら、自動拳銃を拾い上げようとした。拾う前に、右の向こう臑《ずね》に激痛が走った。大男が横坐りの姿勢で、蹴りを放ったのだ。瀬名はうずくまった。

大男は素早くベレッタを摑《つか》み上げ、すぐに立ち上がった。

「おれの雇い主に見当はつくだろうが！」

「わからねえな。おれは、まともな小市民なんでね」

「ふざけやがって。くたばれ！」

「まだ死ぬわけにはいかないんだよ」

瀬名は、ふたたびストロボを焚《た》いた。

大男が顔をしかめながら、少し後ろに退《さ》がった。その隙《すき》に、瀬名はサーブの陰に身を隠した。

ちょうどそのとき、後方から黒っぽい乗用車が走ってきた。ヘッドライトにまともに照らされた大男は、慌《あわ》てて拳銃を縞柄《しまがら》の上着の裾の下に潜《もぐ》り込ませた。

反撃のチャンスだ。

瀬名は大男に走り寄る気になった。足を踏みだしたとき、大男が急に背を見せた。そのまま全速力で逃げていく。

瀬名は追わなかった。

乗用車が瀬名の横に停《と》まった。運転席側のパワーウインドーが下《さ》がり、五十年配の男が声をかけてきた。

「お怪我は?」

「ありません」

「逃げた男、拳銃を持ってましたね。警察を呼んだほうがいいんじゃありませんか」

「あれは、モデルガンですよ」

「そうは見えなかったがな」

「あなたが通りかかってくれたんで、助かりました。さっきの大男は、サラ金の取り立て屋なんです」

瀬名は出まかせを言って、丁寧《ていねい》に謝意を表した。

ほどなく乗用車は走り去った。瀬名はセブンスターに火を点《つ》け、路上にたたずんだ。一服し終えても、大男は戻ってこなかった。

三十三歳の瀬名はフリーのマーケティング・リサーチャーを装っているが、その素顔は凄腕《すごうで》の暴《あば》き屋《や》だ。

裏社会で暗躍している極悪人たちの犯罪やスキャンダルを嗅《か》ぎつけ、彼らから悪銭を脅《おど》し取っていた。といっても、単なる強請屋《ゆすりや》ではない。

悪党どもに餌食《えじき》にされた企業の再建にも手を貸している。もちろん、ボランティア活動などではない。れっきとしたビジネスだ。そんなことから、〝再建屋〟とも呼ばれていた。

逃げた殺し屋は、おおかたカード詐欺師《こさぎ》に雇われたのだろう。瀬名は半月あまり前に、元代議士秘書のカード詐欺師を懲らしめていた。

その男は外国人スリに各種のカードを盗ませ、荒稼ぎをしていた。いまや日本もカード社会である。カード発行総数は、とうに二億枚を超《こ》えている。

カードを盗まれたり紛失しても、発行会社と警察に届け出れば、その日から六十日前までに発生した損害は免除される。カード会社が不正使用による損失を盗難保険で賄《まかな》ってくれるわけだ。

盗難・紛失カードのナンバーがデパートや旅行代理店に通知されるのに数日かかる。カード詐欺師はその間に、デパートで商品券、ビール券、図書券などを買いまくる。同じ店で大量に買い込んだりしたら、当然、怪しまれる。そこで、各デパートを走り回るのだ。同じ要領で、旅行代理店で新幹線の回数券や航空券を買い集める。

そうして手に入れた金券類を金券ショップで換金するのだが、わずか数日が勝負だ。デパートのキャッチシステムに盗難・紛失カードのナンバーが登録されてしまったら、たちまち悪事は露見《ろけん》してしまう。

瀬名は元代議士秘書のカード詐欺師を揺さぶり、四千万円の口止め料をせしめていた。カード詐欺師は今後も無心されることを恐れて、さきほどの殺し屋を雇ったにちがいない。

今夜は、もう襲ってこないだろう。

瀬名はトランクルームから、ビニールの手提《てさ》げ袋を取り出した。

中身は汚れた衣服や下着だ。瀬名は自宅マンションには、めったに寄りつかない。

ふだんは女たちの家を泊まり歩いている。今夜は、着替えを取りに戻ったのだ。

瀬名は女に不自由したことがない。上背があり、マスクも整っている。そこそこの教養もあった。無頼《ぶらい》な暮らしをしているが、昔から荒《すさ》んでいたわけではない。

瀬名は有名私立大工学部の大学院で修士号を取ると、アメリカの薬物研究所に入った。研究に没頭する日々がつづいた。

研究所には、十数人の外国人スタッフがいた。いつしか瀬名は、二つ年下のカナダ人研究員と恋におちていた。

シンディという名だった。やがて、二人は同棲《どうせい》するようになった。瀬名は一人前の研究者になったら、シンディと正式に結婚するつもりだった。

だが、過酷な運命が待ち構えていた。

同棲生活二年目に、シンディがストリートギャングたちに射殺されてしまった。犯人たちの狙《ねら》いは、わずかな現金とクレジットカードだった。

気丈なシンディは、素直にはショルダーバッグを渡さなかった。それに怒った犯人グループのひとりが、いきなりシンディの顔面にマグナム弾を浴《あ》びせたのだ。別の者は彼女の腹部に銃弾を見舞った。シンディは即死だった。

瀬名は大きなショックを受けた。

来る日も来る日も悲しみにくれ、苦しさを酒で紛《まぎ》らわせようとした。酔いが深まると、いくらか気持ちは楽になった。

しかし、酔いが醒《さ》めると、犯人グループへの怒りと憎しみが肚《はら》の底から込み上げてきた。数カ月後には、復讐心《ふくしゅうしん》だけが胸の中で膨《ふく》れ上がっていた。

警察は、まだ犯人グループを逮捕していなかった。瀬名は猟犬のように走り回り、ついに自力で犯人グループを突きとめた。札つきのやくざども《ギャングスター》だった。

まともに闘ったら、勝ち目はないだろう。

瀬名は幾日も復讐の手段を考えつづけた。手製の時限爆弾で犯人たちを車ごと爆殺したのは、およそ三週間後だった。

瀬名は慎重に犯行に及んだ。おかげで、捜査当局の目が自分に向けられることはなかった。復讐を遂げた瀬名は深い虚脱感に襲われた。シンディのいないアメリカは、急に輝きを失った。

瀬名は研究所を辞め、すぐに帰国した。二十八歳の秋だった。

それまで前向きだった人生観は、すっかり変わってしまった。シンディの急死で、瀬名は人の命の儚《はかな》さをつくづく思い知らされた。

地道な努力を重ねても、それが報《むく》われる保証はない。ならば、一日一日を思いきり愉《たの》しむべきではないか。そんな思いが日ごとに強まり、典型的な享楽主義者になったのである。

雑多な職業に就《つ》きながら、瀬名は女遊びにうつつを抜かした。ひと晩に三人の女を抱いたこともあった。

女たちと刺激に満ちた時間を過ごすには、それなりに金がかかる。真っ当な稼ぎでは、とても遊興費を捻《ひね》り出せない。三十二歳になったとき、瀬名は悪党どもの金で優雅に暮らしていくことに決めた。それ以来、せっせと裏稼業にいそしんできた。

荒っぽい仕事なだけに、常に危険と背中合わせだ。しかし、実入りは悪くない。半年で十億円近く稼いだこともある。

瀬名は自分で悪事を嗅ぎ回ることは少ない。人助けのつもりで他人のトラブルに首を突っ込んでいるうちに、自然に金になる犯罪や陰謀が透《す》けてくるのである。

私立探偵じみた裏稼業だが、別に事務所を構えているわけではない。それでも口コミで、彼の許《もと》にはいろいろな相談が持ち込まれる。

瀬名は依頼人から成功報酬を貰《もら》った上に、悪事の首謀者からも巨額を吐き出させている。いわば、一粒で二度もおいしい思いをしているわけだ。

スマートフォンとノートパソコンがあれば、たいていの仕事は片がつく。わざわざオフィスを持つ必要はなかった。

瀬名はビニールの手提げ袋を携《たずさ》え、マンションのエントランスロビーに入った。

自分の郵便受けを覗《のぞ》いてみたが、ダイレクトメールの類《たぐい》しか入っていなかった。そのままにして、エレベーターで五階に上がる。

借りている部屋は１ＤＫだった。

玄関のドアを開けると、澱《よど》んだ空気が奥から流れてきた。自宅に戻ったのは、二週間ぶりだった。

瀬名は洗濯物を洗面所の隅に置くと、奥の寝室に足を踏み入れた。

室内はなんとなく埃《ほこり》っぽかった。しかし、さほど気にはならなかった。

瀬名はクローゼットの扉を開け、赤茶のボストンバッグを引っ張り出した。バッグの中に、着替えの服やトランクスを適当に詰め込む。

瀬名には常時、七人の恋人がいる。今夜は、高見沢由香《たかみざわゆか》のマンションに泊まることになっていた。

二十八歳の由香は、代官山でブティックを経営している。自宅マンションは、駒沢《こまざわ》にあった。由香は仕入れ先の女社長と軽く飲むことになっているとかで、帰宅時間は午前零時近くになりそうだと言っていた。ひと休みしてから、駒沢に行くことにした。

瀬名はテレビの電源を入れ、ベッドに横たわった。

テレビの画面には、関西のお笑いタレントが映っていた。芸と呼べるような芸もないのに、人気はあるようだ。ほとんど毎日、どこかのテレビ局に出演している。

瀬名は遠隔操作器《リモート・コントローラー》を使って、チャンネルを替えた。

ニュースを流している局があった。国際関係の報道が終わると、画像に若い女性の顔写真が映し出された。見覚えがあった。確か新聞に顔写真が載《の》っていたはずだ。

「五日前に殺害されたジャーナリストの式場恵さんのドキュメンタリー作品『ニッポンのお父さん』が今夕、全日本民放協会主催の映像グランプリで大賞を射止《いと》めました」

三十代後半の男性アナウンサーが言葉を切った。

代々木公園で焼かれた女に間違いない。瀬名は肘枕《ひじまくら》で頭を支《ささ》えた。

「受賞作品は式場さんが一年間、不法滞在のアジア人たちの相談役を務《つと》めている年金生活者の日本人男性の日常を丹念にスケッチしたものです。トロフィーと副賞の三百万円は、式場さんの遺族が代理として受け取る模様です。なお、式場さんを殺した犯人はまだ捕《つか》まっていません」

画面が変わって、スポーツニュースに移った。

そのとき、さきほどサイドテーブルに置いたスマートフォンが着信音を奏《かな》ではじめた。

瀬名はテレビのスイッチを切り、スマートフォンを手に取った。発信者は由香だった。

「仕入れ先の女社長と朝まで飲むことになったのかな？」

「ううん、逆よ。あなたと長く一緒にいたいから、女社長とは早々に別れちゃったの」

「それじゃ、もう駒沢のマンションに戻ってるわけか」

「まだ帰宅途中よ。この電話、車の中からかけてるの。瀬名さんは、いま、どこ？」

「笹塚にいるんだ。きみの帰宅が遅くなるって話だったんで、自宅で一息入れてたんだよ」

瀬名は言った。

「そうなの。特に用事があるわけじゃないんでしょ？」

「ああ」

「それなら、早目にわたしの部屋に来てくれない？　一分でも早くあなたの顔を見たいの」

「いい殺し文句だな。飛び切りの美人にそう言われりゃ、飛んでいきたい気分になるからね」

「同じことを何人もの女性に言ってるんでしょ？　悪い男性《ひと》ね」

「おれは、そんな調子のいい男じゃないよ。こと恋愛に関しては不器用そのものさ。おれは、この世にきみしか女はいないと思ってる。マジだぜ」

「いろんな香水の移り香を漂わせてる方が、そこまで言い切っちゃってもいいの?」

由香が茶化した。

「あれっ、きみに話さなかったっけ? おれ、この一カ月、化粧品会社のマーケティング・リサーチをやってるんだよ。それで、よく化粧品会社の香水調合室を覗いているんだ」

「そんな話、一度も聞いてないわ。どこかの誰かさんと間違えてるんじゃない?」

「いや、確かに話したな」

「そんなにむきになって弁解しないで。わたし、瀬名さんを独占しようなんて思ってないから。あなたがどこで何をしようと、それは自由よ。ただ、ほかの女性の香水を嗅がされるのは楽しいもんじゃないでしょ?」

「化粧品会社には、あまり行かないようにするよ」

「うふふ。まだ、そんなこと言ってる。本気で妬《や》いてるわけじゃないから、素直に認めたら?」

「認めろと言われても、おれはきみを裏切るようなことなんかしてないからな」

瀬名はシラを切り通した。

どんなに寛容な振りをしていても、所詮《しょせん》、人間は感情の動物である。何人もの女たちを巧《たく》みに操《あやつ》っていることを知ったら、由香とて冷静ではいられないだろう。

「その話は、もうよしましょうよ」

「そうだな」

「シャワーを浴びて待ってるわ。なるべく早く来てね」

由香は甘くせがみ、先に電話を切った。

ほかの女の匂いを洗い流しといたほうがよさそうだ。瀬名はベッドから離れ、浴室に急いだ。

頭髪と体を入念に洗い、新しいトランクスを穿《は》く。瀬名はウールの黒いスタンドカラーの長袖シャツを素肌にまとい、グリーングレイの上着を羽織《はお》った。

素材はテンセルだった。下はベージュのチノクロスパンツだ。

瀬名はボストンバッグを抱えて、ほどなく部屋を出た。サーブのトランクルームにボストンバッグを入れる。トランクルームの中には、数足の靴や手製の武器も収まっていた。

瀬名はあたりをうかがった。大男の姿はどこにも見当たらない。

今夜は諦《あきら》めたようだ。瀬名はサーブに乗り込み、すぐさま発進させた。

甲州《こうしゅう》街道に出て、大原《おおはら》交差点で環七《かんなな》通りに入る。大森《おおもり》方向に走り、駒沢陸橋を右折して駒沢通りを進んだ。

由香の住む高級マンションは駒沢公園の裏手にある。瀬名はサーブを閑静な住宅街の路上に駐《と》め、マンションまで二分あまり歩いた。いつもそうしていた。

マンションの玄関は、オートロック・システムになっていた。外部の者は勝手に建物の中には入れない。

瀬名は集合インターフォンで由香に来訪したことを告げ、ロックを解《と》いてもらった。広いエントランスロビーには、来客用のソファセットが二組置かれている。誰もいなかった。

瀬名は九階に上がり、由香の部屋のインターフォンを鳴らした。待つほどもなく、ドアが開けられた。現われた由香は洒落《しゃれ》たデザインのホームドレスをまとっていた。

シルエットはほっそりしているが、乳房と腰は豊かに張っている。身長は百六十七センチだった。彫りの深い顔立ちで、目が大きい。睫《まつげ》毛も長かった。

瀬名は玄関に身を滑り込ませた。

「こんなに早く来てくれるとは思わなかったわ」

「きみに首ったけだからな」

「嬉しいわ、嘘でも」

「嘘は余計だろう?」

「そうね」

由香がにっこりと笑い、瀬名の片手を取った。瀬名は踵《かかと》を擦《こす》り合わせて、靴を脱いだ。

部屋は1LDKだ。しかし、各室のスペースが広い。専有面積は八十平方メートル以上あるという話だった。

瀬名はリビングに導かれた。

そこには、ブランデーとオードブルが用意されていた。瀬名は先にソファに坐り、煙草をくわえた。

「少し飲んでから、ベッドで……」

「いいね。きみは酔うと、すごく色っぽくなる。後が楽しみだ」

「いやねえ」

由香が向かい合う位置に腰かけ、ブランデーの壜《びん》を摑み上げた。レミー・マルタンだった。

2

下腹部が生温《なまあたた》かい。

その感覚で、瀬名は目を覚《さ》ました。由香の自宅の寝室だ。

室内は仄《ほの》かに明るい。厚手のカーテン越しに、朝の光が淡く射《さ》している。

「やっぱり、起こしちゃったわね。こっそり坊やと遊ぼうと思ってたんだけど」

由香は、瀬名の股の間にうずくまっていた。一糸もまとっていない。

「元気だな。昨夜《ゆうべ》、あんなに激しかったのに」

「だからよ」

「え？」

瀬名は一瞬、言葉の意味がわからなかった。

「あんなふうに燃えさせられちゃったから、なかなか火照《ほて》りが消えなくて……」

「午前三時過ぎから、一睡もしてないのか？」

「ええ。ぐっすり寝入ってる瀬名さんがなんだか恨めしかったわ」

「男のほうがスタミナを消耗《しょうもう》するからな」

「わかってるわ。だから、おねだりしなかったの」

由香が言いながら、瀬名の陰毛を撫《な》でた。いとおしげな手つきだった。

「いい女だ。惚《ほ》れ直したよ」

「悪い女と思われてもいいわ」

「どういう意味だい？」

瀬名は問いかけた。

由香が返事の代わりに、瀬名の分身に唇を被《かぶ》せた。そういう意味か。瀬名は仰向《あおむ》けのまま、少し頭を枕から浮かせた。

由香の高く突き出した尻が最初に目に留《と》まった。どことなくトロピカルフルーツを連想させた。砲弾形の乳房は、重たげに垂れている。男の欲情をそそる裸身だった。

由香はペニスの根元を断続的に握り込みながら、熱っぽく舌を乱舞させはじめた。舌の動きには変化があった。這《は》い、滑り、巻きつく。

瀬名は急激に昂《たか》まった。

すると、由香の片手は胡桃《くるみ》に似た部分を包み込んだ。もう一方の手で、瀬名の下腹や内腿《うちもも》を撫ではじめた。まるでビロードに触れるような手つきだった。

瀬名は軽く瞼《まぶた》を閉じた。

皮膚の感覚が鋭敏になった。由香の舌や指の動きが、はっきりと感じ取れる。瀬名は一段と膨れ上がった。

急に由香が、くぐもり声で何か囁《ささや》いた。だが、よく聞き取れなかった。

「なんて言ったんだい？」

「嬉しい、感じちゃうわ。そう言ったの」

由香が顔を少し浮かせ、恥ずかしそうに告げた。彼女が喋《しゃべ》っている間、亀頭は舌でくすぐられた。軟らかな舌が心地よい。

「女も相手の男が興奮すると、嬉しくなるようだな」

「そうなの。お口の中で大きくなったりすると、とってもね」

「それじゃ、もっと大きくしなくちゃな」

瀬名は言うなり、腰を突き上げた。

由香が喉《のど》の奥で呻《うめ》き、顔を上下に動かしはじめた。そうしながら、舌でペニスの先端部分を刺激する。

瀬名は蕩《とろ》けるような快感を覚えた。頭の芯《しん》は煙っていた。

淫靡《いんび》な音は小止《おや》みなく響いてくる。セミダブルのベッドの軋《きし》む音も、男の欲情を煽《あお》った。瀬名はナイトスタンドの灯を点けてから、由香に声をかけた。

「そのまま、体をターンさせてくれないか」

「えっ」

由香の動きが止まった。

瀬名は同じ台詞《せりふ》を口にした。ややあって、由香がためらいながらも体の向きを変えた。彼女は瀬名の顔の上を跨《また》ぐ恰好《かっこう》になった。

瀬名は、秘めやかな場所に視線を注いだ。

合わせ目は、わずかに笑《え》み割れていた。鴇色《ときいろ》の襞《ひだ》の奥は潤《うる》んでいる。愛らしい芽は包皮から弾《はじ》け、艶《つや》やかに光っていた。きれいなピンクだった。双葉の色素も、年齢の割に淡い。

瀬名は敏感な突起に息を吹きかけた。

由香が身を捩《よじ》って、なまめかしい声を零《こぼ》した。ほとんど同時に、腰を落としてきた。

瀬名は伸ばした舌で、濡《ぬ》れた縦筋をなぞりはじめた。由香がそれに応《こた》えるように瀬名の昂まりを深くくわえ込んだ。

二人は、ひとしきり口唇愛撫《あいぶ》に熱中した。

瀬名の口許が蜜液に塗《まみ》れたころ、急に由香が体を起こした。すぐに彼女は瀬名の上に跨がった。前向きだった。

「あなたが欲しい、欲しいの」

由香は紗《しゃ》のかかったような目で訴え、瀬名を自分の中に埋めた。

瀬名は根元まで呑《の》まれた。由香の体は、しとどに濡れている。それでいて、少しも緩《ゆる》みはない。密着感が強かった。

瀬名は右腕を伸ばし、硬く痼《しこ》った芽に指を添えた。軽く揺さぶっただけで、由香は身を震わせた。瀬名は和毛《にこげ》を指先で梳《す》いてから、本格的にクリトリスを慈《いつく》しみはじめた。芯の塊《かたまり》を揉みほぐすように愛撫すると、由香は腰を弾ませはじめた。

乳房がゆさゆさと揺れた。

淡紅色の乳首は酸漿《ほおずき》のように張りつめている。乳暈《にゅううん》も盛り上がって見えた。由香は上下に動き、円を描《えが》くように腰を旋回させた。まるで自分の秘部を圧《お》し潰《つぶ》すような激しさだった。

瀬名は指を動かしながら、下から腰を突き上げた。

そのつど、由香が不安定に跳《は》ねる。体を傾けながら、彼女は切れ切れに呻いた。次第に上瞼《うわまぶた》の陰影が濃くなっていく。たわんだ眉は、なんともセクシーだ。半開きの口も妖《あや》しかった。

「たまらない、頭が変になりそうよ」

「そのまま、ゴールまで突っ走ってもいいんだぜ」

「でも、それじゃ悪いわ」

「遠慮するなって」

瀬名は感じやすい突起を集中的に愛《め》でた。

いくらも経《た》たないうちに、由香のたおやかな白い肩がすぼまった。次の瞬間、口から悦《よろこ》びの声が迸《ほとばし》った。唸りに近い声だった。

瀬名は、きつく締めつけられていた。

緊縮感が鋭い。まるで搾乳器で揉《も》まれているような具合だった。内奥《ないおう》のビートも伝わってくる。

「体の震えが止まらないわ。あふっ、どうしよう⁉」

由香が譫言《うわごと》のように口走り、瀬名の胸に倒れ込んできた。

滑らかな白い柔肌は、うっすらと汗ばんでいる。瀬名は由香を包むように抱きとめると、体を反転させた。結合は解《と》けなかった。

瀬名は由香を組み敷くと、腰を躍動させはじめた。
六、七回浅く突き、一気に深く沈む。いつものリズムパターンだ。もちろん、突くだけではなかった。腰に捻りも加えた。
由香は火照った腿で瀬名の胴を挟《はさ》みつけ、両手で彼の肩や背を撫で回している。

瀬名は律動を速めた。由香が整った顔を左右に振りはじめた。髪の毛の馨《かぐわ》しい匂いが、瀬名の鼻腔《びこう》に滑り込んでくる。瀬名はダイナミックに動いた。

やがて、背筋を何かが駆け抜けていった。脳天が甘く痺《しび》れた。勢いよく放つ。

瀬名はゴールに達しても、なおも疾駆《しっく》しつづけた。

と、また由香が極《きわ》みに駆け昇った。すぐに悦楽の声を轟《とどろ》かせながら、全身でしがみついてきた。震えは大きい。

二人は抱き合ったまま、余情に身を委《ゆだ》ねた。

由香の体は、瀬名を捉《とら》えて離さなかった。軽く腰を引いても、分身は抜けない。由香が息を吸うたびに、瀬名は痛いほど締めつけられた。声が出そうになる。

「最高よ。このまま死んでもいいくらいだわ」

「おれも、いい思いをさせてもらったよ。ありがとう」

瀬名は礼を言って、由香から静かに離れた。

由香は四肢《しし》をしどけなく投げ出した。その胸は、まだ波動している。

瀬名は由香のかたわらに腹這いになって、セブンスターに火を点けた。

情事の後《あと》の一服は、いつも格別にうまい。瀬名はゆったりと喫《す》った。ナイトテーブルの上に置いた腕時計の針は、午前八時四十五分を指していた。

「代官山の店に十時に入らなきゃならないんだろう？」

瀬名は短くなった煙草の火を消し、由香に確かめた。

「そうなんだけど、行きたくないなあ」

「経営者がそんなことを言ってると、そのうち店が潰れちまうぞ」

「そうなったら、瀬名さんに食べさせてもらうわ」

「おれをいじめないでくれ。おれに生活力がないことはわかってるじゃないか」

「本当にお金儲けが下手なの？　いい車に乗ってるし、着てる服だって安物じゃないわ。もしかしたら、わたしに言えないようなサイドビジネスをしてるんじゃない？」

由香が探《さぐ》るような眼差《まなざ》しを向けてきた。

瀬名は内心の狼狽《ろうばい》を隠して、言い繕《つくろ》った。

「実は、祖父《じい》さんが少しまとまった株をおれに遺《のこ》してくれたんだよ。サーブは株の配当で買ったんだ」

「そうだったの。亡くなったお祖父さんは実業家か何かだったのね？」

「うん、まあ。おれの祖父さんのことより、シャワーを浴びて出かける仕度をしたほうがいいんじゃないのか」

「あなた、きょうは忙しいの？」

「やりかけの仕事を片づけなきゃならないんだよ」

「そうなの。あなたと一緒にいられないんじゃ、お店を臨時休業にしても意味ないわね」

由香がベッドから降り、白いバスローブをまとった。彼女は寝室を出ると、浴室に向かった。

瀬名は七人の恋人たちの誰にも裏稼業のことは打ち明けていなかった。この先も自分の素顔を晒《さら》す気はなかった。どの女も嫌いではない。それどころか、七人の女に恋愛感情に近いものを抱《いだ》いている。

といって、特定の誰かと本気で愛を育《はぐく》む気持ちはなかった。双方が心と体の渇《かわ》きを癒《いや》し合うだけの関係で充分だった。

瀬名は、また煙草をくわえた。

ふた口ほど喫ったとき、ラブチェアの背凭《もた》れに掛けた上着の内ポケットの中でスマートフォンが着信音を発した。瀬名は喫いさしのセブンスターの火を揉み消し、ラブチェアに走り寄った。

素《す》っ裸《ぱだか》のままで、上着の内ポケットからスマートフォンを取り出す。

「おれだよ」

氏家拓也《うじいえたくや》の声だった。大学時代からの親友である。同い年だ。

「なんだ、おまえか」

「ご挨拶《あいさつ》だな。その声だと、寝起きらしいね。例によって、女のとこに泊めてもらったんじゃないのか？」

「ビンゴだよ。少し前に熱いバトルが終わったとこさ。部屋の主は、いまシャワーを浴びてる」

「瀬名、いつまでそんな自堕落《じだらく》な暮らしをつづける気なんだ？」

「おい、氏家《ウジ》！　ご意見は無用だって何度も言ったはずだぞ」

「忘れちゃいないよ。しかし、おまえの生き方を見てると、つい……」

「おれは、おまえみたいに禁欲的《ストイック》な生き方をするつもりはないんだ。放っといてくれ」

瀬名は声を高めた。

実戦空手道場と整体治療院を開いている氏家は硬派そのもので、やや変わり者だ。ほとんど一年中、作務衣《さむえ》で通している。洒落っ気はなく、頭も五分刈りだ。酒こそ飲むが、煙草は喫《す》わない。女にも初心《うぶ》で、浮いた話一つなかった。

瀬名とは性格や人生観がまるっきり異《こと》なった。それでいながら、二人は親友同士だった。ある意味では〝同志〟とも言えた。

硬骨漢の氏家は、常に社会悪に怒りをたぎらせていた。悪党退治は、彼の唯一の趣味だった。そんなことから、瀬名はちょくちょく氏家の手を借りていた。

空手四段の氏家は、相手が凶暴な無法者でも少しも怯《ひる》まない。その点では、心強い助っ人だった。

「ちょっと言い過ぎたよ。しかし、悪気はなかったんだ」

「わかってるさ。で、何か急用なのか？」

「おまえの手助けが欲しいんだ」

「どっかの大親分の情婦《おんな》にひと目惚れしちまったんじゃないだろうな」

「瀬名じゃあるまいし」

「なんだか深刻な問題を抱えてるようだな。いったい何があったんだ？」

「おれの一番弟子の川又等《かわまたひとし》のことは知ってるよな」

氏家が確かめる口調で訊《き》いた。

「ああ、知ってる。二十九歳で、建築設計事務所に勤めてる奴だろ？」

「そう。その川又がきのうの晩、目黒区五本木《ごほんぎ》のアパートから暴力団員ふうの二人組に拉致《らち》されたようなんだ」

「サラ金から銭を借りて、返済を滞《とどこお》らせてたんじゃないのか？」

「川又は別に金には困ってなかったんだ。サラ金とは無縁さ。おそらく川又は、死んだ恋人のことで事件に巻き込まれたんだろう」

「死んだ恋人？」

「六日前の夜、ジャーナリストの式場恵という女性が殺された事件のこと、知ってるかい？」

「ああ、テレビのニュースを観《み》たよ。その被害者と川又の関係は？」

「二人は恋仲だったんだ」

「なら、氏家《ウジ》の推測は当たってそうだな」

「川又のことを警察任せにしておけない気持ちなんだ。瀬名、一緒に川又を捜してくれないか」

「いいとも。すぐに氏家《ウジ》んとこに行くから、詳《くわ》しい話を聞かせてくれ」

「いま、どこにいるんだ？」

「近くだよ、駒沢にいるんだ。それじゃ、後《あと》でな」

瀬名はスマートフォンを元の場所に戻すと、浴室に足を向けた。

由香は脱衣室で体を拭《ふ》いていた。瀬名は由香に急用ができたことを伝え、そそくさとシャワールームに飛び込んだ。

手早く体を洗い、寝室で身繕《みづくろ》いをする。瀬名は由香が淹《い》れてくれたコーヒーを啜《すす》り、一足先にマンションを出た。

氏家の空手道場と整体治療院は、東急東横線の学芸大学駅《がくげいだいがく》のそばにある。どちらも賃貸《ちんたい》マンションの一階にあった。氏家は同じマンションの一室を住まいにしている。

瀬名はサーブを走らせはじめた。目的地までは、ほんのひとっ走りだった。瀬名は車を商店街の外《はず》れに駐め、先に空手道場を覗いた。

無人だった。氏家は道場の隣にある整体治療院にいた。藍色《あいいろ》の作務衣の上下を身につけ、治療台に腰かけている。履物《はきもの》は下駄だった。

その後ろの壁には、古ぼけた人体図が掲《かか》げられている。氏家は大学を卒業した年に、実戦空手道場と整体治療院を開いたのだ。

空手道場の門弟は六十七、八人しかいない。五千円の月謝では、家賃や光熱費を払ったら、いくらも残らないはずだ。氏家は整体治療院のほうの収入で生計を立てていた。

「朝っぱらから、すまん！　ま、坐ってくれ」

「ああ」

瀬名は、一つしかない椅子に腰を下ろした。

「川又はきょうの朝、出勤前に練習生たちに稽古をつけてくれることになってたんだ。しかし、いくら待っても彼は姿を見せなかった」

「で、川又のアパートに行ってみる気になったんだな？」

「そうなんだ。彼の部屋のドアはロックされてなかった。室内は誰かに物色されたらしく、ひどく散らかってた」

「怪しい二人組のことは、誰から聞いたんだい？」

瀬名は先を促《うなが》した。

「川又の部屋の隣室を借りてる独り暮らしの老女からだよ。彼女の話によると、きのうの晩の十一時過ぎに二人組が川又の部屋に押し入ったらしいんだ。川又は一度だけ怒鳴り声をあげただけで、後はおとなしくなったというんだよ」

「おそらく二人組に拳銃で威嚇《いかく》されたんだろう」

「おれも、そう思うよ。川又は刃物をちらつかされたぐらいじゃ、怯《ひる》むような奴じゃない。まだ二段だが、負けん気の強い男なんだ」

「隣室のおばあさんは、川又が連れ去られるところを見てるのか？」

「直《じか》には目撃しなかったそうだが、気配で拉致されたと察したらしいよ。怖くて、アパートの外廊下を覗けなかったんだってさ」

「そうだろうな。氏家《ウジ》、川又自身が何かトラブルを抱えてたとは考えられないのか？」

「それは、まず考えられないいな」

氏家が言下《げんか》に否定した。

「誰かに逆恨《さかうら》みされてる可能性は？」

「それもないと思うよ。川又は、誰からも好《す》かれるタイプだからな」

「となると、やっぱり恋人絡《がら》みの線だな。室内を物色されたのは、川又が式場恵から映像データを預かってたからかもしれない」

「川又の彼女は、撮《と》ってはならないシーンをビデオに収めてしまったんだろうか」

「式場恵というジャーナリストが何者かに殺害されたわけだから、そう考えてもいいだろうな」

瀬名は目で灰皿を探した。どこにもなかった。

「ここは禁煙だ。しばらく煙草は我慢してくれ」

「ヘビースモーカーのおれに、惨《むご》いことを言いやがる」

「煙草は百害あって、一利なしだ。この際《さい》、禁煙するんだな」

「この野郎、薬殺《やくさつ》するぞ。おっと、話が脱線しちまったな。氏家《ウジ》、式場恵と面識は？」

「川又に紹介されて、一度だけ会ったことがあるよ。美人で、頭の回転も速い女性だったな。社会問題にも関心が深くて、正義感も強そうだったよ」

「そういえば、式場恵が全日本民放協会主催の映像グランプリで大賞を射止めたってニュースがテレビで流れてた」

「受賞作品の『ニッポンのお父さん』はテレビで観たが、すごくいい映像だったよ。これからもっと伸びるジャーナリストをいったい誰が殺《や》ったんだっ」

氏家が固めた拳《こぶし》で、自分の掌《てのひら》を叩いた。

「恵の事件に関する情報を集めてもらえるな？」

瀬名は打診した。

氏家が大きくうなずく。彼の母方の叔父は、警視庁組織犯罪対策部第四課の課長だった。組対四課は主に組織暴力の取り締まりを受け持っているが、殺人事件を担当している捜査一課とは関わりが深い。暴力団員絡みの殺人事件は、組織犯罪対策部の守備範囲だ。

また、叔父の長男は日東テレビ社会部の記者だった。その気になれば、氏家は叔父や従弟《いとこ》から事件や事故の最新情報を入手できる立場にあった。

現に瀬名は氏家経由で、これまでに多くの情報を得ていた。マスコミには伏せられていた捜査資料を提供されたことも一度や二度ではなかった。

「道場と整体治療院がなければ、おれひとりで川又の行方を追うんだがな」

「調査は、おれに任せてくれ」

瀬名は上着のポケットから手帳を取り出し、川又等の自宅の住所、勤務先、交友関係について詳しく質問した。必要なことを書き留めると、彼は外に飛び出して真っ先に煙草をくわえた。せっかちに火を点ける。

まずは川又のアパートに行ってみるべきだろう。

瀬名は、くわえ煙草で歩きだした。

3

ドアのノブは抵抗なく回った。

失踪《しっそう》人の部屋である。ありふれた軽量鉄骨の二階建てアパートだった。

川又は一級建築士だというのに、安アパート暮らしをしていたのか。紺屋《こうや》の白袴《しろばかま》なのだろう。

瀬名はそう思いながら、左右を見た。外廊下に人影はなかった。

素早く川又の部屋に入る。間取りは1Kだった。

三畳ほどのキッチンの床には、複数の靴痕《くつあと》がくっきりと残っていた。二人組は土足で押し入り、川又を連れ去ったにちがいない。

奥の六畳間は物が散乱し、それこそ足の踏み場もない状態だ。窓のカーテンの半分は横に払われている。室内は陽光で明るかった。

瀬名は靴を脱ぎ、両手に白手袋《しろてぶくろ》を嵌《は》めた。

川又の身内が捜索願いを出せば、警察の人間がこの部屋にやってくる。前科歴はなかったが、自分の指紋を遺すわけにはいかない。

瀬名はキッチンを横切り、奥の居室《きょしつ》に足を踏み入れた。パイプベッドから寝具とマットが引きずり下ろされ、その横に夥《おびただ》しい数の衣類や建築関係の専門書が重なっていた。

窓側に置かれた簡易机は横転している。二人組のどちらかが腹立ち紛《まぎ》れに机を引っくり返したのだろう。

押入れは、物入れとして使われていた。その中も無残に散らかっている。

瀬名は押入れの中に首を突っ込み、入念に検《しら》べはじめた。

だが、ビデオテープの類《たぐい》はどこにもなかった。ICレコーダーのメモリーやデジタルカメラのＳＤカードも見当たらない。次に洋服箪笥《だんす》の中をチェックしてみた。しかし、結果は同じだった。瀬名はしゃがみ込んで、畳の上に重なった衣類や本を一つずつ手に取ってみた。

残念ながら、拉致事件と結びつきそうな物は何も発見できなかった。

何気なくテレビ台のガラス扉を開けると、ＤＶＤプレーヤーの下の段に葉書の束があった。

どれも差出人は式場恵だった。国内外の取材先から投函されたものが多い。

瀬名は消印を一通ずつ確かめた。最も新しい便りは、富山県高岡《たかおか》市内から投函されている。

瀬名は文面を読みはじめた。

お元気のことと思います。

こちらも相変わらず取材に飛び回っています。今夜から、素泊まり五千三百円の商人宿にお世話になることになりました。これまでのビジネスホテルは快適だったのですが、宿泊料金が七千五百円だったのです。フリーの身ですから、二千二百円の差は気になります。

もう少し丹念に取材をするつもりです。思っていたよりも、問題の奥が深いようです。場合によっては、少し危険な思いをすることになるかもしれません。ですけど、どうか心配しないでください。

今回のテーマはきわめてジャーナリスティックですので、どの局も興味を示すと確信しています。スクープ映像の売り込みに成功したら、大盤振舞いをするつもりです。楽しみにしていてください。とりあえず、今夜はこれでペンを擱《お》きます。


瀬名は、読み終えた葉書を上着の右ポケットに入れた。

消印の日付は、十七日前になっていた。式場恵はこの便りを出した後、偶然に誰かの不正を知ることになったのではないか。恵は北陸で何を取材していたのだろうか。

瀬名は、すべての葉書に目を通した。だが、取材目的に触れた記述は一行もなかった。

瀬名は葉書の束をテレビ台の中に戻し、川又の部屋を出た。ドア・ノブを布手袋で拭《ぬぐ》っていると、右隣の部屋のドアが細く開けられた。

恐る恐る顔を覗かせたのは、七十七、八歳の老女だった。目が合うと、彼女は慌《あわ》ててドアを閉めようとした。

「ちょっと待ってください」

瀬名は声をかけ、隣室の前まで歩いた。老女は訝《いぶか》しそうに、瀬名の白い布手袋に目を当てている。

「あっ、誤解しないでください。空き巣じゃありません。警察の者なんですよ」

瀬名は刑事になりすました。

「あら、刑事さんだったの。それで、手袋をしてらしたんですね」

「ええ。川又さんが事件に巻き込まれた可能性があるんで、ちょっと内偵捜査をね」

「ご苦労さまです」

老女が表情を和《やわ》らげ、軽く頭を下げた。瀬名は布手袋を外し、皺《しわ》の目立つ相手に問いかけた。

「昨夜《ゆうべ》、川又さんの部屋で人の争う物音がしたという情報が入ったんですが、お気づきになりました？」

「ええ。やくざみたいな風体《ふうてい》の二人組が二階に住んでる方の名を騙《かた》って、川又さんのお部屋に押し入ったんですよ。騙されたことに気づいた川又さんは大声で男たちを詰《なじ》ったんだけど、すぐにおとなしくなりました」

「押し入った二人組が何か凶器をちらつかせたんでしょう」

「きっとね。川又さんの声が聞こえなくなると、部屋の中を物色する気配が伝わってきました」

「そのとき、二人組は川又さんに何か言ってませんでした？」

「預かってる物があるはずだとか、どこに隠してあるんだなんて喚《わめ》いてました」

「ほかには何か？」

「後は、よく聞こえなかったわね。わたし、ちょっと耳が遠いの」

「そうですか。その後は、どうなりました？」

「二人組は川又さんを部屋から引きずり出して、どこかに連れ去ったようです。連れ去ったと断言できないのは、そのときの様子をこの目で直《じか》に見たわけじゃないからなの」

老女はそう言い、口の端《はし》に溜《た》まった唾《つば》をガーゼのハンカチで拭った。ついでに、目《め》脂《やに》も拭き取った。瀬名は、相手の言葉を待った。

「川又さんのような善人が、どうして辛い思いをさせられるんでしょうね。世の中、おかしいことだらけだわ。わたしね、平町《たいらまち》に自分の家があるの。でも、息子夫婦と折り合いが悪くて、ここで独り暮らしをしてるんですよ」

「そうなんですか」

「死んだ主人が遺してくれた家屋敷は、まだわたしの名義になってるんですよ。それなのに、わたしがアパート住まいをさせられるなんて、どこか変でしょ？」

「ええ、そうですね」

「苦労して育てた倅《せがれ》なのに、嫁の言いなりになってばかりいて、ほんとに情けない話です」

「話を元に戻させてもらいたいんですがね」

瀬名は苦笑して、老女の愚痴を遮《さえぎ》った。

「あら、あら、ごめんなさい。どこまで話しましたっけ？」

「川又さんが拉致される場面は目撃しなかったというところまでです」

「はい、はい。そうでしたね」

「しかし、二人組の顔は見たんでしょ？」

「押し入る前に、ちらりとね。二人とも三十歳前後で、ひと目で与太者《よたもの》とわかる奴らでしたよ」

「何か特徴は？　たとえば顔に刀の傷痕があったとか、黒子《ほくろ》があったとか」

「二人とも人相が悪かったけど、そういう細かいところまではちょっと……」

「そうでしょうね。男たちは川又さんを車に押し込んだんだろうか」

「車の音は聞こえなかったわ。もしかしたら、少し離れた場所に車を駐《と》めてあったんじゃないのかしら？」

「そうなのかもしれませんね。川又さんは、二十六歳のジャーナリストと交際してたらしいんですが、それらしい女性が彼の部屋に訪ねてきたことは？」

「二十六、七歳のきれいな方がちょくちょく遊びに来てましたよ。その方がビデオなんとかかどうか知りませんけど」

「ジャーナリストですよ。ビデオの撮影も自分でこなす放送記者のことです。割に新しい職業ですから、あまり知られてないようですね」

「わたしたちの世代は、カタカナの職業なんて、どれもよくわからないわ」

老女が微苦笑して、またハンカチで口許を拭った。

「川又さんの彼女が最近、このアパートに訪ねてきたのは？」

「しばらく顔を見なかったわね。最後に見かけたのは、もう一カ月以上も前だったと思うわ。そういえば、刑事さん、あの女性《ひと》は六日前に殺されたんですよね。当然、ご存じだと思いますけど」

「もちろん、知ってます。その彼女の死と川又さんの拉致事件が繫《つな》がってるかどうか調べに来たんですよ」

「そうだったの」

「ただ、まだ内偵捜査ですので、ほかの刑事がやってきても、わたしのことは喋らないでくださいね」

「あら、どうしてなの？」

「刑事同士の点取り合戦がけっこう烈《はげ》しいんですよ。どうもご協力、ありがとうございました」

瀬名はもっともらしく言って、老女の部屋から遠ざかった。

車はアパートの前の路上に駐めてあった。まだ十時を回ったばかりだったが、瀬名は渋谷にある川又の勤務先に車を向けた。

目的の設計事務所は、宮益坂《みやますざか》から少し奥に入ったオフィスビルの七階にあった。瀬名は応対に現われた若い女性事務員に模造警察手帳を短く呈示し、所長に面会を求めた。

「少々、お待ちください」

女子事務員は緊張した面持《おもも》ちで、奥に歩《ほ》を運んだ。

瀬名は、にっと笑った。常に彼は、偽造パスポート屋に造らせた模造警察手帳を携帯していた。実に精巧な造りだった。一般市民には、まず看破《かんぱ》される心配はなかった。検事や麻薬取締官の偽造身分証明書も持っていた。十数種の偽名刺もある。必要に応じて、瀬名はそれらを使い分けていた。

待つほどもなく、さきほどの女性事務員が戻ってきた。

瀬名は奥の所長室に通された。所員は二十人もいなかった。

所長の萩尾《はぎお》宏《ひろし》は四十二、三歳で、なかなかのダンディーだった。瀬名は碑文谷《ひもんや》署の刑事を装い、中村という偽名を使った。

「どうぞお坐りください」

萩尾が象牙《ぞうげ》色の総革張りのソファセットを手で示した。

瀬名は目礼し、先に深々としたソファに坐った。所長の萩尾が向かい合う位置に腰かけた。ちょうどそのとき、さっきの女性事務員が二人分の緑茶を運んできた。彼女が下がると、萩尾が先に口を開いた。

「うちの川又等のことでお見えになられたとか？」

「ええ。川又さん、きょうは無断欠勤してるんでしょ？」

「よくご存じですね。そうか、彼は誰かと喧嘩《けんか》をしたようだな。相手に怪我を負わせて、そちらにご厄介《やっかい》になったんですね？」

「そうではありません。川又さんは、昨夜遅く何者かに拉致されたかもしれないんです」

瀬名は、二人組のことを手短に話した。

「川又は誰かに恨まれたりするような男ではありません。また、私生活も乱れてはいないはずです」

「あなたは、川又さんの恋人のことをご存じですか？」

「式場恵さんのことでしたら、川又からいろいろ聞かされてました。式場さんが殺害されたという新聞記事を読んだときは、とても驚きました。川又の取り乱しようも大変でした。式場さんの葬儀が済むまで彼は欠勤したんですが、四日ぶりに出社したときは痛々しいほど落ち込んでましたよ」

萩尾が沈んだ声で言い、日本茶を口に運んだ。

「当分、ショックは尾を引くでしょうね」

「川又が誰かに連れ去られたことと、式場さんの事件はどういう繋がりがあるんでしょう？」

「まだ確証があるわけではないんですが、式場恵さんは何か犯罪かスキャンダルをビデオに撮ったかもしれないんですよ。そして、そのビデオテープを恋人の川又さんに預けた可能性があるんです」

「なるほど。それで二人組が川又の部屋を物色し、彼を連れ去ったというわけか」

「ええ、おそらくね」

「だとすると、その二人組が式場さんを葬《ほうむ》ったのかもしれないな」

「それは充分に考えられますね。それはそうと、少し前に川又さんの部屋を徹底的に検《しら》べてみたんですよ。しかし、式場恵さんが撮影したと思われるビデオテープは見つかりませんでした」

「そうですか」

「それで、もしかしたら、職場の机かロッカーの中に預かったビデオテープの類《たぐい》を保管してあるかもしれないと考えたわけです。ちょっと検べさせてもらえませんか」

瀬名は頼み込んだ。

「弱ったな。机の引き出しやロッカーには鍵《かぎ》は掛けてないと思いますが、社員の私物を本人に無断で見せるのはまずいでしょ？」

「お迷いになるのは、よくわかります。しかし、犯人の二人組を割り出す手がかりになるかもしれないんです」

「ええ、そうですね」

「それに、割り出しに手間取ってると、川又さんまで始末されてしまうかもしれないんです。なんとか協力していただけませんか」

「わかりました。その代わり、わたしが立ち会うという条件を呑んでもらえますね？」

「もちろん、それで結構です」

「それでは、川又の席に案内しましょう」

萩尾が立ち上がった。すぐに瀬名も腰を浮かせた。

川又の席は、所長室に近い場所にあった。アイボリーホワイトのスチール製デスクだった。

瀬名は萩尾に立ち会ってもらい、すべての引き出しを検べてみた。

しかし、徒労だった。スタッフが使っている個人用のロッカーは壁際に並んでいた。

川又のロッカーには、製図用具と建築関係の専門書が入っているだけだった。

「お騒がせして申し訳ありませんでした」

「いいえ、どうか気になさらないでください」

「川又さんと特に親しい同僚の方は？」

「ほぼ同世代の二人と親しくしてますが、あいにくどちらもきょうは出張中なんですよ。なんでしたら、明日にも刑事さんに連絡させましょう」

萩尾が言った。

瀬名は表情こそ変えなかったが、少しうろたえた。電話などされたら、偽刑事であることが発覚してしまう。

「ほとんど一日中、聞き込みに歩いてて、いつも署にはいないんですよ。こちらから、また伺いましょう」

「そうですか。いつでもおいでになってください。さっき話しました二人には、わたしから事情を説明しておきますので」

萩尾が友好的な笑みを拡《ひろ》げた。

瀬名は礼を述べ、そのまま辞去した。サーブに乗り込み、川又の友人や知人に次々に電話をしてみる。だが、川又と式場恵の関係を深く知っている者はいなかった。

氏家が叔父の日下《くさか》貴明《たかあき》と従弟の幸輝《ゆきてる》から、いい情報を引き出してくれることを祈ろう。

瀬名はエンジンを始動させた。

そのすぐ後《あと》、旧知の館隆一郎《やかたりゅういちろう》から電話がかかってきた。館は、瀬名より三つ若い。大手パソコンメーカーの研究室のスタッフで、大手企業や公官庁のシステムを組んだりしている。

「よう、久しぶりだな。相変わらず女房に隠れて、歌舞伎町の風俗店に通ってるのか?」

瀬名は、からかった。

「行きたくたって、そんな余裕はありませんよ。こっちは安サラリーマンですからね」

「金がないんじゃなく、女房が怖いんだろうが」

「それも少しはあるかな」

館は、俗にいうマスオだった。一年ほど前に会社の副社長の娘と結婚し、女房の実家の離れで生活している。

同い年の妻は、勝ち気な性格だった。岳父《がくふ》の機嫌を損ねたくないらしく、いつも館は女房の尻の下に敷かれている。その反動からか、こっそり風俗店で遊んでいた。

瀬名は大学四年生のとき、館と知り合った。氏家と新宿で飲んだ帰りに、ゲイの暴力団員に公衆便所に連れ込まれた館を見かけて二人で救ってやったのだ。それが縁で、いまもつき合いがつづいていた。

館はコンピューター・フリークだった。高校生のときからパソコンをいじってきただけあって、さまざまなハッキング・テクニックを身につけている。瀬名はちょくちょく館を助手として使い、小遣いを与えていた。

「瀬名さん、何か裏のバイトを回してくださいよ。女房の陽子《ようこ》は夜の生活が淡泊だから、たまには濃厚なオーラル・サービスを受けないとね」

「好きだな」

「どっちがですか⁉　七人の女を日替りで抱いてる瀬名さんのほうが、よっぽど好き者でしょうが」

「おれは主に女たちと精神的な交流を深めてるんだ」

「よく言うなあ。ところで、ほんとに少し稼がせてくださいよ」

「そのうち、何か頼むことになるだろう」

「例によって、どこかの悪党の尻尾《しっぽ》を摑んだんでしょ？」

「まだ、そこまではいってないんだ。ちょっと悪巧《わるだく》みの気配を感じ取っただけだよ。実はな、氏家《ウジ》の高弟の川又等って男がきのうの晩、自宅アパートから暴力団の組員らしい二人組に拉致されたようなんだ」

　瀬名はそう前置きして、川又と式場恵の関係を話した。

「そのジャーナリストは六日前の晩、代々木公園で扼殺《やくさつ》後にガソリンをぶっかけられて焼かれたんじゃなかったかな」

「ああ、そうだよ。おれは、式場恵の死と川又の失踪は一本の線で繋がってると直感したんだ」

「それ、正しいと思うな。いつでも声をかけてくださいよ。ぼく、待機してますから」

館が先に電話を切った。

瀬名はサーブを数分走らせ、幾度か利用したことのあるレストランで早めの昼食を摂《と》った。食後の一服をしていると、懐《ふところ》でスマートフォンが振動した。店に入る前に、マナーモードに切り替えておいたのだ。

瀬名は喫いさしの煙草を灰皿の底に捩りつけ、スマートフォンを耳に当てた。

発信者は氏家だった。

「いい情報が入ったようだな」

「期待したほどじゃなかったが、叔父から代々木署に設けられた捜査本部の動きをさりげなく探り出したよ」

「桜田門まで出向いたのか？」

「いや、電話で済ませた。道場はともかく、整体治療の仕事は弟子任せにできないからな」

「それで、どんな情報を得たんだ？」

「式場恵さんは二カ月以上も前から富山県の山村に断続的に通って、産業廃棄物処分場建設を巡る住民運動を熱心に取材してたらしいんだ」

「そうだったのか。川又等の部屋で、おれ、式場恵が高岡市から投函した葉書を見つけたんだよ」

「そうか。やっぱり、あいつの部屋にビデオの類《たぐい》はなかったろう？」

「ああ。それはそうと、もっと詳しい話を聞きたいな。いま、渋谷にいるんだ。これから氏家《ウジ》んとこに行くよ」

瀬名は通話を切り上げた。レストランの店内で長話をするわけにはいかない。瀬名は卓上の伝票を抓《つま》み上げ、レジに急いだ。

4

池の水は緑色に濁っていた。

それでも、いくつかの貸しボートが水面《みなも》を滑っている。学芸大学駅のそばにある碑文谷公園だ。

瀬名は、池の畔《ほとり》のベンチに氏家と並んで腰かけていた。正午過ぎだった。

「恵さんはジャーナリストとして、いいセンスをしてたんだな。ごみは、現代社会が抱える最も深刻な問題だからね」

氏家が腕を組みながら、感心したように言った。

瀬名は相槌《あいづち》を打って、セブンスターに火を点けた。

消費社会に、ごみは付き物だ。家庭からの一般廃棄物は年間約五千トンで、企業が出す産業廃棄物は一年間に四億トンにものぼる。国民ひとり当たり、一日におよそ十キロのごみを排出している計算になるわけだ。

今後も、ごみは増えつづけるだろう。現在、全国に約二万カ所の中間処理施設があるが、まだまだ足りない。厚生労働省の試算では、数年先にパンクすると弾き出されている。

産廃処分場が不足していれば、当然、不法投棄が増加することになる。毎年、不法投棄は、摘発された分だけで年間四十万トンにもなる。

国内最大の不法投棄事件の舞台となった香川県の豊島《てしま》は小さな島だが、約五十万トンの産廃が埋まっていた。長年にわたって不法投棄に苦しめられてきた島の住民は、産廃業者と県の責任を問うてきた。何年もかけて産廃を島内から運び出したが、県の対応に対する住民の不信感はいまなお根強いのではないか。

こうした不法投棄に絡《から》む紛争は、常に発生している。都会の企業のごみを無断で棄《す》てられた地方の住民が憤《いきどお》るのは当然だろう。

また、廃棄物処分場を巡る紛争地域も増える一方だ。北海道から九州にわたっているが、ことに首都圏、信越、中部、九州地方が目立つ。

廃棄物処分場を巡る紛争が激増することになったのは、人体への悪影響を考える住民が多くなったからだ。そのきっかけの一つは、東京の日《ひ》の出《で》町にある一般廃棄物ごみ処分場で起きた汚水漏《も》れ事故だった。十七年以上も前のことだ。

住民たちは飲料水への不安を強め、処分場を運営する組合に水質データの公開を迫った。

しかし、組合側はそれを拒否した。そのため、ついに裁判沙汰に発展してしまった。ごみの焼却で発生する猛毒化学物質ダイオキシンに対する住民の恐れが加わり、紛争地域は全国的な拡《ひろ》がりを見せるようになったのだ。

その当時、埼玉県所沢《ところざわ》市、狭山《さやま》市、川越《かわごえ》市、三芳《みよし》町に跨がる廃棄物焼却炉の密集する地区の土壌から、非汚染地域のなんと百五十倍という高濃度のダイオキシン一万二千ナノグラムが検出された。ちなみに埼玉県は、県外からの産廃流入量が全国で最も多い。所沢市周辺だけでも、五十以上の焼却炉がある。

ダイオキシンは、癌《がん》や不妊などの原因になると言われている。それを裏づけるように、塩素系製品の焼却量の増加と死亡率の高さは相関しているというデータも発表された。そうした不安から産廃物処分場の建設に反対する住民運動が高まり、岐阜県御《み》嵩《たけ》町では住民投票で建設の是非を問うた。

その結果、有権者の約七割が〝建設反対〟の意思を示した。人口二万あまりの小さな町を二分した論議は、こうして一応の決着がついた。

「産廃物処分場問題では紛争が多発してるから、まだまだニュース価値もある。そのころに御嵩町の町長が自宅に盗聴器を仕掛けられたり、襲撃されて怪我をしたが、恵さんが取材してた富山の山村でも似たようなことが起こってたのかもしれないな」

氏家が言った。

「式場恵が熱心に取材に通ってたのは？」

「高岡市から二十数キロ離れた山間部にある伴内《ばんない》町だそうだ」

「岐阜県寄りにあるのか？」

「いや、石川県寄りらしいよ。北陸自動車道の小矢部《おやべ》ＩＣ《インターチェンジ》から、それほど遠くないようだ」

「人口は？」

瀬名は問いかけ、フィルターの近くまで灰になった煙草を足許《あしもと》に落とした。靴の底で、火を踏み消す。

「約一万六千人だそうだよ。何年も前から、岐阜や愛知の産廃業者たちが町の外れに四十ヘクタール前後の規模で管理型埋め立て処分場や中間処理の焼却施設を建設したがってたらしいんだが、前町長が環境保全を重視して、業者の甘い誘いには乗らなかったというんだ」

「気骨のある人物だったんだろう」

「そうなんだろうな。前町長は二年前に病死したというんだが、現町長の梅沢健吾《うめざわけんご》という男は処分場を誘致《ゆうち》したがってるらしいんだ」

「産廃業者から支払われる巨額の協力金が町の財政を潤《うるお》わせるからな」

「どうも町長は、協力金に目が眩《くら》んだようだね。それだけ町の財政が苦しいんだろう」

「ああ、多分な。で、その梅沢とかいう町長に接近した産廃業者は？」

「叔父もそこまでは教えてくれなかったんだよ。ただ、名古屋の不動産業者が処分場建設予定地の用地買収をはじめてるらしい」

「そうか。現地に行けば、不動産業者を動かしてる産廃業者がわかるだろう」

「そうだな。用地買収が進むにつれて、処分場建設反対派住民の動きも活発になったそうだ。恵さんは処分場建設計画で揺れてる町を取材中だったという話だったよ」

氏家がそう言い、脚《あし》を組み替えた。

「捜査本部は、もう犯人の絞り込みに入ってるのかな？」

「いや、まだ容疑者は捜査線上に浮かんでないんだってさ」

「そうなのか。なら、ファイトが湧いてくるな。氏家《ウジ》の叔父貴には悪いが、警察になんて負けたくねえもんな」

「それは、おれも同じだよ。恵さんの事件を一刻も早く解明して、川又を救い出してやらなきゃな」

「川又の実家は逗子《ずし》だったっけ？」

「ああ。午前中に川又の実家に電話をして、彼のおふくろさんと話をしたんだが、これといった収穫はなかったんだ」

「氏家《ウジ》、川又が何者かに拉致されたことを彼の母親に話しちまったのか」

「まさか。川又が二人組に連れ去られたことは伏せて、彼が空手の試合のビデオを最近、実家に持ち帰らなかったかって訊いたのさ」

「なるほどな。式場恵の自宅は、確か杉並のあたりに……」

「久我山《くがやま》だよ。親と一緒に住んでたんだ」

「彼女の仕事仲間に化けて、久我山に行ってみるか。何か手がかりを得られるかもしれないからさ」

「そうだな。おれは従弟に電話して、情報集めをするよ。幸輝《ゆきてる》の奴、午前中はスマホの電源を切ってあったんだ」

「女のベッドに潜り込んでたんだろう」

「おまえとは違うよ、あいつは。事件か事故の取材中だったんだろう」

「整体治療の客が一時から来るんだろう？　行くか」

瀬名は先に立ち上がった。氏家も腰を浮かせた。二人は肩を並べて遊歩道を歩きだした。
十五、六メートル進んだとき、氏家が肘《ひじ》で瀬名の脇腹をつついた。
「後ろから尾《つ》けてくる奴は、だいぶ前からベンチの近くで瀬名の様子をうかがってた。見覚えは？」

「どれ、どれ」

瀬名は歩きながら、小さく振り返った。尾行者は、カード詐欺師に雇われたと思われる殺し屋だった。

「どうだ？」

「おれを狙ってる殺し屋《プロ》だよ。しつこい野郎だっ」

「おまえ、何をやったんだ？」

「カード詐欺師をちょっと懲《こ》らしめてやっただけさ。そいつが仕返しに、殺し屋《プロ》を雇ったんだろう」

「後は、おれがなんとかするよ。瀬名は逃げろ」

氏家が小声で言った。

「それじゃ、武闘派のおまえに任せるか」

「ああ、そうしろ」

「氏家《ウジ》、後ろの野郎はサイレンサー付きの拳銃を持ってるはずだから、油断するなよ」

「わかった。手の指を何本か折って、引き金を絞れないようにしてやろう」

「よろしく！」

瀬名は言いおき、遊歩道を走りはじめた。

殺し屋が追走してくる気配がうかがえた。振り向いたとき、氏家の振り猿臂《えんび》打ちが殺し屋の顔面を捉《とら》えた。殺し屋が呻いて、腰をふらつかせた。すかさず氏家が前蹴りを放った。

蹴りは相手の水月《すいげつ》に入った。空手道では、鳩尾《みぞおち》を水月と呼んでいる。

殺し屋が遊歩道に転がった。氏家が、すぐさま相手の動きを封じた。

瀬名はそこまで見届けると、速力を上げた。

車は碑文谷公園の際《きわ》に駐めてあった。瀬名はサーブに乗り込み、環七通りをめざした。

大原二丁目交差点を左に折れる。井《い》の頭《かしら》通りを道なりに進み、浜田山《はまだやま》で久我山街道に乗り入れた。

式場恵の自宅は、閑静な住宅街の一角にあった。瀬名は家のある場所を確認してから、車を駅前通りに戻した。

供物《くもつ》の花と香典袋を買い求め、故人の家に引き返す。車の中で一万円の香典を包み、瀬名は偽名刺の中から映像プロダクションの社名の入ったものを抜き取った。

恵の家は、かなり敷地が広かった。庭木の手入れは行き届いている。家屋も大きい。

門柱の前に立ち、インターフォンを鳴らす。

十数秒後、中年女性の声で応答があった。恵の母親だろうか。

「わたし、斉藤《さいとう》と申します。映像プロダクションのプロデューサーをしていまして、生前の恵さんにいろいろ世話になりましてね」

「そうなんですか」

「実は昨晩、海外取材から戻りまして、仕事仲間から恵さんが亡くなられたという話を聞いたんですよ。それで、取るものも取りあえず……」

「それは恐縮です。どうぞお入りになってくださいませ」

「失礼します」

瀬名は門扉《もんぴ》を潜《くぐ》り、アプローチを進んだ。ポーチには、五十年配の気品のある女性が待ち受けていた。

「初めまして。斉藤です」

瀬名はありふれた姓を騙《かた》り、偽名刺を差し出した。相手が両手で名刺を受け取って、深々と頭を下げた。

「恵の母でございます。きょうは、わざわざありがとうございます」

「このたびは、突然のことで……」

瀬名は型通りの挨拶をした。恵の母がふたたび丁重に頭《こうべ》を垂れ、案内に立った。

美人ジャーナリストの遺骨は、一階の奥の和室に安置されていた。瀬名は遺影の前に正坐し、花と香典を小さな祭壇の上に静かに置いた。

恵の母親は左斜め後ろにいる。瀬名は線香を手向《たむ》け、一分ほど合掌した。

体の向きを変えると、恵の母が涙声で言った。

「娘も喜ぶと思います。ご多忙のところをわざわざありがとうございました」

「とても残念です。わたしは、お嬢さんの仕事を高く評価してたんですよ。グランプリ大賞に輝いた『ニッポンのお父さん』は、秀作中の秀作でした。映像ドキュメンタリストの新旗手として、彼女に大いに期待してたんですがね」

「そんなふうにおっしゃっていただけると、大きな慰《なぐさ》めになります」

「それにしても、恵さんも無念だったろうな。まだ二十代の若さでしたものね。生きていれば、もっともっと大きな仕事をしたと思います。わたしも悔《くや》しいですよ。悔しくて、たまりません。神も惨《むご》いことをなさる」

瀬名は芝居っ気たっぷりに言った。恵の母がうつむき、目頭を押さえた。

二人の間に沈黙が横たわった。

先に口を開いたのは、恵の母だった。

「応接間でお茶でも？」

「はい、いただきます」

瀬名は素直に従った。

応接間は広い玄関ホールに面していた。十五畳ほどのスペースだった。ソファセットや飾り棚は安物ではなかった。

「ただいま、お茶を用意いたします」

恵の母が応接間から出ていった。瀬名はソファに腰かけ、紫煙をくゆらせはじめた。煙草の火を消したとき、恵の母が戻ってきた。二人分の茶と和菓子を卓上に置き、瀬名の正面に坐った。

「仕事仲間の話によりますと、恵さんは富山で産廃物処分場建設を巡る住民運動を取材してたとか？」

「ええ。断続的でしたが、四日とか五日とか向こうに泊まり込んで取材してたようです」

「現地で撮影した映像は、こちらに保管してあるんでしょうか？」

「最初は、そうしてました。ですけど、殺される何日か前に撮影済みのビデオを持ち出して、どこかに隠したようです。そこがどこなのかわからないんですけどね」

「隠したとおっしゃられましたね。娘さんは、撮影したビデオを誰かに奪われるかもしれないと考えてたんでしょうか？」

瀬名は問いかけた。

「そのようですね。娘は詳しいことを話してくれませんでしたけど、どうも処分場建設推進派の住民や用地買い付けの不動産業者たちには迷惑がられてると言ってましたから」

「何か厭《いや》がらせをされたり、脅されてたんだろうか」

「一度、宿泊先のビジネスホテルに男の声で電話があって、『取材を中止しないと、若死にすることになるぞ』と脅迫されたと申しておりました。そのときはさほど気にしていない様子でしたけど、その後、怖い思いをしたのかもしれませんね。それで、撮影済みの映像をどこか安全な場所に移す気になったんじゃないでしょうか」

恵の母がいったん口を閉じ、瀬名に茶を勧めた。

瀬名は茶を飲んだ。玉露だった。

「いまのお話、当たってると思います。撮影済みの映像データを自宅に置いといたら、建設推進派の誰かに盗み出される心配がありますからね」

「ええ」

「保管場所に心当たりは？」

「さあ、ちょっと見当がつきません。もともと娘は仕事のことは、わたくしにも主人にもあまり話さなかったんですよ」

「彼女なら、そうだったかもしれないな。ところで、恵さんが交際してた男性のことはご存じでしょ？」

「川又さんのことは、よく存じ上げています。この家に何度も遊びにいらっしゃったから」

「そうですか。撮影済みの映像のことですが、川又君に預けたとは考えられませんか？」

「その可能性はあると思います。落ち着いたら、彼に訊いてみましょう」

恵の母が茶碗を両手で持ち上げた。その動作は優美だった。育ちがいいのだろう。

川又が二人組に拉致されたことを恵の母親に打ち明けるべきか。

瀬名は一瞬、そんな迷いを覚えた。しかし、そうしたところで、双方とも得るものは少ない。

「恵さんにご兄弟は？」

「娘はひとりっ子だったんですの」

「そうだったのか。恵さんはプライベートなことは、あまり喋らなかったんです。ひとりっ子だったとは知りませんでした」

「意志の強い娘でしたので、ひとりっ子と思われる方は少なかったようですね。ただ、主人にはいつも甘えてたんですよ。主人も恵に目がありませんでしたから、ひどいシヨックを受けまして……」

「そうでしょうね。そういえば、ご主人は？」

「二階で臥《ふ》せっていますの」

「それじゃ、長居はご迷惑ですね」

「いいえ、お気遣《きづか》いなく」

恵の母が引き留めた。

しかし、瀬名は引き揚げることにした。恵の家を出ると、サーブのすぐ後ろに見覚えのある真紅のポルシェが駐まっていた。

やはり、運転席には依光真寿美《よりみつますみ》が坐っていた。凄腕の女強請屋である。目の醒《さ》めるような美人だが、合気道二段で並の男よりも強い。

かつて瀬名は元国会議員の悪事を暴《あば》いて、三億円の小切手を脅し取ったことがあった。そのとき、真寿美は瀬名の犯罪行為を押さえて一億五千万円の上前をはねたのである。魅惑的な悪女だ。

瀬名はポルシェの運転席の横まで歩いた。

真寿美が艶然《えんぜん》と笑い、パワーウインドーを下げた。

「また、悪女の登場か。いつから、おれを尾けてたんだい？」

「さあ、いつからでしょう？　それより、お金になりそうな事件なの」

「なんの話なのかな」

「わたしを素人扱いする気なの？　いつか一緒に組んで仕事をしようって言ったのは、あなたのほうよ」

「確かに言ったよな。しかし、その後、考えが変わったんだよ」

「どうして？」

「きみは少し荒っぽいが、いい女だ。しかし、危険すぎる。うっかりしてると、こっちの尻《けつ》の毛まで抜かれそうだからな」

瀬名は厭味《いやみ》たっぷりに言った。

「もう少し上品な言い方できないの？　教養を疑われるわよ」

「そんなこと、かまうもんか。糞喰《くそく》らえだ。ついでに、くたばれさ《ファック・ユー》」

「まるで拗《す》ねた子供ね。わたしに一億五千万円の口止め料を払ったことが惜《お》しくなったみたいね」

「おれは、そんなケチな男じゃない。どうせ三億だって、他人《ひと》の金だったんだ」

「それじゃ、何が気に入らないの？」

「大の男が、きみに振り回されてるようで癪《しゃく》なんだよ。きみはおれに唇を許すと気を惹《ひ》いて、床に投げ飛ばしたよな？」

「ええ、憶《おぼ》えてるわ。でも、別にあなたをからかうつもりじゃなかったの。いつかも言ったけど、わたしは男よりも、お金や宝石のほうが好きなのよ。だけど、まったく男性を受けつけないってわけじゃないの。上手に誘われたら、ベッドを共にすることだって……」

真寿美が、また色っぽく笑った。

「そうやって、またまた男の気を惹く気だな。性悪《しょうわる》だぜ、まったく」

「そんなふうに警戒する必要はないと思うけどな。別に、あなたを丸裸にしようなんて考えてないわ。わずかな報酬で協力しようと申し出てるのにな」

「いま、きみと組む気はないっ」

瀬名は気持ちとは裏腹に、冷たく言い放った。自分が優位に立たなければ、永久に真寿美を口説《くど》き落とせないと思ったからだ。

「ずいぶん強気なのね」

「きみが必要なときは、こっちから連絡する。おれの弱みを押さえようと尾行なんかしないでくれ」

「あなたの気持ちはわかったわ」

真寿美が強張《こわば》った顔で言い、ポルシェを乱暴にバックさせた。すぐにシフトレバーを動かし、サーブの横を猛然と走り抜けていった。

少し虚勢を張りすぎたか。

瀬名はポルシェを追いたい衝動を抑《おさ》え、ポケットから車の鍵《キー》をゆっくりと取り出した。

第二章　告発の隠し撮り

1

夕映《ゆうば》えが美しい。

眺望は最高だった。眼下に伴内町の家並《やなみ》が見える。

瀬名は、町の東側にある丘の頂上近くに立っていた。

腰が少し痛い。東名高速道で名古屋に入り、一宮《いちのみや》市を抜けて岐阜各務原《かかみがはら》から東海北陸自動車道をひたすら走りつづけてきたからか。

前夜は、若い未亡人の家に泊めてもらった。瀬名は翌日に長距離ドライブを控えていることを考え、ベッドプレイはそこそこに切り上げるつもりでいた。

しかし、それでは相手が満足してくれなかった。甘くせがまれ、瀬名はついつい過剰にサービスしてしまった。腰が強張《こわば》っているのは、ロングドライブのせいばかりではなさそうだ。

東京を発《た》つ直前に、氏家から電話がかかってきた。きのう、碑文谷公園で殺し屋の両手の指を計六本も折ったという報告だった。

懐《ふところ》に消音器付きの自動拳銃を忍ばせていた大柄の殺し屋は涙声で雇い主がカード詐欺《さぎ》師であることを白状し、二度と瀬名に近づかないと誓ったという。

また、従弟《いとこ》の日下幸輝には連絡がついていないという話だった。

氏家の従弟は警戒しはじめているのか。これまで空手使いは、いずれ推理小説や犯罪小説を書くつもりだと偽り、テレビ報道記者の従弟から事件の背景を探《さぐ》り出してきた。

考えてみれば、氏家が小説を書くという嘘はまるでリアリティーがない。

瀬名は口の端《はし》を歪《ゆが》め、伴内町を取り囲む山脈《やまなみ》に目をやった。紅葉の真っ盛りだ。

町の北側に、谷があった。

傾斜は、さほど急ではない。谷の底には川が流れている。川幅は六、七メートルだろう。山裾《やますそ》のあたりには、畑が拡《ひろ》がっている。産廃業者は、あの谷を埋めて処分場を建設する気なのだろう。

瀬名は煙草に火を点《つ》けた。

谷を埋めるのに、別の山を切り崩す必要はない。都会の建設残土や廃材を投げ込めばいいわけだ。残土や廃材を引き取る場合は、十一トンのダンプ一台で二万五、六千円は貰《もら》える。

仮に谷の深さが二十五メートルもあれば、六十万立方メートル分の残土や廃材がいる。ダンプ一台分六立方メートルとしたら、満杯にするには約十万台分の残土や廃材がなければならない。

産廃業者は二十五、六億円の引き取り代を貰えた上に、谷が埋まる。用地買収費、測量費、造成工事費、地元調整費など当面の投下資金を差し引いても、処理施設の建設費用は充分に捻《ひね》り出せる。

プラント処分工場の採算が合わないようなら、経営規模の縮小や廃業もできる。どっちにしても、産廃業者が損をすることはない。

瀬名は煙草を喫《す》い終えると、サーブに乗り込んだ。

車首を変え、林道を下《くだ》りはじめる。あたりには、民家が一軒もなかった。車とも擦《す》れ違わなかった。

丘の下に、町の目抜き通りに繋がっているアスファルトの道があった。十分ほど車を走らせると、バス通りにぶつかった。

そこがメインストリートだった。

店舗ビルやオフィスビルが飛び飛びに連《つら》なり、その間には小さな商店や民家が建っていた。脇道の奥に目をやると、まだ畑や空き地が残っていた。民家の造りや門構えも、都会とは趣《おもむき》が異なる。

瀬名は町の中心部を一巡し、地方銀行の隣にある不動産屋の前にサーブを停めた。路上駐車する。

小さな不動産屋だった。店のガラス戸には、宅地のほかに山林や畑の売り物件のチラシが貼ってあった。

瀬名は車を降り、不動産屋のガラス戸を開けた。店主らしい六十五、六歳の色の黒い男が古ぼけた木製の執務机に向かって、所在なげに爪《つめ》を切っていた。

ほかには、誰もいなかった。入口の近くには、すっかり色の褪《あ》せてしまった布張りの応接ソファセットが置かれている。

「お客さん？」

男が上目遣《づか》いに問いかけてきた。

「ええ、まあ。東京に住んでる者なんですが、この町が気に入りましてね」

「それは嬉しい話だな。ここは都会と違って、緑が多い。空気は澄んでるし、水もうまいんだ」

「実際、いい所ですね。こっちに別荘を建てるのも悪くないなと思って、ちょっと寄らせてもらったんです」

「そうかね、そうかね。ま、ソファに坐《すわ》ってください」

「それじゃ、失礼します」

瀬名はソファに腰かけた。スプリングが緩《ゆる》んで、ひどく坐り心地が悪い。かたわらのソファも、だいぶ傷《いた》んでいた。

「一応、この店の社長をやってる者です」

男が少し改まった口調で言い、社名の入った名刺を差し出した。佐々木繁造《ささきしげぞう》という名が刷り込まれている。

「わたしは斉藤といいます」

瀬名は適当な姓を教え、貰った名刺をカシミヤジャケットのポケットに収めた。上着の色はキャメルだった。スラックスはグリーングレイだ。

「伴内町に別荘を建てたいってお客さんは、あんたが初めてだ。で、伴内町のどのあたりが気に入ってるんです？」

「北側に谷戸《やと》のような場所がありますよね、川が流れてるとこです」

「ああ、吉沢《よしざわ》地区ね。あの辺は民家は何軒もないから、静かは静かだ。けど、あの地区に別荘など建てちゃいかん」

「なぜです？」

「吉沢地区は、そのうち産業廃棄物処分場になるかもしれんのでね。やめたほうがいいっちゃ」

佐々木が方言混じりに言った。

「あんな環境のいい場所が産廃処分場になるかもしれないのか」

「そうっちゃ。それも、谷を廃棄物で埋めて、その上に焼却炉を造るって噂《うわさ》があるんよ」

「ひどい話だな」

「まったく無茶な話っちゃ。前町長は産廃処分場の建設にとことん反対してくれたが、いまの梅沢町長は『処分場の安全基準を厳しくすれば、何も不安はない』などと言いおって、野党の町会議員や反対派住民を懸命に説得しようしとるんよ。おそらく梅沢は、産廃業者から裏金を握《にぎ》らされたんだろうね。そうじゃなければ、あんなに熱心に建設推進派の旗振りをするわけないいっちゃ。業者から町に巨額の協力金が落ちるというだけじゃ、奴は動くような人間じゃない。梅沢町長は子供のときから要領よく立ち回って、あそこまで昇りつめたっちゃ」

「産廃業者は地元の方なのかな？」

　瀬名は空とぼけて、探りを入れた。

「地元の業者じゃないっちゃ。名古屋の『誠和《せいわ》エステート』という会社だがね。本来は宅地分譲を手がけてた不動産会社なんだが、その後、産廃処分業務にも乗り出したっちゃ」

「そうすると、かなり吉沢地区の用地買収は進んでるんですね？」

「まだ二割程度しか進んどらんよ。すでに山林を手放した連中は、坪三万二千円という好条件に二つ返事でオーケーした。確かに役にも立たない山林をずっと所有してても、メリットはないっちゃ。だから、売りたくなる気持ちはわからんでもないが、町全体の環境が劣化する。そういうことを少しは考えんといかんちゃ」

「あなたは反対派なんですね？」

「当然、反対っちゃ。協力金で町の財政が豊かになっても、わが故郷の自然が破壊されるのはかなわん」

「推進派住民は全体のどのくらいの割合なんです？」

「約四割じゃね。残りの六割の町民は一応、反対の立場を表明しとるが、本音ではどう思ってるか」

「どういうことなんです？」

「反対派町民の中には、吉沢地区に山林や畑を持ってる者がかなりいるっちゃ。水利組合のメンバーも少なくないね」

「地権者や水利組合の組合員たちの中には、買収交渉の相手との駆け引きのため、敢《あ》えて反対派に回った者もいるかもしれないということですか」

「あんた、頭の回転が速いね。いいこっちゃ、いいこっちゃ！」

佐々木が子供を褒《ほ》めるように言って、豪快に笑った。前歯は金歯だらけだった。

「処分場の建設を巡って町民たちの意見が対立してるんじゃ、なんとなく町の空気は棘々《とげとげ》しいんだろうな」

「意見の違う者とは挨拶《あいさつ》もせんようになった人間も、大勢おるよ。このままじゃ収拾がつかんだろうから、いずれ岐阜の御嵩町のように住民投票ってことになるかもしれんね」

「でしょうね。『誠和エステート』の社員は名古屋から毎日、この町に通ってきて、用地の買収交渉をしてるんですか？」

「いや、三、四人の社員がこの通りの三百メートルほど先にある『菊屋《きくや》旅館』に泊まり込んで、交渉に当たってるっちゃ。時々、会社の偉いさんや顧問だという美人のリサイクル・プランナーも来てるようだがね」

「そうですか。美人と言えば、この町でビデオカメラを持ち歩いてた若い女性を見かけたことがあったな」

　瀬名は式場恵のことを遠回しに話題にした。

「その彼女は、東京のジャーナリストだったやわ。式場恵という名前で、建設推進派と反対派住民の両方をバランスよく取材してたっちゃ。もちろん、町会議員たちゃ『誠和エステート』の社員たちの動きも追ってたわ。しかし、その彼女は一週間ぐらい前に東京で殺されてしまったんや。殺された後、代々木公園で焼かれたっちゃ」

「その事件なら、新聞に載《の》ってたな。あの彼女が被害者だったのか。事件の記事を斜め読みしただけだったんですよ。彼女は産廃業者や建設推進派住民にうっとうしがられて、消されたんでしょうかね」

「ひょっとしたら、そうなのかもしれんな。連中は式場さんがビデオカメラを向けると、鞄《かばん》や手で顔を隠したりしてた。梅沢町長なんか町役場に彼女を一歩も入れさせなかったし、盗み撮りしたときなんかは殴りかからんばかりの剣幕で怒鳴りつけてたっちゃ」

「産廃業者なら、暴力団との繋がりもありそうだな。そのジャーナリストは、処分場建設推進派の誰かに始末された可能性も……」

「あると思うよ。ところで、肝心な話だが、東側にある丘陵地にすぐ宅地に転用できる農地が三百五十坪ほどあるんだが、そこに別荘を建てる気はないかね。見晴らしは抜群にいいし、近くの森は野鳥の宝庫なんだわ。居ながらにしてバード・ウォッチングができるんだから、セカンドハウスにはもってこいっちゃ。坪五万ぐらいで、地主に交渉してみてもいいがね」

佐々木が急に商売っ気を出した。

「せっかくですが、野鳥にはあまり興味がないんです」

「買う、買わないは別にして、一度、その農地を見てみなさいよ。見れば、いっぺんに気に入るっちゃ。これから、すぐ車で案内するがね」

「気が向いたら、明日、その売地を見せてもらいます。これから、ちょっと用事があるんですよ」

「明日ってことは、今夜は伴内町に泊まるんだね？」

「ええ、そのつもりです」

「どこに泊まることになってるの？　旅館は七軒しかないから、明日の午前中に車で迎えに行ってやるっちゃ」

「まだ旅館は決めてないんですよ。それに場合によっては、高岡市のホテルにチェックインすることになるかもしれません」

「ふうん」

「そんなわけですから、ひとまずこれで引き揚げます」

瀬名は立ち上がり、逃げるような気持ちで外に出た。

慌《あわ》ただしくサーブを走らせはじめる。いくらも走らないうちに、『菊屋旅館』が見えてきた。六階建てで、思いのほか立派な構えだった。この町で最も大きな旅館なのだろう。

瀬名は『菊屋旅館』の駐車場にサーブを入れ、フロントに急いだ。

部屋は、かなり空いているようだった。瀬名は和室を選んだ。

案内されたのは五階の一室だった。客室係の中年女性が下《さ》がると、瀬名は畳の上に大の字になった。

少し疲れていた。ぼんやりと天井を見上げたまま、数十分を遣《や》り過ごした。

今夜の塒《ねぐら》を提供してくれることになっていた女に連絡しておかなければならない。

瀬名は上体を起こし、スマートフォンを握った。彩乃のスマートフォンを鳴らすが、メッセージセンターに繋がった。

瀬名は『フェニックス・レコード』の本社に電話をして、ディレクターの中平彩乃《なかひらあやの》を呼び出してもらう。七人の女のひとりだ。

二十七歳の彩乃は、七人の中では最も性格がさばさばしている。急に断りの電話をかけても、機嫌を損ねたりはしないだろう。

数分待つと、彩乃の声が響いてきた。

「何か急用ができたみたいね？」

「そうなんだ。急にマーケティング・リサーチの仕事で、いま富山県にいるんだよ」

「そうなの」

「悪いが、今夜は独り寝をしてくれないか」

「いいわ、わかった。それじゃ、来週の同じ曜日には会えるのね？」

「来週は必ず彩乃のマンションに行くよ。きょうだって、きみと愉《たの》しい時間を過ごしたかったんだが、本当に済まない。何かの形で埋め合わせをするよ」

瀬名は詫《わ》びた。

「いいのよ、気にしないで」

「大人だな、きみは。惚れ直したよ」

「だったら、結婚してくれる？」

「ちょっと待ってくれ。おれは彩乃にぞっこんだが、結婚願望はまるっきりないと何度も言ったはずだがな」

「そんなに焦《あせ》らないで。冗談よ、もちろん！」

「びっくりさせるなよ」

「来週は、たっぷり愛してもらわなくちゃね」

彩乃が笑いを含んだ声で言い、先に電話を切った。

七人も女がいると、スケジュールの調整に苦労する。

瀬名は苦く笑って、通話終了キーをタップした。

いま交際中の七人は、いずれも二十代の美女ばかりだ。当然のことながら、容貌や性格はそれぞれ異なる。体の構造や反応も、ひとりひとり違う。

だからこそ、興味が尽きない。どの女も失いたくない気持ちだ。

瀬名は立ち上がって、浴室に足を向けた。

浴槽は岩風呂ふうの造りだった。湯船に湯を落とし、ほどなく裸になった。先に熱めのシャワーを浴び、湯船にゆったりと浸る。

風呂から上がると、窓の外は暗くなっていた。

瀬名は、旅館の寝巻きと丹前には袖《そで》を通さなかった。夕食を摂《と》った後、少し動いてみるつもりだったからだ。

一服していると、客室係の中年女性が夕食とビールを運んできた。

富山湾や能登半島沖で獲《と》れたという魚介類が座卓いっぱいに並べられた。和風ステーキも添えられた。

「どうもご苦労さま」

瀬名は係の女性に一万円のチップをはずんだ。相手が目を丸くした。

「こんなにたくさん⁉」

「ちょっと教えてもらいたいことがあるんだ」

「何をお知りになられたいのでしょう？」

「この旅館に、名古屋の『誠和エステート』の社員が何人か泊まってるよね？」

「そういうご質問には、お答えできないことになっているのです。申し訳ありません」

「別に怪しい者じゃないんだ。小さな測量会社を経営してるんだが、最近、仕事の注文が少なくなってね。知り合いから『誠和エステート』が吉沢地区で産廃物処分場の用地買収をしてるって話を聞いたもんだから、ちょっと営業活動をする気になったんだ」

「そうだったんですか。『誠和エステート』の方は現在、三名さまがお泊まりになられています」

「そう。どの部屋に泊まってるの?」

「四階の『藤の間』です。用地買収でお忙しくて、夕食は外で済まされることが多いんですよ。ですので、部屋にいらっしゃるかどうかはわかりません」

「三人は、いつも決った食堂かレストランで食事をしてるのかな?」

「いいえ、それはまちまちのようですよ。でも、夜はたいてい栄通《さかえ》りのスナックにいらっしゃるようです」

「栄通りっていうのは?」

「町役場のある大通りから一本裏に入った飲み屋街です。『誠和エステート』のお三人は、『紫苑《しおん》』というスナックで処分場建設推進派の議員や住民代表たちとよく打ち合わせをしてるようですよ」

「『藤の間』に誰もいないようだったら、そのスナックに行ってみるか。どうもありがとう」

「いいえ。こちらこそ、お礼を申し上げなければ」

客室係の女性が愛想笑いをして、部屋から出て行った。

瀬名は手酌《てじゃく》でビールを注《つ》ぎ、一息に飲み干した。

2

栄通りは、典型的な飲み屋横丁だった。

間口《まぐち》の狭い小料理屋、居酒屋、カラオケ店などが軒を接している。スナック『紫苑』は、通りの中ほどにあった。

瀬名は腕時計を見た。

九時を少し回っていた。『誠和エステート』の社員たちは、すでに店内にいるかもしれない。

瀬名は店のドアを開けた。

店内は、それほど広くない。左手にL字形のカウンターがあり、右手に二組のボックスシートがあるきりだ。奥のボックスシートには、四人の男が坐っていた。ほかに客はいなかった。

「いらっしゃいませ」

カウンターの内側にいる厚化粧の女が、戸惑い気味に言った。四人の男たちも探るような眼差《まなざ》しを向けてきた。

瀬名はカウンターの止まり木に腰かけ、ウイスキーの水割りを注文した。

「国産ウイスキーしか置いてないんだけど、サントリーでいいかしら？」

「ああ、山崎の十七年物にしてもらおう」

「はい。旅のお方でしょ？」

「そう」

「東京からみたいね」

女が水割りの用意をしながら、問いかけてきた。

「よくわかるな」

「東京の男性《ひと》は雰囲気でわかるんですよ。実はわたし、三年ほど東京で暮らしたことがあるの」

「そうなのか」

「でも、身も心もボロボロになって、こっちに帰ってきちゃったの。申し遅れましたけど、百合《ゆり》です」

「ママさん？」

「いいえ、チーママです。ママは持病のリウマチの痛みがひどくて、きょうはお店を休んでるんですよ」

「ひとりで切り盛りするんじゃ、大変だな」

瀬名はカシミヤジャケットの内ポケットから、煙草とライターを取り出した。

「お店、そんなに忙しくないんですよ。だから、どうってことないの」

「そう」

「こんな田舎に来られたのは？」

「気まぐれで途中下車しちゃったんだよ」

「ここ、退屈な町でしょ？　チャンスがあったら、また都会に出てみたいわ」

百合と名乗った女がそう言い、瀬名の前に水割りとミックスナッツを置いた。

話を中断させていた四人の男たちが、小声で喋りはじめた。

瀬名は水割りを傾けながら、耳をそばだてた。話の内容から察して、三人は『誠和エステート』の社員のようだ。残りの中年男は、処分場建設推進派の町会議員らしかった。

瀬名は四人の男の話にはまったく興味がない振りをして、ことさら大声で百合に話しかけた。

「東京で男に泣かされたようだな」

「そうなの。ルックスとセックスは最高だったんだけど、お金と女にだらしない男だったんですよ」

「東京では、どんな仕事をしてたんだい？」

「最初は小さな商事会社でＯＬをやってたんだけど、お給料が安かったの。それで、キャバクラでアルバイトをするようになったんですよ。そのときのお客さんが同棲するようになった彼だったわけ」

「その彼はサラリーマン？」

「外車のディーラーに勤めてたの。若いのに、ベンツやジャガーを乗り回してたんで、てっきりリッチなんだと思っちゃったけど、高級外車はどれも自分の物じゃなかったんですよ。それなのに、わたしったら、コロッと騙《だま》されちゃって、ばかですよね」

百合が自嘲《じちょう》し、細巻きのアメリカ煙草をくわえた。

「よくあるパターンだな。一度懲《こ》りてるのに、まだ都会に出たいのか」

「都会は危険だけど、とっても刺激的でしょ？」

「まあね」

「このまま田舎でおばさんになっていくのかと思うと、なんだか気が滅入《めい》っちゃう。わたし、もう二十六なの」

「まだ若いじゃないか」

「田舎じゃ、もうおばさんだわ。久しぶりに東京の男性《ひと》と話したら、渋谷や六本木が懐かしくなってきちゃった」

「なら、おれと駆け落ちするか」

瀬名は軽口をたたいて、水割りを空けた。お代わりを頼み、百合にビールを振る舞う。

ボックス席の話は、いやでも耳に届いた。

「こちらとしては、最低でも一万二千坪は買収したいんですよ」

「それは無理ですわ。吉沢地区の約六割が反対派ですから、うまく話が進んでも八、九千坪の用地しか確保できないと思います」

町会議員らしい男が、三人のひとりに答えた。

「それじゃ、困るんですっ。反対派の切り崩しをもっと熱心にやってくださいよ。こちらは、それなりの金を遣《つか》ってるわけですから」

「町長とわたしたちは、精一杯の努力をしてるんです。しかし、いかんせん、頑固な地権者が揃《そろ》ってるもんですから」

「坪単価を上げても、とうてい無理ですかね」

「一部の地主はなんとかなるかもしれませんが、あの地区で一番の土地持ちの長坂善《ながさかぜん》太《た》が強硬な反対派ですからな」

「確かに長坂の爺《じい》さんは、相当な頑固者です。わたしたちが買収話を持ちかけただけで、塩をぶっかけてきて、『坪一億円でも絶対に売らんわい』と喚《わめ》き散らしましたからね」

「あの爺さんがネックですわ。代々《だいだい》村長を務《つと》めてきた旧家ですから、地区住民の信望も厚いんですよ」

「江口《えぐち》さん、何か打つ手はあるんじゃないですか」

「どんな手があるというんです？」

「弱みのない人間はいないんじゃないのかな。たとえ地権者自身に何も弱点がなくても、身内の誰かに後ろめたい面があるなんてことも……」

「曽我《そが》課長、あなた、われわれに犯罪めいたことをやれというんですか⁉」

「そうは言ってませんよ。買収交渉の余地のない地権者たちのウィークポイントを探って、こっそり教えていただきたいんです」

「うむ」

「その後のことは、わたしたちがうまくやりますよ。そのぐらいのことはやっていただきたいな。どうです？」

「少し時間をください。梅沢町長に相談してみます」

江口と呼ばれた男が口を噤《つぐ》んだ。

瀬名は、さりげなく振り返った。曽我という男は三十七、八歳で、頭髪が縮れていた。天然パーマだろう。

部下らしい二人は、二十代の後半に見えた。片方は痩《や》せて背が高い。もうひとりは、ずんぐりとした体型だった。

江口は五十年配で、空豆《そらまめ》のような顔をしている。色黒で、額《ひたい》がだいぶ後退していた。

「ちょっと用事を思い出したんだ。また来るよ」

瀬名はスツールから腰を浮かせた。

「あら、冷たいのね。あなたと東京に駆け落ちする気になってたのに」

「おれも、金と女にだらしがないんだよ」

「あら、そうなの。それじゃ、やめといたほうがよさそうね」

百合が笑顔で応じた。勘定は三千円にも満たない額だった。

瀬名は一万円を渡し、すぐに店を出た。釣り銭は受け取らなかった。

サーブは少し離れた路上に駐《と》めてあった。そこまでゆっくりと歩き、瀬名は運転席に入った。グローブボックスから、変装用の黒縁眼鏡を取り出す。レンズに度は入っていない。

瀬名は眼鏡をかけ、前髪を額いっぱいに垂らした。

少しは印象が違って見えるはずだ。車を発進させ、『紫苑』の入口がよく見える場所に停める。

瀬名はヘッドライトを消し、セブンスターに火を点けた。しばらく張り込み、店に出入りする人物をチェックする気になったのだ。

十分が過ぎ、二十分が流れた。

だが、スナックの扉を押す客はいなかった。店の前に無線タクシーが横づけされたのは、張り込んでから三十数分後だった。

ほどなく百合に腕を取られた江口が外に出てきた。いささか足許《あしもと》が覚束《おぼつか》ない。あまり酒には強くないようだ。江口が百合にオーバーに手を振って、タクシーの後部座席に乗り込んだ。すぐにタクシーが走りだした。百合が店の中に引っ込んだ。

町会議員らしい男を尾《つ》けてみることにした。

瀬名はサーブをスタートさせた。江口を乗せたタクシーは大通りを出ると、西へ向かった。瀬名は注意深くタクシーを追尾しはじめた。

車の数は極端に少なかった。

うっかり車間距離を縮めたら、タクシーの運転手に怪しまれそうだ。といって、あまり離れて走るのも不自然だろう。

瀬名は慎重に車を進めた。

タクシーは町の中心部から遠ざかり、邸宅街に入った。敷地三、四百坪の邸《やしき》が道の両側に並んでいる。まだ十時半を過ぎたばかりだが、人通りは絶えていた。ひっそりと静まり返っている。

タクシーが停まった。

あたりでひときわ豪壮な邸宅の前だった。江口が車を降り、馴《な》れた足取りで邸内に吸い込まれていった。タクシーは、ほどなく走り去った。

瀬名はサーブを道の端に寄せ、そっと外に出た。江口が消えた邸は数軒先だった。

瀬名は大股《おおまた》で歩き、豪邸の表札を見上げた。梅沢健吾と記してあった。どうやら江口は、曽我に持ちかけられた話をさっそく町長に伝えに来たらしい。

瀬名は梅沢の顔を見ておく気になって、町長の自宅前の暗がりにたたずんだ。

夜気《やき》は尖《とが》りはじめていた。さすがに山間部の冷え込みは鋭かった。東京の冬の夜と気温は大差ないのではないか。

瀬名は上着の襟《えり》を立て、小さく足踏みをしはじめた。

梅沢邸の広いポーチが一段と明るんだのは、十一時過ぎだった。

重厚な玄関ドアが開けられ、最初に三十歳ぐらいの妖艶《ようえん》な美女が姿を見せた。ざっくりとしたウールの格子柄のスーツに肉感的な肢体《したい》を包んでいる。

その女の後から、五十代半《なか》ばの和服姿の男が現われた。

髪は半白で、恰幅《かっぷく》がよかった。梅沢町長だろう。色っぽい訪問者は、どこの誰なのか。

瀬名は、梅沢邸の門の陰に走り入った。

女が和服を着た男に深々と頭を下げ、ポーチの石段を下《くだ》った。車寄せには、白いマスタングが見える。色気のある女がマスタングの運転席に入った。

女の正体を突きとめる気になった。

瀬名はサーブに駆け戻った。爪先《つまさき》に重心をかける走り方だった。足音は低かった。エンジンを始動させたとき、梅沢邸から白いアメリカ車が走り出てきた。排気音が重々しい。

瀬名はマスタングを追走しはじめた。

女の車は町の中心部に向かい、東へ走った。瀬名は信号待ちのときに、マスタングのナンバープレートを見た。

名古屋ナンバーだった。数字を二度ほど口の中で唱《とな》え、完全に頭に叩き込んだ。

やがて、マスタングは『菊屋旅館』の専用駐車場に入った。瀬名は少し遅れて、サーブを駐車場の外《はず》れに突っ込んだ。素早くヘッドライトを消し、そのまま動かなかった。

女が車を降り、旅館の玄関に足を向けた。

瀬名はサーブのエンジンを切り、そっと外に出た。旅館の玄関の脇に、植え込みがある。瀬名はそこに身を潜《ひそ》め、旅館の中を覗《のぞ》き込んだ。

女はロビーのソファに腰かけていた。人待ち顔だった。

細面《ほそおもて》だが、取り澄ました印象は与えない。顔全体に、男心をくすぐる色香がある。いくらか厚めの唇が何ともセクシーだ。

二分ほど流れたころ、フロントの方から見覚えのある男が現われた。曽我と呼ばれていた男だ。

曽我は折目正しく腰を折ってから、女の前に坐った。女は『誠和エステート』の顧問をしているというリサイクル・プランナーなのか。そうだとしたら、彼女は処分場用地の買収が順調に進んでいるかどうか確認しにきたのだろう。

曽我が女に何か報告しはじめた。

女は時々、相手の言葉を遮《さえぎ》り、何か指示を与えている。曽我は、ひたすら拝聴していた。

「もしもし、お客さん」

不意に背後で、女の声がした。

瀬名は体ごと振り返った。すぐそばに婦人用自転車のサドルに跨《また》がった客室係の女がいた。和服を洋服に着替えていた。

「あなたか。びっくりしたよ」

「驚かせてしまって、ごめんなさい。『紫苑』には行かれました?」

「行ったんだが、どの客が『誠和エステート』の社員かわからなくてね。多分、あの方だと思うんだが……」

　瀬名はそう言って、ロビーを指さした。

　客室係の女がサドルから降り、自転車のスタンドを起こした。それから彼女は、樹葉の間から旅館のロビーを覗き込んだ。

「ええ、あの方が用地課の課長をされてる曽我さんですよ」

「やっぱり、そうだったか。スナックに一緒にいた若い二人の男は、曽我さんの部下だったのかな」

「多分、そうでしょう。あの三人は、いつも一緒ですから。背の高いほうが泊《とまり》さん、がっしりとした体格をしてるのが亀井《かめい》さんです」

「曽我さんと話してる女性は？」

「リサイクル・プランナーの水垣飛鳥《みずがきあすか》さんです。おきれいな方ですよね」

「そうだな」

「水垣さんが設計された廃棄物再処理装置を使えば、伴内町の空気や水が汚染される心配はないんですって。ですから、わたし個人は伴内町に処分場ができてもいいと思ってるんです」

「そう」

「ただ、自分の意見をはっきり口にすると、隣近所の人間関係がしっくりいかなくなりそうだから、誰にも曖昧《あいまい》に答えてるんですよ。ちょっと狡《ずる》い考えですけど、町のみんなとはうまくやりたいでしょ？」

「それは、そうだろうね。それはそうと、『紫苑』に江口という男がいたが、彼は町会議員なのかな？」

「ええ、そうです。江口さんは梅沢町長の参謀で、推進派のまとめ役をやってるの」

「そう」

「仕事の件、曽我さんに頼んでみたら？」

「そうしよう。いろいろありがとう！」

瀬名は謝意を表した。

客室係の女が自転車に跨がり、ペダルを漕《こ》ぎだした。自宅は、そう遠くないようだ。自転車は、ほどなく闇に紛《まぎ》れた。

数分過ぎると、水垣飛鳥がソファから立ち上がった。

すぐに曽我も腰を上げ、恭《うやうや》しく頭を下げた。飛鳥が曽我に見送られ、旅館の玄関から出てきた。

飛鳥はマスタングに乗り込み、慌ただしく発進させた。名古屋に戻るつもりなのだろう。

曽我の姿が見えなくなってから、瀬名は館内に入った。自分の部屋に入ると、座卓が片づけられ、蒲団《ふとん》が敷いてあった。

瀬名は蒲団の上に仰向《あおむ》けになった。色っぽいリサイクル・プランナーは何かに焦《じ》れている様子だった。

いったい飛鳥は、曽我にどんな指示を与えたのか。ひょっとしたら、曽我たち三人は何か行動を起こすのかもしれない。

瀬名は跳《は》ね起き、部屋を飛び出した。曽我たち三人のいる四階の『藤の間』に忍び寄り、ドアに耳を押し当てる。

部屋の中の気配が、どことなく慌ただしい。曽我が二人の部下に何か命じている。しかし、その声はよく聴き取れなかった。

三人は何か企《たくら》んでいるようだ。

瀬名は先に旅館を出て、サーブの運転席に入った。だが、エンジンはかけなかった。

数十分待つと、旅館の玄関から曽我たち三人が抜き足で出てきた。彼らは周囲をうかがってから、ツートーンカラーの四輪駆動車に乗り込んだ。

運転席に坐ったのは、ずんぐりとした体軀《たいく》の亀井だった。助手席に曽我、その真後ろのシートに泊という男が腰かけた。

瀬名は四輪駆動車が車道に出てから、サーブのエンジンを唸《うな》らせた。充分な車間距離を取ってから、曽我たちの車を尾行しはじめた。

四輪駆動車は町の目抜き通りを走り抜けると、北をめざした。その方向には、吉沢地区がある。

曽我たち三人は、山林や畑を手放そうとしない地権者に何か仕掛ける気なのではないのか。

地主の家に押し入って、暴力で売買契約書に実印を捺《お》させる気なのだろうか。あるいは、地権者の女房や娘を輪姦して、その弱みをちらつかせるつもりなのか。

瀬名はステアリングを操《あやつ》りながら、三人の企みを推測してみた。

どちらのやり方も賢明ではない。そうした荒っぽい手段を用《もち》いたら、むしろ逆効果になるだろう。

男たちは山林や畑を売ってくれない地主の家の電話に盗聴器を仕掛けて、家族の弱みやスキャンダルを摑《つか》み、それで相手に揺さぶりをかける気なのではないか。そうすれば、気の弱い地権者は買収に応じる気になるだろう。

瀬名はそう推測し、義憤めいた怒りを覚えた。

四輪駆動車は吉沢地区に入り、さらに奥に向かう。民家は疎《まば》らだった。畑が目立つ。三人を乗せた車が停まったのは雑木林の脇だった。その少し先には、割に大きな農家があった。

瀬名は四輪駆動車の七、八十メートル後方にサーブを停め、すぐさまエンジンを切った。

車を降り、雑木林沿いに走る。四輪駆動車から、三つの人影が降りた。三人は、それぞれポリタンクのような物を抱えていた。中身はガソリンか、灯油だろう。

瀬名は速力を上げた。

三人が農家に忍び寄り、三方に散った。

「おまえら、何をする気なんだっ」

瀬名は大声を張り上げながら、懸命に駆けた。

農家の庭先に駆け込んだとき、三カ所で火の手が上がった。ほぼ同時だった。

曽我たち三人が相前後して道に飛び出してきた。三人は、あたふたと四輪駆動車に乗り込んだ。

「待ちやがれ！」

瀬名は、走りだした四輪駆動車を追った。

しかし、すぐに身を翻《ひるがえ》した。三つの炎が大きくなったからだ。

瀬名は農家に駆け戻った。門柱には、長坂善太という表札が掲げてあった。

「火事だ！　火を放たれたぞ」

瀬名は玄関のガラス戸を叩いた。

すぐに五、六人の家族が外に飛び出してきた。おのおのが、プラスチックのバケツや赤い消火器を手にしていた。

多くの家族がいれば、なんとか火は消し止められるだろう。

瀬名は長坂家の前庭から走り出て、サーブに駆け戻った。

車をUターンさせ、大急ぎで『菊屋旅館』に戻る。だが、曽我たちの車は見当たらない。名古屋に逃げたのか。しかし、彼らは荷物を部屋に残したままだと思われる。宿泊費の精算も済ませていないだろう。

明け方にでも、こっそり旅館に戻ってくるつもりなのだろうか。

男たちを手ひどく痛めつければ、式場恵の殺害や川又等の拉致《らち》に関わってるかどうか吐くだろう。

瀬名はサーブを見えにくい場所に駐車し直し、旅館の玄関を潜《くぐ》った。

3

夜明けが近い。

東の空が斑《まだら》に明るみはじめた。瀬名は睡魔と闘いながら、フロントガラスの向こうに目をやっていた。

すでに長い時間が経過していたが、曽我たち三人は宿泊先に戻ってこない。昨夜、逃げる前に彼らは『菊屋旅館』に二、三日、部屋を空けることを電話で連絡済みなのか。そうだとしたら、待つだけ無駄だ。

瀬名はそう思いながらも、自分の部屋に引き揚げる気にはなれなかった。ひょっとしたら、いまに三人のうちの誰かが荷物を取りに現われるかもしれない。そんな気がしてならなかったのだ。

完全に夜が明けるまで、粘《ねば》ることにした。

瀬名はセブンスターをくわえた。張り込んでから、ひっきりなしに煙草を喫ってきた。舌の先が少しざらついている。喉《のど》も、いがらっぽい。

煙草を半分ほど灰にしたとき、旅館の駐車場に一台の軽自動車が滑り込んできた。運転しているのは、『紫苑』のチーママの百合だった。百合は旅館の玄関に近い場所に車を駐め、あたふたと館内に入っていった。彼女が瀬名に気づいた様子はなかった。

曽我たち三人の誰かに頼まれて、百合は部屋の荷物を取りにきたのかもしれない。

瀬名は静かにサーブから出て、館内に足を踏み入れた。フロントにもロビーにも、人の姿は見当たらなかった。早くも百合はエレベーターに乗り込んだようだ。

瀬名は階段を使って、四階に上がった。

『藤の間』に近づき、ドアに耳を寄せる。人のいる気配が伝わってきた。

瀬名はノブに手を掛けた。

施錠はされていない。ドアをそっと開け、踏み込みに身を滑り込ませた。

瀬名は靴を脱ぎ、奥に進んだ。

二間つづきの部屋だった。セーター姿の百合が奥の八畳間の床の間にあるトラベルバッグやビジネスバッグをひとまとめにしていた。

「『誠和エステート』の曽我に頼まれたんだな？」

瀬名は百合の背に声を投げた。百合がぎくりとし、振り向いた。

「あんたは⁉」

「昨夜《ゆうべ》の客だよ」

「なんで、あんたがここにいるわけ？　わけがわかんないわ」

「先に質問に答えてくれ」

「きのうの晩、いったん店を出てった曽我さんが午前零時ごろに、また顔を出したの。それで、ある事情があって旅館に戻れなくなったから、わたしに代わりに宿泊料を払って部屋を引き払ってくれって言ったのよ」

「やっぱり、そうだったか」

「曽我さんたち三人は何か危《ヤバ》いことをしたの？」

「ああ。奴らは吉沢地区の長坂善太さんの自宅に火を放ったんだよ。幸い小火《ぼや》で済んだようだがな」

「三人が火をつけたところを、あんた、見てたのね？」

「察しがいいな。その通りだよ。だから、曽我たちはこの旅館に戻れなくなったのさ」

「わたし、あの連中の仲間じゃないわ。宿泊代と部屋の鍵を渡されて、荷物を取ってきてくれって頼まれただけよ」

「あの三人は、どこにいるんだ？」

瀬名は訊いた。

「知らないわ。きのうは、高岡あたりのホテルに泊まったのかもね」

「曽我は、この部屋の手荷物をどこに運んでくれと言った？」

「ひとまず荷物は、わたしの自宅に持ち帰ってくれって言われたの。きょうの午前中に曽我さんが連絡くれることになってるのよ」

「きみの自宅は、どのあたりにあるんだい？」

「車で十五分ぐらいの所よ」

「家族と一緒に暮らしてるのか？」

「ううん、借家で独り暮らしをしてるの。東京で好き勝手やってきたから、なんとなく実家には居づらくてね」

百合が寂しそうに笑った。

「曽我とは特別の関係なのか？」

「とんでもない。あの男性《ひと》は、ただのお客さんよ。ああいうタイプは、わたしの趣味じゃないもん」

「只働きってわけじゃないんだろう？」

「この部屋の荷物を一時預かってくれたら、五万円くれるって話だったわ。それで、珍しく早起きする気になったわけ」

「そうか」

「あんたの正体を教えて。ただの旅行者なんかじゃないでしょ？」

「詳《くわ》しいことは言えないが、この町には調査のために来たんだ」

「まさか刑事さんじゃないわよね」

「そんな野暮な仕事をするぐらいなら、ホームレスになってるさ」

「気に入ったわ。わたしも警察とゴキブリが大っ嫌いなの」

「それじゃ、相性《あいしょう》は悪くなさそうだ。そこでお願いなんだが、きみの家で曽我から連絡があるまで待たせてもらえないか。もちろん、それなりの謝礼は払う」

「謝礼なんか、どうでもいいわよ。あんたは悪い人間じゃなさそうだから、わたし、協力するわ」

「そいつはありがたい。それじゃ、きみの家に案内してくれ」

瀬名は曽我たち三人の手荷物を両手に持ち、百合を促《うなが》した。

二人は『藤の間』を出ると、エレベーターで一階に降りた。

「わたし、精算をしないといけないから、先に出ててくれる？」

「わかった。この荷物は、おれの車に積もう。車はサーブだよ」

「サーブって、スウェーデンの車でしょ？」

「ああ」

「すっごい！　やっぱり、東京の男は垢抜《あかぬ》けてるね」

百合がそう言い、フロントに足を向けた。

瀬名は表に出て、曽我たちの手荷物をサーブの助手席と床に置いた。運転席に坐り、バッグやビジネスバッグの中身を検べる。

着替えの衣類、売買契約書、小切手帳、帯封の掛かった札束などが入っていた。現金は一千万円以上もあった。

瀬名は一瞬、札束をこっそりくすねたくなった。

しかし、すぐに思い留《とど》まった。百合に盗みの疑いがかかることを懸念《けねん》したのである。

瀬名は、曽我の名刺を一枚だけ抜き取った。『誠和エステート』の本社は、名古屋駅前のオフィスビルの中にあった。

少し経つと、旅館の玄関から百合が走り出てきた。細身のパンツに包まれた腿《もも》は、むっちりしていた。胸も貧弱ではなかった。

瀬名はパワーウインドーを下げた。

「実物のサーブを見たのは初めてだわ。割にデザインは、おとなしいのね」

「おれは控え目な人間だからな」

「そんなふうには見えないわ。特に女性関係は派手そう」

「それが、いまだに童貞なんだよ」

「やだ、気持ち悪い！　二十歳《はたち》過ぎたら、そういう冗談は言わないほうがいいんじゃない？」

「そうだな。気をつけよう。それはともかく、先導してくれないか」

「オーケー」

百合が黒い軽自動車に駆け寄って、素早く運転席に入った。車体の造りがいかにも華奢《きゃしゃ》で、タイヤも小さい。

中型車と正面衝突したら、おそらく大破してしまうだろう。価格の安さが魅力なのだろうが、軽自動車は危険と言えば危険だ。自分が安全運転を心がけていても、いつ暴走車がぶつかってくるかもしれない。

黒い軽自動車が走りはじめた。

瀬名はサーブを発進させた。いつしか空は、朝焼けの色に染まりはじめていた。

百合の車は目抜き通りを走り抜けると、西へ向かった。瀬名は十数メートル後ろを走りつづけた。

五分も走ると、家並が途切れた。軽自動車は田と畑に挟まれた農道をしばらく進み、やがて平家建ての借家が建ち並ぶ地域に入った。

百合の借りている家は、奥まった場所にあった。庭先をガレージとして使っているようだった。軽自動車は庭の中に入っていった。

曽我たちは、この車を見ているだろう。

瀬名はサーブを左脇の私道の奥まで走らせた。曽我たちの手荷物を持って、百合の自宅まで引き返した。

「汚いとこだけど、入ってちょうだい」

百合が玄関のドア・ロックを外し、先に家の中に入った。

瀬名は靴を下駄箱に隠し、百合の後に従った。左手に狭い台所と風呂場があり、裏庭側に四畳半の和室があった。その右側には、六畳間がある。

仕切り襖《ぶすま》は開け放たれていた。ベッドやチェストが見える。

「散らかってて、なんか恥ずかしいな」

百合が照れた顔で襖を閉め、台所に足を向けた。

瀬名は白いテーブルの横に胡坐《あぐら》をかいた。テレビとＣＤミニコンポがあるだけで、家具らしい家具は何もない。男の匂いもしなかった。

「灰皿、借りるよ」

瀬名は卓上のクリスタルの灰皿を引き寄せ、セブンスターに火を点けた。ふた口ほど喫いつけたとき、両手にマグカップを持った百合がやってきた。

「インスタントコーヒーだけど、よかったら、飲んで」

「悪いな。せっかくだから、いただこう」

瀬名は片方のマグカップを受け取った。

百合が六畳間寄りの煤《すす》けた柱に凭《もた》れて坐り、両脚を投げ出した。ストッキングから透けて見える真紅のペディキュアは、はっとするほど生々しかった。手の爪も同じ色で染められている。

「ボロい家だけど、家賃はものすごく安いの。一応、庭付きで三万二千円よ。やっぱり、ここはどうしようもない田舎よね」

「しかし、あくせくしないで暮らしていけそうだ」

「うん、それはね。でも、死にたくなるくらいに退屈な所だわ」

「『誠和エステート』が吉沢地区に産廃物の処分場を建設したがってることは当然、きみも知ってるよな?」

瀬名はコーヒーをひと口啜《すす》ってから、百合に確かめた。

「もちろん！　そのことで、町は二分してる感じなのよ。梅沢町長を筆頭に保守系の町会議員や一部の地主は、処分場の建設に大賛成なの」

「そうらしいな」

「でも、伴内町の環境が悪くなると恐れてる人たちは猛反対してる」

「きみが勤めてるスナックは、賛成派の拠点みたいだな」

「そんな感じね。うちのママ、梅沢町長とは〝はとこ〟なのよ。いわゆる、また従兄妹《いとこ》ってやつよね。そんな関係で、自然に推進派の連中が店に集まるようになっちゃったの」

「そうだったのか。きみは、どっち派なんだい？」

「どっちでもないわ。お店のママには、賛成派みたいに言ってるけどね。それから曽我さんたち三人も、わたしのことを味方だと思ってるみたいだけど」

「要するに、関心がないってわけだ？」

「ええ、そうね。産廃業者から町にまとまった協力金が落ちても、わたしの懐が豊かになるわけじゃないし、逆に処分場ができて空気や水が汚れても必ずしも病気になるわけじゃないだろうし」

「冷徹なんだな」

「というか、この町のことなんか、わたしにはどうでもいいの」

「しかし、この町には身内が住んでるんだろう？」

「うん、たくさんいるわ。でも、身内のことまで考えて生きてるわけじゃないもん。わたしは自分が好きなように生きられればいいの」

百合がにっこり笑って、マグカップに口をつけた。

「昔はともかく、おれもいまはきみと同じように考えてるよ。たった一度の人生だから、思い切り愉《たの》しまなきゃな」

「そうよ、絶対にそうだわ。なんだか波長が合うわね。セックスの相性も、ぴったりだったりして」

「試《ため》してみるかい？」

「いいわよ」

「冗談さ」

瀬名は笑いながら、手を横に振った。

「男と女が冗談で抱き合ったって、別にかまわないんじゃない？」

「まあね。しかし、男は別に傷つくようなことはないが、女の場合は……」

「別段、わたしは傷つかないわ。ね、セックスしてみない？」

百合がマグカップをカーペットの上に置き、にじり寄ってきた。ちょうどそのとき、奥の部屋で固定電話が鳴った。

「誰かが嫉妬してるみたいね」

百合が陽気に言って、おもむろに立ち上がった。瀬名は百合が受話器を取ると、飲みかけのコーヒーを口に含んだ。

電話をかけてきたのは、曽我のようだった。

遣《や》り取りは短かった。受話器を置くと、百合が大声で言った。

「曽我さんからよ」

「やっぱり、そうだったか。何時ごろ、荷物を取りに来るって？」

「曽我さんたち三人は時間の都合がつかないんだって。それで、代理の人がここにバッグやビジネスバッグを取りに来るらしいの」

「そうか」

「二十分ぐらいしたら、その人が来るって」

「推進派の住民が来るんだろう」

「そうかもね。二十分程度しかないんじゃ、ベッドで愛し合えないわね。ベッドインは、代理の人が帰ってからにしましょうか」

「本気なのか？」

「ええ」

「それじゃ、成り行きに任せることにしよう」

瀬名は言って、またもや煙草に火を点けた。釣られて百合も、アメリカ煙草をくわえた。

「八日前に殺された式場恵ってジャーナリストのことは知ってるかな？」

瀬名は問いかけた。

「その彼女、この町で処分場建設を巡る住民の対立を取材してたんじゃない？」

「そう」

「わたし、その彼女を見かけたことはないけど、曽我さんや賛成派の連中が迷惑がってたわ。それで誰だったかが、その式場恵っていう女性を事故に見せかけて吉沢の崖《がけ》の上から突き落としてやるかなんて言ってたの。冗談だと聞き流してたけどその彼女、殺されちゃったのよね。いやだ、賛成派の誰かが殺したのかしら？」

「さっきの物騒な話、誰が喋ってたんだい？」

「町会議員の江口さんだったかな。それとも、曽我さんだったかしら？　ごめん、よく憶《おぼ》えてないわ」

百合が謝って、細巻き煙草の灰を指先ではたき落とした。瀬名は先に煙草の火を揉み消した。

「あっ、わかった！　あんたは、その式場恵ってジャーナリストの事件のことを調べに伴内町に来たのね？」

「実は、そうなんだ。彼女は取材中に、この町の住民の誰かと親しくなった可能性がありそうなんだが、思い当たるような人物はいないかな？」

「反対派の人たちには好意的に見られてただろうから、親しくなった住民は多いんじゃないかしらね。でも、わたし自身は誰も思い当たらないわ」

「そう」

「少し時間を貰えれば、そのあたりのことを探ってみてあげてもいいけど」

「ひとつ頼むよ」

瀬名は軽く頭を下げた。

百合が大きくうなずき、煙草の火を消した。

「水を一杯飲ませてもらってもいいかな」

「いま、持ってきてあげる」

「いや、いいよ」

瀬名は腰を上げ、台所に移った。

コップに水を受け、一息に飲み干した。うまかった。口の中から、砂糖の甘ったるさも消えた。

コップをラックに戻したとき、玄関のガラス戸を叩く者がいた。

「曽我さんの代理の者です。預かってもらった荷物を取りに来ました」

「はーい、ただいま」

百合が玄関先に走った。

瀬名は台所のガラス戸を少し開け、来訪者を覗き見た。

玄関の前には、ひと目で暴力団員とわかる二十八、九歳の男が立っている。オールバックで、凶暴な顔つきだ。

「荷物、早く持ってきてくれや」

「なんなの、態度がでかいわね。わたしは荷物を預かってやったのよ。お礼を言うのが筋なんじゃない？」

「そうだな、ありがとさんよ。これで、いいんだろ？　姐《ねえ》ちゃん、早く荷物を持ってきてくれ」

「急《せ》かさないでよ」

百合が頰を膨らませ、四畳半の和室に戻った。両手にバッグを持ち、すぐに玄関先に引き返してきた。百合が謝礼金を受け取り、荷物を渡す。

やくざと思われる男は荷物を受け取ると、すぐに家から離れた。瀬名は流し台の下から、ステンレスの文化庖丁《ぼうちょう》を取り出した。

「庖丁、どうするの⁉」

「いまの男をちょっと脅《おど》すだけさ」

「さっきの男、やくざみたいよ」

百合が心配顔で言った。

「だから、庖丁を借りる気になったのさ」

「あまり無茶をしないほうがいいわ」

「わかってる。すぐに戻ってくる」

瀬名は下駄箱から自分の靴を取り出し、大急ぎで突っかけた。

庖丁を上着の裾《すそ》で隠し、家の外に出る。筋者らしい男は両手にバッグを提《さ》げ、旧型の黒いメルセデス・ベンツに向かっていた。ベンツの中には、誰もいなかった。

瀬名は足音を殺しながら、男の背後に忍び寄った。

男がベンツに達した。瀬名は地を蹴《け》り、文化庖丁の切っ先を男の腰に押し当てた。

「痛《いて》え！」

「動くなっ」

「てめえ、どこの者《もん》だ。おれが中京会《ちゅうきょうかい》の人間だってことを知ってやがるのかっ」

「前を向いてろ。中京会というと、名古屋の組織だな」

「てめえ、何者なんだ⁉　渡世人ではなさそうだな」

「曽我たち三人は、いま、どこにいる？　正直に喋らないと、ぶっ刺すぞ」

「おれは中京会竹越《たけごし》組の狂い獅子《じし》と呼ばれた男だ。堅気《かたぎ》になめられてたまるかっ」

男が吼《ほ》えた。

瀬名は薄く笑って、刃先をぐっと押しつけた。男が痛みを訴え、手にしていたバッグを路上に落とした。

「今度は腸《はらわた》を抉《えぐ》ることになるぜ」

「くそっ、素人《トウシロ》がなめた真似しやがって」

「どうする、チンピラ！」

瀬名は、さらに腕に力を込めた。男が長く唸《うな》った。白っぽい上着に、鮮血がにじみはじめた。

「もうやめろ。曽我さんは名古屋にいるはずだよ。おれは荷物を取って来てくれって頼まれただけなんだ」

「おまえ、ほかにも曽我に何か頼まれなかったかっ」

「何かって、何だよ？」

「女を始末したことがあるんじゃないのか。え？」

「冗談じゃねえ。おれは人殺《コロシ》しなんか引き受けない。割に合わねえからな」

「それじゃ、誘拐はどうだ？　『誠和エステート』の誰かに頼まれて、ある男を拉致したんじゃないのかっ」

「あんた、何か勘違いしてるんじゃねえのか。おれは、そんなこともしてねえぞ」

「そうかい」

瀬名は上着の左ポケットから、巾着袋に似た目潰《めつぶ》しを抓《つま》み出した。中身は砂だ。文化庖丁の切っ先を乱暴に引き抜く。血糊《ちのり》がべっとりと付着していた。

「この野郎！」

男が逆上し、勢いよく振り向いた。拳《こぶし》を固めた瞬間、瀬名は手製の目潰しを相手の顔面に叩きつけた。

飛び散った砂粒が男の両眼を塞《ふさ》ぐ。

瀬名は相手の前頭部を庖丁の背で力まかせに叩いた。男が瞼《まぶた》を擦《こす》りながら、膝《ひざ》から崩れた。

瀬名は札束の詰まったビジネスバッグだけを拾い上げ、一目散に走りはじめた。

百合の家とは逆方向だった。彼女に迷惑をかけるわけにはいかない。

名古屋のやくざは、自分の顔を見る余裕がなかったはずだ。できるだけ遠くまで走ってから、後で百合の家に戻ろう。

瀬名は庖丁を近くの小川に投げ捨て、ビジネスバッグをしっかりと胸に抱え込んだ。

4

黒いベンツは見当たらない。

名古屋のやくざは引き揚げたようだ。瀬名は路《みち》を折れ、借家の連なる通りに入った。百合の自宅を素通りし、サーブに歩み寄る。瀬名はトランクに札束の入ったバッグを収め、百合の家に引き返した。

玄関のガラス戸越しに、男の影が見えた。影の形から察して、さきほど痛めつけた筋者のようだ。瀬名は庭伝いに建物の裏側に回り、ガラス戸から家の中を覗き込んだ。

四畳半の灰色のカーペットの上に、百合が転がっていた。全裸だった。背の後ろで、両手首をパンティーストッキングで縛《しば》られている。

足首はタオルで括《くく》ってあった。口には、粘着テープを貼られている。

中京会竹越組の組員は、瀬名が百合とグルだと思ったらしい。瀬名は、自分の迂闊《うかつ》さを呪《のろ》った。

そのとき、百合がくぐもり声をあげた。唸りながら、彼女は全身でもがいた。

早く救《たす》け出してやりたい。

瀬名はガラス戸に手を掛けた。だが、内錠が掛かっていた。

歯嚙《はが》みしたとき、玄関の方から名古屋のやくざがやってきた。男は匕首《あいくち》を右手に握っていた。刃渡りは三十センチ近かった。波形の刃文が鮮やかだ。いくらか蒼《あお》みがかっている。

男は刃物を百合の裸身に寄り添わせた。腰のあたりだった。百合は竦《すく》み上がり、裸身を硬直させた。

「おれを襲った野郎は、どこの誰なんだっ」

男が匕首を少しずつ滑らせはじめた。

百合が何か言いながら、首を何度も横に振った。恐怖で眼球が大きく盛り上がっている。

「まだシラを切る気か。強情な女だぜ」

男が言うなり、百合の乳房を鷲摑《わしづか》みにした。

百合が顔をしかめた。男は隆起を捩《ね》じ切るように大きく捻った。百合が口の中で呻《うめ》いた。

瀬名は、軽自動車の駐めてある方に抜き足で戻った。

何気なく足許を見ると、アロエの鉢《はち》が幾つか置いてあった。瀬名は屈《かが》んで、鉢の一つを持ち上げた。玄関に回り、ガラス戸を少しずつ横に払いはじめる。瀬名は四十センチほど開け、体を横にして玄関に入る。

男が物音に気づいた様子はない。

瀬名はそっと靴を脱ぎ、上がり框《かまち》に足を載せた。わずかに板が軋《きし》んだが、何事も起こらなかった。

瀬名は忍び足で、四畳半に近づいた。

男は百合の尻を高く突き出させ、性器を指で弄《もてあそ》んでいた。短刀は右側の床に転がっている。百合の足首のタオルは解かれていた。

「退屈しのぎに、ちょっと娯《たの》しませてもらうぜ。どうだい、そろそろ感じてきたかよ？」

男がそう言いながら、いきなり二本の指を百合の体内に埋めた。百合が、くぐもった呻きを発した。

瀬名は前に跳《と》び、振り翳《かざ》したアロエの鉢を男の後頭部に叩きつけた。鉢が砕《くだ》け、土が飛散した。男が長く唸りながら、その場にうずくまった。頭髪は泥塗《どろまみ》れだった。

瀬名は素早く匕首を拾い上げ、男の首筋に刃を押し当てた。

「女の縛《いまし》めをほどけ！」

「縛め？　なんだよ、それ？」

「パンストを外せってことだ」

「わかったよ。わかったから、匕首《ドス》を首から離してくれ」

「そうはいかない」

「ちっ」

男が舌打ちして、百合の両手首を自由にした。百合が口の粘着テープを引き剝《は》がし、大きく息を吸った。

「怖い思いをさせて済まなかった」

瀬名は百合に詫びた。

「大丈夫よ。それより、あんたはどこも怪我してない？」

「ああ、無傷だ」

「よかった。とりあえず、何か着てくるわ」

百合が脱がされた衣服やランジェリーをひとまとめにし、隣室に移った。襖が静かに閉められる。

「てめえ、札束の入った鞄をかっさらったなっ」

男が息巻《いきま》いた。

「なんの話をしてるんだ？」

「ばっくれやがって。曽我さんは、鞄に土地の買い付けの手付け金が千二百万ほど入ってると言ってたんだ」

「おれには、なんの話かさっぱりわからない」

「くそったれめが！」

「くそは、おまえだっ」

瀬名は匕首を斜めに滑らせた。

男が動物じみた奇声を放った。指の間から、赤いものが噴きはじめた。鮮血だ。

「頸動脈《けいどうみゃく》には達してないから、安心しろ。筋肉が浅く裂《さ》けただけさ」

「ふ、ふざけやがって」

「腰の傷と同じように、そのうち血は止まるだろう。それにしても、おまえは痛覚《つうかく》がえらく鈍いな。ばかで、獣《けもの》に近いんだろう。ある統計によると、頭の悪い凶暴な犯罪者は共通して、並の人間よりも肉体的な痛みに強いらしいぞ」

「おれだって、ちゃんと痛みは感じてらあ」

「しかし、それほどダメージは受けてないはずだ。庖丁で腰を刺されても、女に悪さをする元気があるんだからな」

瀬名は皮肉たっぷりに言った。

「てめえ、いったい何者なんだっ」

「おれに興味は持たないほうがいい」

「けっ、気取りやがって」

「参考までに、おまえの名前を教えてもらおう」

「名前なんかどうでもいいだろうが。竹越組の狂い獅子でわからあ」

「もっと素直にならないと、耳をそっくり削《そ》ぎ落とすぜ」

「や、やめろ。加茂《かも》、加茂ってんだ」

「名古屋弁の訛《なまり》がないな。出身はどこなんだ？」

「横須賀《よこすか》だよ。おれのいた組が解散しちまったんで、中京会の盃《さかずき》貰ったんだ」

加茂が答えた。

そのすぐ後、百合が隣室から現われた。派手なデザインセーターに、黒いミニスカートという組み合わせだった。髪はポニーテールにまとめてあった。

「何か長い紐《ひも》はないか？」

瀬名は訊いた。

「買ったばかりの物干し用のロープはあるけど」

「そいつで充分だ」

「待ってて。いま、持ってくるわ」

百合が台所に歩《ほ》を運んだ。

瀬名は加茂を腹這《はらば》いにさせ、片方の膝で固定した。匕首の切っ先を加茂の尻に垂直に当てる。加茂の体が固くなった。

百合が白いビニールロープの束を持ってきた。瀬名は、彼女に加茂の両手首を縛らせた。

「さっきのお返しよ」

百合が憎々しげに言って、加茂の手首をきつく括《くく》った。

加茂が何か毒づいた。瀬名は残ったビニールロープで、加茂の両足首を縛りつけた。

「おれをどうする気なんだ⁉」

体をくの字に曲げた加茂が、不安げな表情になった。

瀬名は無言で近くに落ちていた粘着テープを拾い上げ、加茂の口を封じた。加茂が全身で暴れたが、縛めは少しも緩まなかった。

瀬名は百合に目配せして、先に裏庭に降りた。

踏み石には、二つのサンダルが載っていた。その片方を突っかけたのだ。

待つほどもなく百合がやってきた。

「しばらくどこかに身を隠してくれないか。ここにいたら、きみはきっとひどい目に遭《あ》う」

瀬名は低く言った。

「うん、危《ヤバ》そうね。あんたと一緒に東京に行ってもいいな」

「おれのそばにいるのは危険だよ。おれは、この町でいろいろ調べたいことがあるんだ」

「嫌われちゃったか」

「そういうことじゃないんだ。さっき、加茂って男から手荷物の一つを奪った。その中には、千二百万ほどの現金《ゲンナマ》が入ってた。『誠和エステート』の金だよ」

「千二百万もあれば、どっかでスナックを開けそうね」

百合が目を輝かせた。

「いただいた金は、おれの車のトランクに入ってる。あれをそっくりやるから、きみはどこか安全な場所に身を潜めてくれ」

「いいわ。わたし、どこかに消える。でも、その前にあなたとの思い出が欲しいな。きっとセックスの相性も悪くないと思うの」

「いいだろう」

瀬名は百合の手を取って、家の中に戻った。

芋虫《いもむし》のように這っている加茂を手洗いの中に閉じ込めてから、二人は奥のベッドに入った。

瀬名は百合の唇を貪《むさぼ》りながら、着ている物を一枚ずつ剝ぎ取った。百合も同じことをした。瀬名は百合の性感帯を的確に探り当て、そこを情熱的に愛《め》でた。百合の体は、そのつど鋭く反応した。

彼女は喘《あえ》ぎながら、瀬名の体を刺激しつづけた。指の遣い方は巧《たく》みだった。

二人は昂《たか》まりきると、体を繋いだ。

その瞬間、瀬名は何か拾い物をした気持ちになった。百合は名器の持ち主だった。しかも、めったに巡り逢えない名器中の名器だ。

「あんた、すっごいテクニシャンね。同棲してた彼だって、こんなには上手じゃなかったわ。ああ、気が遠くなりそう」

「きみの体こそ、素晴らしいよ」

「ほんとに？」

「ああ。みみず千匹どころか、万匹だよ」

「いまのはシャレ？」

「いや、そんなつもりじゃなかったんだが……」

二人は戯言《ざれごと》を交わしながら、貪婪《どんらん》に肉欲を満たし合った。

濃厚な交わりは、二時間近くつづいた。

その間に、百合は六回もエクスタシーを味わった。そのつど、裸身をリズミカルに震わせた。悦《よろこ》びの声は、ほとんど咆哮《ほうこう》だった。

瀬名は幾度も背中に爪を立てられた。

彼自身も、かつて味わったことのない快感を覚えた。ペニスは百合の体内で、何度も鋭く嘶《いなな》いた。脳天の痺《しび》れは数十秒も持続した。

体を離すと、百合は瀬名の体の汚れを舌できれいに清めてくれた。舐《な》められているうちに、瀬名の分身は二度も頭をもたげそうになった。しかし、さすがにハードアップすることはなかった。

百合は身仕度を整えると、シャネルの大きなバッグに衣類や貴重品を詰めはじめた。預金通帳やキャッシュカードもまとめた。

瀬名は身繕いをすると、すぐに外に出た。サーブを百合の家の玄関の前に横づけし、トランクルームから千二百万円入りのバッグを取り出す。

すでに百合は、自分の軽自動車の横に立っていた。

「素敵な思い出をありがとう」

「こっちこそ、礼を言うよ」

「考えてみたら、わたし、あんたの名前も知らないのよね」

「そうだったな。おれの名は……」

「あっ、言わないで！　あんたの名前を聞いちゃったら、未練が残りそうだから。わたしも本名は教えないでおく。百合っていうのは、源氏名《げんじな》なの」

「そう。この中に金が入ってる。東京の私鉄沿線なら、すぐにでも店を持てると思うよ」

瀬名はそう言って、札束の詰まったバッグを軽自動車の後部座席に入れた。

「全部、わたしが貰っちゃってもいいの？」

「遠慮するなって。どうせおれの金じゃないんだ」

「なら、貰っとくわ。東京のどこかで、ひょっこり再会できたら、ちょっとロマンチックね。それじゃ、お元気で！」

百合が小さく手を振って、自分の車に乗り込んだ。

瀬名は目で別れを告げ、少し後ろに退《さ》がった。

軽自動車はバックで庭から出て、そのまま辻《つじ》まで走った。四つ角で車首の向きを変え、じきに走り去った。

瀬名は百合の家の中に戻り、手洗いから加茂を引きずり出した。

いったん加茂を立ち上がらせ、強烈な当て身を喰《く》らわせた。加茂が白目を見せながら、尻から落ちた。

瀬名は奥の寝室から毛布を持ってきて、加茂の全身をすっぽりと包み込んだ。気絶したやくざ者を肩に担《かつ》ぎ上げ、玄関から表をうかがう。あたりに人の目はなかった。

サーブのトランクルームに加茂を投げ入れ、瀬名は運転席に乗り込んだ。まだ午前十一時を少し回ったばかりだった。

瀬名は車を走らせはじめた。

県道をたどって、小矢部ＩＣをめざす。小矢部ＩＣと砺波《となみ》ＩＣの中間に、小矢部砺波JCT《ジャンクション》がある。右のコースは東海北陸自動車道だ。

福光《ふくみつ》ICまでは開通している。越前《えちぜん》街道を下《くだ》って美濃《みの》市を抜ければ、やがて名古屋市内にたどり着く。

瀬名は加茂を使って、『誠和エステート』の曽我をどこかに誘《おび》き出す気になっていた。

名古屋市内に入ったのは、午後三時過ぎだった。

瀬名は名城《めいじょう》公園の裏でサーブを停め、トランクから加茂を引きずり出した。加茂は、ぐったりしている。

瀬名は車の助手席に加茂を坐らせ、口の粘着テープを剥いだ。

「曽我に電話するから、奴に名古屋港に午後五時に手荷物を取りに来てくれって言え」

「あんた、曽我さんをどうする気なんだ？」

加茂が問いかけてきた。

瀬名は返事をしなかった。上着の内ポケットからスマートフォンを取り出し、『誠和エステート』の代表番号を押した。

すぐにスマートフォンを加茂の耳に押し当てる。加茂が名乗って、曽我課長に電話を繋いで欲しいと頼んだ。

瀬名はスマートフォンに耳を近づけた。ややあって、曽我の声が響いてきた。

「百合から手荷物を受け取ってくれたね？」

「それが失敗《ドジ》っちまったんですよ。百合の家には野郎がいて、おれ、そいつに取っ捕まっちまったんです」

加茂が大声で叫んだ。

「この野郎、余計なことを言いやがって」

瀬名は通話終了キーをタップし、加茂を車の外に突き落とした。転げ落ちた加茂は呻きながらも、悪態をついた。

「このままじゃ、済まねえからな。きっちり決着《オトシマエ》をつけてやらあ」

「ほざくな、屑《くず》野郎が！」

瀬名は助手席のドアを閉め、車を走らせはじめた。中区にある『誠和エステート』の前で待ち受け、曽我を押さえるつもりだった。

数分走ったとき、スマートフォンが鳴った。

「おれだよ」

氏家の沈んだ声が告げた。

「何かあったんだな？」

「ついさっき、川又の撲殺《ぼくさつ》体が多摩市の宅地造成地で発見された」

「なんだって⁉」

「川又は金属バットか鉄パイプで、全身をめった打ちにされてたらしいんだ。従弟の幸輝が、たったいま、電話で報《しら》せてくれたんだよ。あの川又が死んだなんて信じられない」

「氏家《ウジ》、しっかり気を張れ。おれはいま、名古屋にいるんだよ。これから、すぐに東京に戻る」

「わかった。道場で待ってるよ」

「必ず待っててくれ」

瀬名は電話を切ると、徐々に加速していった。

東名高速道路の名古屋ＩＣまで、それほど遠くなかった。

第三章　残忍な殺人連鎖《れんさ》

1

空気が冷たい。

薬品の臭《にお》いもする。港区にある慈恵《じけい》会医科大学の霊安室だ。

瀬名は氏家と一緒に奥に進んだ。

午後七時過ぎだった。川又等の遺体は多摩市唐木田《からきだ》の発見現場で検視を受けた後、この病院に運び込まれた。

他殺の場合は司法解剖が行われる。事件現場が東京二十三区内のときは、東京都監察医務院で遺体は解剖される。三多摩地区は慈恵会医科大学か、杏林《きょうりん》大学と指定されている。

川又の遺体は明日の午前中に、この病院で解剖されることになっていた。原則として、司法解剖の前に遺体と対面できるのは身内だけに限られている。

二人は氏家の叔父の計らいで、特別に対面を許されたのだ。

「こちらです」

若い医局員が小声で言い、ストレッチャーを真横にした。遺体は、白布ですっぽりとくるまれていた。

医局員が短く合掌し、白い布を膝《ひざ》のあたりまで捲《めく》った。

氏家が呻《うめ》き声をあげた。川又の亡骸《なきがら》は血みどろだった。まるで潰《つぶ》れたトマトだ。瀬名も声を放ちそうになった。川又の前頭部は大きく陥没《かんぼつ》し、片方の眼球が零《こぼ》れ落ちかけていた。鼻柱は崩れ、唇も切れている。顎《あご》も変形していた。

「川又、なんでこんなことになったんだ？」

氏家が前に進み出て、遺体の片手を取ろうとした。と、医局員が遠慮がちに制止した。

「申し訳ありませんが、遺体には触《ふ》れないでいただきたいんです。司法解剖が済むまでは、そういう決まりになってるものですから」

「わかりました」

「個人的には、お顔の汚れぐらいはきれいにしてあげたいんですけどね」

「仕方ありません」

氏家はそう言い、故人の顔を覗《のぞ》き込んだ。

ほとんど同時に、作務衣《さむえ》に包まれた厚い肩が震えはじめた。氏家は懸命に嗚咽《おえつ》を堪《こら》えていた。

川又等は、氏家の愛弟子だった。辛いだろう。瀬名は、友人の肩口に手を置いた。

「瀬名、こんなことがあってもいいのかっ。こいつは、まだ二十九歳だったんだぞ」

「若い死だな。若すぎる」

「恋人が殺され、川又自身もこんな形で若死にさせられてしまって。残酷すぎるよ、運命は」

「そうだな」

「川又は、本当に善《い》い奴だったんだ。男らしい性格で、弱者を労《いたわ》る気持ちを常に持ってた。おれは犯人を絶対に赦《ゆる》せない。八つ裂きにしてやりたいよ」

「よくわかるよ、氏家《ウジ》の気持ちは」

「くそーっ」

氏家が両拳をぶるぶると震わせながら、男泣きに泣きはじめた。下駄がリノリウムの床を小さく鳴らしている。

瀬名は若い医局員に目で合図した。

医局員が黙ってうなずき、故人の全身を白布で覆い隠した。瀬名は氏家を促《うなが》し、霊安室を出た。

廊下には、氏家の叔父の日下貴明がたたずんでいた。警視庁組対部第四課の課長である。濃いグレイの背広姿で、趣味のいいネクタイを結んでいた。

瀬名は会釈《えしゃく》した。日下が目礼し、甥《おい》の氏家に話しかけた。

「拓也、大丈夫か？」

「ええ。無理なお願いをして、悪かったね」

「どうってことないよ。それより、ここに来る前に多摩中央署に寄ってきたんだ。被害者は別の場所で撲殺《ぼくさつ》されて、宅地造成地に遺棄《いき》されてたらしい。現場の血痕《けっこん》は少なかったそうだ」

「死体遺棄現場に、犯人の遺留品は？」

「二人の足跡のほかは何も発見されなかったという話だったよ。ただ、死体遺棄現場の二人の足跡と例の代々木公園の事件現場の足跡はぴったり一致したらしい」

「つまり、式場恵さんを扼殺《やくさつ》して焼いた奴らと川又を撲殺した二人組は同じだったってことなんだね？」

氏家が確かめる口調で言った。

「まだ、そこまでは断定できないんだ。しかし、二人の被害者を遺棄した複数の犯人が同じであることは間違いないな。それから拓也が言ったように、そいつらが二人を殺した可能性もある」

「川又の遺体を発見したのは近所に住む主婦だという話だったけど、遺棄現場を目撃した人物は？」

「残念ながら、それはいないんだ。ただ、発見される前に、造成地に不審なＲＶが駐《と》まってたのを見た建設作業員はいるんだよ。しかし、肝心の車のナンバーは見てないらしい。それに、車を運転してたのが男だということしか憶《おぼ》えてないんだ」

「それじゃ、手がかりにならないね」

「いま現在は、確かに手がかりらしい物はない。しかし、地取り捜査が本格的にはじまれば、きっと何か摑《つか》めるだろう」

「何かわかったら、教えて欲しいんだ」

「まさかおまえ、自分で犯人捜しをする気になったんじゃないだろうな？」

「個人的にはそうしたい気持ちだけど、素人にそんな大それたことはできないでしょ？」

「それはそうだ。素人探偵が事件を解決できるなら、警察はいらないよ」

日下が言った。

「捜査状況を知りたいのは、一刻も早く川又を殺した犯人に捕まってほしいからなんだ」

「それだけじゃなく、推理小説のネタを仕込みたいんだろう？」

「まあね。しかし、小説を書くのは思ってたよりも骨の折れることなんだよね。斬新なトリックなんて簡単には思いつかないし、物語の運び方も難しいんだ」

「そんなことを言ってるようじゃ、まだ一作も書き上げてないな？」

「実は、そうなんだよ。二、三十枚は書けるんだけど、そのあと筆がなかなか進まなくて、苦労してるんだよ」

「武闘派のおまえが小説を書くこと自体、ちょっと無理があるんじゃないのか？」

「はっきり言ってくれるな」

氏家が口を尖《とが》らせた。

「むくれるな、事実を言ったまでなんだから」

「それにしても、もう少し言いようがあるでしょ？」

「甥っ子にまで本音を言えないようじゃ、虚《むな》しいじゃないか」

「それは、そうだけどね。それはそうと、恵さんの事件の捜査は難航したままなの？」

「被害者が取材にちょくちょく出かけてた富山の所轄署とは密《みっ》に連絡を取ってるようだが、まだ有力な情報は入手してないそうだ」

「なんだか焦《じ》れったい気持ちだな」

「そのうち、必ず犯人を逮捕するさ。おっと、こんな時間か。職場に戻らなきゃならないんだ。先に失礼するぞ」

日下が腕時計に視線を落とし、大股《おおまた》で遠ざかっていった。

「氏家《ウジ》、どこかで弔《とむら》い酒を飲むか」

「それは後《あと》にしよう。もう少ししたら、川又の弟の克次《かつじ》君がここに来ることになってるんだ」

「その弟は逗子に住んでるのか?」

瀬名は訊《たず》ねた。

「いや、世田谷の松原でアパート暮らしをしてるんだ。克次君は二十七歳で、アパレルメーカーに勤めてる」

「そうか」

「あそこで待とう」

氏家が数メートル先のベンチを指さした。

二人はベンチに並んで腰かけた。そのとき、若い医局員が霊安室から出てきた。彼は瀬名たち二人に軽く頭を下《さ》げ、足早に歩み去った。

瀬名はセブンスターに火を点《つ》けてから、伴内町で探《さぐ》ったことをつぶさに語った。口を結ぶと、氏家が即座に言った。

「『誠和エステート』が中京会竹越組の組員に恵さんを始末させたんじゃないのか?」

「加茂って組員は式場恵殺しには関与してないと言ってた。それから、川又等の拉致《らち》にも絡んでないともな」

「そいつは、おそらく嘘をついたんだろう。恵さんの存在をうるさく感じてた『誠和エステート』が、彼女を消したにちがいないな。むろん、川又も産廃業者が……」

「氏家《ウジ》、もう少し冷静になれよ。早く犯人にたどり着きたいって気持ちはわかるが、まだ確かな証拠を摑んだわけじゃないんだ」

「確証はないが、どう考えたって、『誠和エステート』が怪しいじゃないか。その会社の連中は何か悪事を恵さんに知られたんだよ」

「それは、ほぼ間違いないだろうがな」

瀬名は、短くなった煙草をスタンド型の灰皿に投げ落とした。

そのとき、エレベーターホールの方から二人の男がやってきた。ひとりは、さっきの医局員だ。もうひとりは二十代後半で、どことなく顔立ちが川又等に似ている。

「克次君だよ」

氏家がすっくと立ち上がり、蟹股《がにまた》で二人に近づいていった。

三人がたたずむ。氏家が故人の弟に何か語って、その肩を軽く抱いた。川又克次は、いまにも泣き出しそうな表情だった。

氏家が瀬名の方を振り返り、克次に何か告げた。克次が瀬名に会釈した。瀬名も目礼した。医局員に促され、克次が歩きはじめた。ほどなく二人は、霊安室の中に消えた。

氏家が引き返してきて、ベンチに崩れるように坐《すわ》り込んだ。

「川又のおふくろさんはショックで、逗子の家で倒れたそうだ。親父さんは妻の看護で、ここには来られないらしい」

「気の毒にな」

「なんだか遣《や》り切れないよ」

「川又兄弟は仲がよかったのか?」

「ああ、すごくな。克次君が出てきたら、いろいろ話を聞こう」

「そうだな」

会話が途切れた。

ちょうどそのとき、霊安室のドア越しに克次の号泣《ごうきゅう》が響いてきた。ストレッチャーの滑車が鳴る音も聞こえた。克次は兄の遺体に取り縋《すが》っているのだろう。

泣き声は、ひとしきり熄《や》まなかった。克次が医局員に体を支えられて出てきたのは、およそ二十分後だった。

泣き腫《は》らした顔が痛ましかった。足許《あしもと》もふらついている。

大柄な氏家が信じられない速さで克次に駆け寄り、しっかりと支えた。医局員が克次を氏家に託《たく》して、急ぎ足で遠ざかっていった。

「弟さんをここに……」

瀬名はベンチから腰を浮かせた。

氏家が克次をベンチに坐らせ、自分もかたわらに腰かけた。十分ほど経つと、克次がどちらにともなく言った。

「取り乱してしまって、ご迷惑をかけました」

「身内がこんなことになったら、誰だって冷静じゃいられないさ」

氏家の言葉には、温かさが感じられた。本気で、そう思っているからだろう。

「こんなときに無神経と思われるかもしれないが、おれと瀬名は川又の事件と式場恵さんの殺害はリンクしてると考えてるんだ」

「えっ、恵さんの事件とですか⁉」

「そうなんだ」

瀬名は口を挟み、二つの殺人事件の繋がりを語った。

「そういえば、うちの兄貴は拉致される前々日の晩、ぼくのアパートを訪ねてきたらしいんですよ。そのとき、ぼくは留守だったんですけど、隣に住んでる女性が教えてくれたんです」

「部屋に、兄さんのメモは？」

「ありませんでした。でも、兄は預けてあった合鍵で部屋に入って、しばらくぼくを待ってた様子だったというんです」

「きみの兄貴は部屋の合鍵を持ってたのか」

瀬名は言いながら、氏家と顔を見合わせた。氏家が目顔でうなずき、早口に克次に言った。

「川又君は、恵さんからビデオテープの類《たぐい》を預かってたかもしれないんだ。そして、彼は万が一のことを考えて、恵さんから預かった物をきみの部屋にこっそり隠した可能性もあるんだよ」

「そうなんですか⁉」

「これから、きみの部屋を検《しら》べさせてもらえないか」

「ええ、どうぞ」

克次が快諾《かいだく》した。

三人は、すぐさま病院の駐車場に足を向けた。氏家が自分のパジェロの助手席に克次を坐らせ、慌《あわ》ただしく四輪駆動車を走らせはじめた。

瀬名はサーブでパジェロを追った。

東麻布《ひがしあざぶ》から渋谷を抜け、駒場、代田《だいた》と住宅街を進んだ。最短コースだった。

三十分そこそこで、克次のアパートに着いた。軽量鉄骨造りだった。

氏家たちはアパートの前の路上に車を縦列に駐め、克次の後に従った。部屋は、二階の一番奥にあった。

克次が先に部屋に入り、電灯を点けた。間取りは１Ｋだった。トイレとバスはユニットになっていた。

奥の洋室は七・五畳のスペースだった。

ベッド、衣装ケース、テレビ、ミニコンポ、本棚などが壁際に置かれ、空いているスペースはあまり広くない。三人は手分けして、部屋の中をチェックしはじめた。瀬名はミニコンポや本棚の裏側を覗き込んだ。

しかし、映像データの類はどこにもなかった。氏家も克次も無駄骨を折る結果になった。

瀬名は念のため、キッチンの調理台の下に顔を突っ込んでみた。すると、調理台の真下に箱状の物が幅広のセロハンテープで固定されていた。

小豆《あずき》色のビニール袋にくるまれている。瀬名は触ってみた。

固かった。ビデオカセットかもしれない。

瀬名はセロハンテープを引き剝《は》がし、中身を検《あらた》めた。

やはり、ビデオテープだった。タイトルラベルを見ると〈伴内町その3〉と記してあった。式場恵が撮影したビデオにちがいない。

「ビデオ、見つかったぞ」

瀬名は大声をあげた。氏家と克次がキッチンに駆け込んできた。

「どこにあった？」

「調理台の下だよ」

瀬名は氏家に答えた。

「よく見つけたな」

「ほんとですね。ビデオを再生してみましょう」

克次が言って、真っ先に奥の部屋に戻った。氏家、瀬名の順につづいた。

「頼む」

瀬名はビデオテープを克次に手渡した。

克次がテープをビデオデッキにセットした。三人はテレビの前に集まった。

テレビの画面に、映像が流れはじめた。

林道に二台の乗用車が縦に並んでいる。レクサスとクラウンだった。ビデオカメラは、葉群《はむら》の中に据えられているようだ。時折、風にそよぐ葉がフレームに入った。

少し経《た》つと、レクサスから五十年配の男が降りた。

伴内町の梅沢町長だった。レクサスのトランクリッドは大きく開いていた。

後ろのクラウンの運転席から姿を見せたのは、『誠和エステート』の曽我だった。

曽我はビニールの手提《てさ》げ袋を胸に抱えていた。袋は、かなり膨らんでいる。曽我は車のドアを閉めるとき、体のバランスを崩した。

弾みで、手提げ袋から帯封の掛かった札束が四つか五つ路面に転がり落ちた。

曽我がきまり悪そうに笑い、札束を拾い上げて手提げ袋に投げ入れた。梅沢が手提げ袋を受け取り、素早くトランクの中に収めた。

二人は握手して、それぞれの車に乗り込んだ。

そこで映像はいったん中断し、次にどこかの料亭が映し出された。待つほどもなく、両手で若い芸者の肩を抱いた梅沢が姿を見せた。その後から、『誠和エステート』の曽我、泊、亀井の三人が現われた。

梅沢は産廃業者に接待されたのだろう。かなり飲んだらしく、千鳥足だった。

梅沢は二人の芸者の頬にくちづけし、上機嫌な様子で黒塗りのハイヤーに乗り込んだ。曽我たち三人が、走りはじめたハイヤーに深々と頭《こうべ》を垂れた。

ビデオテープには、その二シーンしか撮影されていなかった。克次が手早くテープを巻き戻す。

「金を受け取ったり、料亭でもてなされたのは伴内町の梅沢健吾という町長だよ」

瀬名は氏家に顔を向けた。

「クラウンに乗ってた男は、『誠和エステート』の人間だな？」

「ああ。処分場建設予定地の買収を担当してる曽我って課長さ」

「産廃業者が処分場予定地の市町村に〝協力金〟を渡すのは、別に違法じゃない。しかし、人目のない場所で現金の受け渡しが行なわれたってことは、間違いなく賄賂《わいろ》だな」

「それは、もはや弁解の余地はないな。梅沢町長は、袖《そで》の下を使われたのさ。もしかしたら、町長自身が産廃業者にたかったのかもしれない」

「そうだな。どっちにしても、このビデオの映像が公《おおやけ》になったら、梅沢は完全に失脚することになる。『誠和エステート』にしたって、マスコミに騒がれ、贈賄の容疑で摘発されることになるはずだ」

「そうなるな。梅沢か曽我のどちらかが、式場恵に隠し撮りされたことに気づいたんだろう。そして両者が共謀して、女性ジャーナリストとその恋人を殺し屋《プロ》に始末させた疑いが濃い」

「そうにちがいないよ」

氏家の語尾に、克次の言葉が被《かぶ》さった。

「このビデオをすぐに警察に届けます。そうすれば、兄と恵さんを殺害した犯人はスピード逮捕されると思うんですよ」

「この映像データだけじゃ、贈収賄《ぞうしゅうわい》の立件は難しそうだな。山の中での金銭の授受行為は限りなく怪しいが、言い逃れることもできる。個人的な貸し借りにすぎないとかね」

「そんな……」

「おれの叔父が警視庁組対四課の課長だってことは、克次君も知ってるよな？」

「ええ」

「このビデオテープ、ひとまずおれに預からせてもらえないか。さっきの映像を観《み》せて、叔父の意見も聞いてみたいんだ。どうだろう？」

「そのほうがいいかもしれませんね。いまの映像だけじゃ、確かに汚職の立証は困難かもしれませんので」

克次がビデオテープをデッキから抜き出し、そのまま氏家に渡した。

瀬名は、氏家の機転に心の中で感謝していた。克次がビデオテープを多摩中央署に届けたら、警察に先を越されることになる。

「なるべく早く結論を出すようにするよ。明日の通夜は、逗子の実家で執《と》り行われるんだね？」

「ええ、その予定です。ぼくは今夜中に逗子の家に帰ることになってるんです」

「通夜にも告別式にも顔を出させてもらうつもりだよ。きょうは、これで失礼しよう」

氏家が克次に言って、玄関に向かった。瀬名は改めて悔やみの言葉を述べ、氏家につづいた。

アパートの前の路上に出ると、氏家が低く言った。

「克次君がビデオテープを警察に持ってくって言い出したときは、ちょっと焦《あせ》ったよ」

「だろうな。しかし、もっともらしいことを言って、ビデオを手に入れたじゃないか」

「瀬名とつき合ってると、おれまで悪知恵が発達して困るよ。このビデオを何本かダビングして、梅沢と曽我の両方に揺さぶりをかけてみてくれないか」

「もちろん、そうするさ」

瀬名は、にっと笑った。

「今夜は飲むぞ。川又の弔いなんだから、酔い潰れるまで飲んでやる」

「そうしてやれよ」

「瀬名は適当に切り上げてくれ。どこかの女に恨まれたくないからな」

「たまには、男同士で飲むのも悪くないさ」

「無理するなって」

氏家が肩をぶつけてきた。瀬名は大仰《おおぎょう》によろけて見せた。

長い夜になりそうだった。瀬名は弔い酒を傾ける前に、今夜のパートナーに断りの電話をかける気でいた。

二人は黙って、おのおのの車のドア・ロックを外した。

2

悪趣味な飾り物ばかりだった。

トナカイの首や珍鳥の剝製《はくせい》が、ずらりと並んでいる。梅沢町長の自宅の応接間だ。

瀬名はゆったりとしたソファに坐り、煙草を吹かしていた。

色の濃いサングラスをかけたままだった。午後二時を十分ほど過ぎていた。ちょうどいまごろ、川又の遺体は火葬場で灰になっているだろう。

ダビングしたビデオテープは、きのうのうちに梅沢と曽我の許《もと》に届けてあった。瀬名は正午前に伴内町に着いた。町役場に電話をすると、梅沢は自宅で会いたいと狼狽《ろうばい》した声で申し入れてきた。瀬名は相手の希望を受け入れ、この家を訪れたのだ。

ドアの向こうで、梅沢の咳払《せきばら》いが響いた。

瀬名は喫《す》いさしの煙草を大理石の灰皿の底で捻《ひね》り潰し、少し前に出された緑茶で喉《のど》を湿らせた。

応接間のドアが開けられた。

厚みのある蛇腹《じゃばら》封筒を小脇に抱えた梅沢が、うつむき加減に入ってきた。瀬名と向き合うと、彼は切り出した。

「ビデオのマスターテープはどこにあるんです？　ここに宅配便で送ってきたのは、どうせ複製したビデオなんでしょ？」

「マスターテープは譲れない。おれにとって、一種の保険だからな」

「あんたを警察に売るようなことはしないよ」

「売りたくたって売れないはずだ。この町の町長が産廃業者から多額の賄賂を貰《もら》ってたんだからな」

瀬名は片目を眇《すが》めた。他人を侮蔑《ぶべつ》するときの癖だった。

「それは違う、違います。あれは賄賂なんかじゃないんだ」

「賄賂じゃなかったって？」

「ええ、そうです。わたしは北陸でナンバーワンの名門ゴルフ場の会員権を購入するため、『誠和エステート』から一時的に五千万円を借りただけなんです」

「そんな子供騙《だま》しの嘘が通用すると思ってるのかっ」

「事実です。嘘なんかじゃありません」

「それなら、何か証拠を見せてもらおうか。曽我から渡された銭が借りたものだというなら、当然、借用証は書いたよな？　その控えを見せてくれ」

「先方は借用証は必要ないと言ってくれたんですよ」

「ふざけるなっ」

「大声を出さないでください」

梅沢が怯《おび》えた顔で哀願した。

瀬名はさりげなく上着のポケットに手を滑り込ませ、ＩＣレコーダーの録音スイッチを入れた。

「わたしの話を信じてくださいよ。わたしは、本当に『誠和エステート』から無担保無利子で五千万を借りただけなんです。しかし、あのビデオテープが公になったら、町民の中には誤解する者が出てくるかもしれないと思って、マスターテープを譲ってもらう気になったわけです」

「梅沢さん、無駄な遣《や》り取りは省《はぶ》こう。わざわざ山の中で五千万円を受け取るなんて、不自然すぎる」

「町の中で金の受け渡しをしたら、妙な誤解をされるかもしれないと思ったもんでね」

梅沢が、しどろもどろに言い訳した。

「そっちがその気なら、問題の映像データを富山地検に持ち込むほかないな」

「ま、待ってくれ。それだけはやめてください。お願いだ」

「受け取った五千万円は賄賂だなっ」

「ま、そういうことになります」

「やっと認めたか。あんたが袖《そで》の下を要求したのか？」

「そうじゃない。先方が処分場建設反対派の切り崩しの根回しに遣《つか》ってくれと進んで持ってきたんですよ」

「切り崩しの運動資金にしては、ちょっと額が少ないな。後《あと》で、いくら貰えることになってたんだ？」

瀬名は単刀直入に訊《き》いた。

「反対派を三割以下にしたら、あと五千万貰えることになってたんです」

「やっぱり、そうか。しかし、切り崩しはあまりうまく進まなかった。それで曽我たち三人が焦れて、吉沢地区の長坂善太の自宅に火を放った。そうだな？」

「あの小火《ぼや》騒《じ》ぎのことは聞いてるが、曽我たち三人がまさか火を放ったなんてことは……」

「おれは、奴ら三人が火をつけたとこを直《じか》に見たんだ」

「そんな荒っぽいことをやったら、逆効果なのに」

「それだけ『誠和エステート』は用地の確保を急ぎたいんだろう」

「それにしても、賢いやり方じゃない。そんなことを繰り返したら、賛成派住民も反対派に回ってしまう。まずい、まずいことになった。伴内町は税収入が少ないんですよ。だから、産廃業者からの協力金がなければ、道路の補修工事も満足にはできない状態なんです」

「だからって、過半数の住民の意見を押さえ込むのは考えものだな。住環境が劣化するのを嫌ってる人たちも大勢いるんだ」

「反対派の連中は、ダイオキシンに神経質になりすぎてるんですよ」

　梅沢が苦々しげに言った。

「それは見解の相違だな。町長だからって、自分の考えを住民たちに押しつけるのは独善だし、民主主義のルールにも反してる」

「反対派の割合が過半数に達したら、わたしだって、処分場の誘致は諦《あきら》めますよ」

「それは当然のことだ。ところで、例のビデオを撮影した人物に思い当たるだろう？」

「東京からちょくちょく取材に来てた式場恵という女でしょ？　彼女は、わたしが取材拒否しても、しつこく身辺をうろついてたんでね」

「あんたと曽我は彼女に危《ヤバ》いとこを撮られたことに気づいて、殺し屋《プロ》に始末させたようだな」

　瀬名は梅沢を睨《にら》みつけた。

「な、何を証拠に、そんなことを言い出すんだっ。そんなふうに他人を罪人扱いするのはやめてくれ。人権問題だぞ」

「あんたは、本当に式場恵殺しには関与してないのか？」

「当たり前じゃないか。わたしは、この町の長なんだ。ごろつきじゃないっ」

梅沢が額《ひたい》に青筋を立てながら、激しく言い募《つの》った。

「しかし、あんたは式場恵に致命的なシーンを撮られてる。汚職がマスコミにすっぱ抜かれたら、あんたは町長のポストを失い、収監の身になる」

「うむ」

「そうなったら、人生の破滅だ。保身のため、式場恵を葬《ほうむ》る気になっても別に不思議じゃない。おれがあんただったら、彼女を消す気になるだろう」

「いくら何でも、そこまで堕《お》ちちゃいないよ。天地神明《しんめい》に誓って、わたしは彼女の事件には絶対に関わってない」

「それじゃ、式場恵は『誠和エステート』に消されたのかな？」

「わたしは知らんよ、そんなことは」

「ま、いいさ。ビデオの件で、何か曽我から連絡があったな？」

「きのうの夜、彼から電話がかかってきたよ。同じビデオがわたしのとこにも届いてると知って、とても驚いてた。もちろん、わたしも両方にビデオが送りつけられたことがわかって、ひどく慌《あわ》てたよ」

「もう逃げ切れないと観念して、おれと会う気になったわけだ」

「まあね。この蛇腹封筒の中に、二千万円入ってる。これで、ビデオのマスターテープを売ってくれないか」

「さっき言ったはずだ。マスターテープは譲れないってな」

瀬名はそう言い、ＩＣレコーダーの停止ボタンを押し込んだ。不都合なことを録音するわけにはいかない。

「この二千万円は手付金と考えてくれてもいいよ。マスターテープと引き換えに、あと二千万払おう」

「封筒に入ってる金は、ダビングテープの代金ってことにしてやろう」

「ええっ。口止め料を二重取りする気なんだな！」

「不服なら、話はなかったことにしてもいいんだぜ。ただし、おれはここを出たら、富山地検に直行することになるがね」

「なんて奴なんだっ」

「どうする？」

「わかった。この二千万はダビングテープの代金ってことでいいよ」

「話がわかるな」

「マスターテープは、いつ渡してくれるんだね？」

「譲ると言った憶えはないぜ。おれがここに来たことを曽我に連絡したら、あんたは失脚することになる。そのことを忘れないことだなっ」

瀬名は蛇腹封筒を引き寄せ、中身を検《あらた》めた。

百万円の札束が間違いなく二十個入っていた。

「汚い男だ」

梅沢が恨みの籠《こも》った目で呟《つぶや》き、下唇を嚙《か》んだ。

「あんたに好《す》かれても、別にメリットはない。なんとでも言ってくれ」

「インテリ面《づら》してるけど、やくざ以上の悪党だな」

「褒《ほ》め言葉と受け取っておこう。悪いが、二千万の領収証は切れないぜ」

瀬名は薄く笑って、膨らんだ蛇腹封筒を手にして立ち上がった。

梅沢が何か言いかけ、すぐに長嘆息した。瀬名は悠然と応接間を出て、玄関ホールに向かった。

サーブは、玄関の前の車寄せに駐めてあった。瀬名は二千万円の入った蛇腹封筒を後部座席に置き、車を走らせはじめた。

梅沢邸を出て、目抜き通りに向かう。幾つか四つ角を通過して五つ目の辻《つじ》に差しかかったとき、脇道から急に自転車が飛び出してきた。

瀬名は警笛《けいてき》を轟《とどろ》かせ、急ブレーキをかけた。

体は前にのめったが、自転車を撥《は》ねずに済んだ。ひとまず胸を撫《な》でおろし、瀬名は路面を見やった。

自転車ごと転倒した六十代半《なか》ばの男の顔には、見覚えがあった。不動産屋の佐々木繁造だった。

　瀬名は車を道端に素早く寄せ、外に出た。サングラスを砂色のスエードジャケットの胸ポケットに突っ込み、佐々木に駆け寄る。

「怪我はありませんか？」

「おっ、あんただったのか」

　佐々木が自転車を引き起こし、ゆっくりと立ち上がった。ウールブルゾンの肘《ひじ》のあたりが擦《す》れて、少し布地が傷《いた》んでいた。しかし、どこも怪我はしていないそうだ。

ただ、自転車のハンドルが曲がっていた。瀬名は前輪を両膝で固定し、ハンドルを真っすぐに直した。

「ありがとう。角でスピードを落とさなかったわたしのほうが悪かったんだよ。びっくりさせて済まなかったね。謝るっちゃ」

「大変なことにならなくて、お互いによかったですよ」

「そうだね。ちょっと慌ててたもんやから……」

「何かあったんですか？」

「反対派の幹部をやってた小学校時代の同級生が今朝《けさ》、急に処分場建設推進派に寝返ったって話を耳にしたもんで、その男の家に行って事情を聞こうと思ったんよ」

　佐々木が言って、サドルに右手を掛けた。

「急に推進派に回ったんですか」

「そうなんだよ。そいつは家業をそっちのけにして、処分場建設反対の署名集めなんかをしてたんだ。それが急に考えを変えたっていうんだから、わけがわからんっちゃ」

「何か裏がありそうですね」

「裏がある⁉」

「ええ。これは想像なんですが、その方は何か身内の弱みを『誠和エステート』か推進派の幹部に握られて、それで転向を強《し》いられたのかもしれません」

「弱みね。そういえば、その男の末の息子が大阪で取り込み詐欺《さぎ》をやって、確か服役中だな。そのことは、ごく一部の町民しか知らないはずだがね」

「おそらく息子さんのことを脅迫材料にされたんでしょう。最近、その方と同じように突然、賛成派に回った住民は？」

「この二、三日に、六人も寝返ってる」

「その六人の方たちに何か弱みはありませんかね？」

「それぞれに、あることはあるっちゃ。大変な借金をしてて住民税も払えないとか、娘が父親のはっきりしない赤ん坊を産んだとかね。それから、人妻と密会してる男もいるし、若い愛人を囲ってる奴もいる」

「それなら、きっとそうですよ。そうした他人に知られたくない秘密やスキャンダルをちらつかされて、やむなく寝返ったんでしょう」

瀬名は確信めいたものを覚えた。人間が対立すれば、そうしたことはしばしば起こりうる。

「あんたの言う通りだったとしたら、厭《いや》な世の中になったもんっちゃ」

「そういうことは、大昔からあったんじゃないですか？」

「言われてみれば、その通りやね。ところで、一度、例の土地を見てもらえないかな？　くどいようだけど、別荘にはうってつけの土地じゃやって」

佐々木が急に商売人の顔つきになった。頭の中では、土地の仲介手数料を計算しているにちがいない。

「やっぱり、別荘を建てるなら、吉沢地区の谷のそばがいいですね」

「あんた、最初っから伴内町に別荘を建てる気なんかないんでしょ！」

「どうして、そう思うんです？」

「勘だよ、勘！　あんたは、この町に何か調べに来たんだろう？」

「そんなんじゃありませんよ」

瀬名は笑顔を崩さなかった。

「うっかり他人《ひと》なんか信用するもんじゃないな」

「まいったな。どう説明すれば、いいんだろう？」

「何を探ってるのか知らんが、もう何も喋《しゃべ》らんっちゃ。おう、怖《こわ》、おう、怖！」

佐々木が首を竦《すく》め、自転車に打ち跨《また》がった。そのまま走り去った。

瀬名は苦く笑って、サーブに乗り込んだ。

シートベルトを締め終えたとき、氏家から電話がかかってきた。

「いま、川又の骨揚《こつあ》げが終わったとこだよ。若かったから、骨は太かった。ただ、金属バットで砕かれた頭の骨は粉々だったな」

「解剖所見によると、川又等は百カ所近くも金属バットで強打されたという話だから、あちこち複雑骨折してたんだろう」

「だと思うよ。それで、そっちのほうはどうなった？」

「少し前に梅沢町長と別れたとこなんだ」

瀬名は経緯《いきさつ》を詳《くわ》しく話した。

「梅沢の言葉に嘘がなければ、恵さんと川又を殺させたのは『誠和エステート』だな」

「これから名古屋に乗り込んで、そのへんをはっきりさせるよ」

「瀬名、おれも名古屋に行こう。おまえひとりじゃ危険だし、おれ自身の手で川又たち二人を死なせた奴を締め上げたいんだ」

「きょうは、相手の反応を探るだけにするつもりなんだ。急《せ》いては事を仕損じるって言うからな」

「いつものおまえらしくないな。何か厄介《やっかい》な事態に陥《おちい》ったのか。瀬名、そうなんだろう？」

「勘違いするな。相手の出方を見て、じっくり作戦を練ったほうがいいと思ったのさ」

「わかったぞ。おまえは梅沢町長から、たっぷり口止め料をせしめたんだな」

「ほんの煙草銭さ」

「嘘つけ。いくら脅《おど》し取ったんだ？」

「わずか二百万だよ」

「二百万じゃなく、二千万だろ？」

氏家が言った。

「ちぇっ、バレたか」

「少しまとまった金が入ったんで、おまえは犯人捜しが面倒になってきたんじゃないのか。え？」

「氏家《ウジ》、おまえは本気で、そんなふうに思ってるのかっ。だとしたら、情けないな」

「悪かった、謝る。おれは早く首謀者を締め上げたくて、つい冷静さを失ってしまったんだ」

「ま、いいさ。応援が必要になったら、必ずおまえに声をかける。そいつは約束するよ」

瀬名は通話を切り上げ、すぐに『誠和エステート』に電話をかけた。

交換台から用地課に電話を回してもらう。少し待つと、曽我が電話口に出た。

「送り届けたビデオの感想は？」

「あのビデオテープは、どこで手にいれたんだ⁉」

「殺されたジャーナリストの式場恵から預かってたのさ」

瀬名は答えた。とっさに思いついた嘘だった。

「誰なんだ、その女は？」

「とぼける気か。問題のビデオをこっそり撮った人物を知らないとは言わせないぜ。さっき梅沢と会ったんだ。奴は、山の中でおまえから五千万円の小遣いを貰ったことを素直に認めたぜ」

「嘘だ。あのビデオは巧妙に合成されたものにちがいない。第一、わたしはあんな場所で梅沢町長と会った記憶もないんだ」

曽我が逆上し、早口でまくしたてた。

「往生際《おうじょうぎわ》の悪い奴だ」

「電話、切るぞ」

「待て！　いま、面白い音声を聴かせてやろう」

瀬名は上着のポケットからＩＣレコーダーを摑み出し、再生ボタンを押した。音量を高め、ＩＣレコーダーを携帯電話に近づける。

ほどなく梅沢と瀬名の遣り取りが流れはじめた。電話の向こうで、曽我が言葉を詰まらせた。それから、一言も喋らなくなった。

しかし、受話器は置かなかった。息を潜《ひそ》めて、じっと音声に耳を傾けている。

音声が熄《や》んだ。

瀬名は停止ボタンを押し込み、曽我に威《おど》しをかけた。

「もう時間稼ぎはさせないぜ」

「あんた、何者なんだ？」

「名なしの探偵《オプ》とでも答えておこうか。サム・スペードでもいいな」

「真面目《まじめ》に答えろ！」

曽我がいきり立った。

「あんまり品行がよくないんで、本名を明かすわけにはいかないんだよ。悪く思わないでくれ」

「あんたは、一匹狼の企業恐喝屋だなっ」

「好きなように想像してくれ」

「送りつけたビデオを買い取らせようって魂胆《こんたん》なんだろうが、もう金は払わない。すでに先払いさせられたからな」

「先払い？」

「加茂から千二百万入りのバッグを奪ったのは、そっちなんだろう？『紫苑』のチーママとつるんでたとは知らなかったよ」

「そんなバッグは知らないな。加茂がネコババしたんじゃないのか。それに、スナックの女と結託したというのは邪推だ」

「あの女が金を持って、先にトンズラしたんだな。あの女を必ず見つけ出してやる」

「おれと会う気がないなら、あのビデオのマスターテープと梅沢の告白音声を持って、名古屋地検に行くことになるぜ」

「えっ」

「脅しだと思わないほうがいい。おれは、いったん口に出したことは絶対に実行するタイプなんだ。それじゃな」

瀬名は電話を切る振りをした。

「ちょっと待ってくれ。電話を切らないでくれないか」

「気が変わったようだな」

「担当重役に相談してみるから、そのまま待ってて欲しいんだ」

「いいだろう」

「長くは待たせないよ」

曽我の声が沈黙し、『レット・イット・ビー』のメロディーが響いてきた。

瀬名はセブンスターをくわえた。保留音が急に停止し、曽我の声が伝わってきた。

「上役の指示で、あんたに会うことになった」

「それじゃ、夕方にでも会社に伺《うかが》おう」

「会社は困る。夕方六時に名古屋プラザホテルに来てもらえないか。あんたがロビーに着く前に、密談できる部屋をとっておくよ」

「中京会の荒くれどもを連れてきたら、こっちの要求は一段ときつくなるぜ」

「やくざには泣きついたりしない。わたしと上役の二人だけで行く」

「わかった。それじゃ、後で会おう」

瀬名は電話を切り、灰皿を引き出した。長くなった灰は、いまにもスラックスの上に落ちそうだった。

3

予想は正しかった。

現われた曽我の数メートル後ろに、三人の柄の悪い男がいた。真ん中のひとりは加茂だった。三人とも、中京会竹越組の組員だろう。

名古屋プラザホテルのロビーである。約束の午後六時だった。

奥のソファにゆったりと腰かけた瀬名は、少しも慌《あわ》てなかった。彼は茶髪のウィッグを被り、派手なブルゾンを着ていた。

曽我が番犬どもを伴ってくることを予想し、パンクロッカー風に変装したわけだ。サーブのトランクの中には、常に変装用の衣服や靴を入れてある。

曽我が、ロビーの隅にあるテレフォンブースの前にたたずんだ。目で、瀬名を探している。何度も瀬名のいる方に視線を向けてきたが、まるで気づかない。

加茂たち三人がロビーを歩き回りはじめた。

瀬名はブルーのサングラスで目許《めもと》を覆った。加茂はすぐそばまで来たが、瀬名に気がつかなかった。

十五分が流れた。

瀬名は坐ったままだった。三十分が過ぎたとき、加茂たち三人は引き揚げていった。

曽我は地下駐車場に足を向けた。

行動開始だ。瀬名はソファから立ち上がり、曽我の後を追った。

地下駐車場に入ると、曽我は自分のクラウンに歩み寄った。瀬名はコンクリート支柱に身を隠しながら、曽我に接近した。

曽我が運転席のドアを開けた。

瀬名は懐《ふところ》からライターを取り出し、曽我に組みついた。片腕で相手の喉を圧迫し、背中にライターの底を強く押しつける。

「おとなしくしてないと、ぶっ放すぞ」

「き、きさまは」

曽我が首を捩《ねじ》って、呻くように言った。

「前を向け！　やっぱり、お供を連れてきたな。加茂のほかの二人も、中京会竹越組の組員だなっ」

「………」

「急に日本語を忘れちまったのかい？　返事をしろ！」

「あんたの言った通りだよ。あんたが無茶な要求をするようだったら、連中を呼び寄せることになってたんだ」

「部屋はとらなかったのか？」

「ああ」

「振り向かずに運転席に入れ！」

瀬名は命じた。

「おれをどうする気なんだ⁉」

「すぐにわかるさ。ハンドルを握る前に風穴を開けてもらいたいのかっ。この拳銃は消音型の特注品なんだ。発射音は人間の囁《ささや》き声と変わらないんだよ」

「ほ、ほんとなのか⁉」

「信じられないっていうんなら、試《ため》してやってもいいぜ」

「撃つな、撃たないでくれーっ」

曽我が掠《かす》れた声で言い、運転席に入った。

瀬名はリア・ドアを開け、素早く曽我の真後ろに坐った。間を置かずに、ライターの底を曽我の肩口に強く押し当てた。

「名古屋港まで走れっ」

「な、何を考えてるんだ⁉」

「急に貨物船が見たくなったのさ」

「そんな話、信じるもんか」

「九ミリ弾を浴《あ》びたくなかったら、すぐに車を出すんだな」

「わ、わかったよ」

曽我がクラウンを発進させた。ホテルの駐車場を出て、名古屋駅前のオフィス街を抜ける。

道路は渋滞しはじめていた。駅の向こう側の中村区《なかむらく》に入るのに、二十分近くかかった。

名古屋港に到着したのは、およそ四十分後だった。

瀬名は車を貨物船埠頭《ふとう》の西の外《はず》れに停止させた。あたりは暗く、人影はない。すぐ近くに巨大な起重機があったが、クレーンは動いていなかった。

はるか離れた岸壁に、リベリアとパナマ船籍の大型貨物船が碇泊《ていはく》している。トパーズ色の舷灯《げんとう》が何か幻想的だ。

瀬名はサテン地のブルゾンの左ポケットに手を突っ込み、信玄袋《しんげんぶくろ》型の手製の目潰しの口を拡げた。中身は砂が主体だが、胡椒《こしょう》や唐辛子《とうがらし》も混じっていた。

瀬名は指先でそれを抓《つま》み、曽我の両目に擦り込んだ。

曽我が凄《すさ》まじい声をあげた。瀬名は曽我の首筋に手刀《しゅとう》を叩き込んだ。曽我が呻いて、横に倒れた。助手席側だった。

瀬名は車の外に出て、曽我を運転席から引きずり下ろした。

曽我が肘《ひじ》と後頭部をコンクリートに打ちつけ、長く唸《うな》った。

「約束を破ったお仕置きをしてやらなきゃな」

瀬名は言うなり、曽我の脇腹を蹴《け》り込んだ。

曽我が声を放ち、体を丸める。手脚《てあし》は怯《おび》えたアルマジロのように縮こまっていた。

瀬名は曽我をボールのように蹴りつづけた。側頭部、脇腹、腰の三カ所を集中的に蹴る。曽我は転げ回り、血反吐《ちへど》を撒《ま》き散らした。どうやら内臓のどこかが破裂したらしい。

「梅沢が喋った通りだな?」

瀬名は息を整えてから、曽我に確かめた。

曽我は呻き声を洩《も》らすだけで、答えようとしない。瀬名はオープナーを操作し、トランクリッドを開けた。

トランクを覗くと、ブースターケーブルと麻のロープ束が入っていた。瀬名は妙案を思いついた。

曽我をクラウンの後ろまで引きずり、まずブースターケーブルで彼の両足首を括《くく》った。さらに麻ロープで両手首を強く縛《しば》り、ロープの反対側の端《はし》をリア・バンパーに結わえた。

「おれを車で引きずり回す気だなっ」

「当たりだ。そっちが素直なら、西部劇の悪役みたいなことはしなくてもよかったんだがな」

「やめてくれ。梅沢が喋った通りだよ」

曽我がようやく認めた。

「あのビデオを撮影した式場恵を誰に殺《や》らせたんだ?　それから彼女の恋人の川又等

の口も封じさせたなっ」

「おれたちは殺人とは無関係だ。式場恵に脅迫電話をかけたことはあるが、彼女の始末を頼んだ覚えはない。それから川又とかいう奴についても、まったく同じだよ」

「おまえが真実を言ってるのかどうか、ちょっとテストしてみよう」

瀬名はクラウンの運転席に入った。

オートマチック車だった。ギアをＤ《ドライブ》レンジに入れ、アクセルを踏みつけた。

車が走りはじめた。パワーウインドーは、いっぱいに下げてある。

曽我の体の擦過音《さっかおん》と狂ったような悲鳴が響いてきた。

瀬名は円を描《えが》くように車を走らせつづけた。五周ほどすると、曽我の悲鳴が弱々しくなった。気絶しかけているのか。

瀬名は車を停め、後方に回った。

曽我は俯《うつぶ》せになって、肩で呼吸していた。血臭《けっしゅう》がする。瀬名は曽我を仰向《あおむ》けにさせ、ライターの火を点《す》けた。

曽我の顔面は擦り傷だらけだった。あちこち血がにじんでいる。

背広の上下も擦り切れていた。両肘の部分はワイシャツまで穴が開いている。引きずられている間、肘で体を支えていたせいだろう。

「さっきの質問の答えをもう一度言ってもらおうか」

瀬名はライターの炎を曽我の顔に近づけた。

「本当に式場恵や川又とかいう男を始末してくれと頼んだことなんかないんだ」

「川又のアパートを物色させたこともないって言うのか？」

「そんなことはさせてないよ。第一、川又という奴の顔も知らないし、もちろん住まいもわからない」

「梅沢もおまえも、恵の事件には関与してないと言った。しかし、現実に式場恵と川又等は殺害されてる。二人の死に、送ったビデオが結びついてるはずなんだ」

「そんなことを言われても、やってないものはやってない。おれ、いや、わたしはもちろん、部下の亀井や泊だって、殺人事件には関わってない」

「式場恵に贈収賄の現場を盗み撮りされたことは、まったく気づかなかったのか？」

「いや、梅沢町長に五千万円を渡した後、丘の斜面に例のジャーナリストが潜《ひそ》んでることに気づいたんだ。そのとき、まずい場面を撮影されたなって直感したんだよ」

「そのことを会社の上司に話したな？」

「最初は社長か専務に話すつもりだったんだが、自分が何らかの責任をとらされると思ったんで、結局、どちらにも報告しなかったんだ。ただ……」

曽我が言い澱《よど》んだ。

「言いかけたことを喋るんだっ」

「わかったよ。ただ、水垣飛鳥には打ち明けたんだ」

「色っぽいリサイクル・プランナーだな」

「あんた、そんなことまで知ってるのか⁉」

「顔も知ってる。梅沢町長宅から出てくるとこを偶然に見たのさ。それから、『菊屋旅館』ロビーでおまえと密談してるとこも覗かせてもらった」

「あんた正体を教えてくれ。ただの強請《ゆすり》屋なんかじゃないな」

「おれのことより、なぜ水垣飛鳥には打ち明ける気になった？」

「彼女が今回のプロジェクトの責任者なんだよ。用地の買収、整地、処分場施設の建設のすべてを任されてるんだ」

「まだ彼女は三十そこその若さだろう？」

「もう、三十一歳になってるはずだよ」

「それにしても、まだ若いじゃないか。しかも、身分は顧問なんだろう？」

「そこまで調べ上げてたとは驚きだな」

「会社は、よくプロジェクトの責任者に水垣飛鳥を選んだな。社長か重役の誰かの愛人なのか、リサイクル・プランナーは？」

「それはないと思うよ。彼女は、もっと大物の愛人だって噂《うわさ》だから」

「大物って誰なんだ？」

瀬名は畳みかけた。

「そこまでは、わからないよ。ただ、うちの会社は謎の大物と何か裏取引をしてるようなんだ」

「裏取引？」

「ああ。具体的な取引内容はわからないが、うちの会社がふだん手がけてるプロジェクトよりも、規模が何倍もでかいみたいだよ。会社には、あまり余裕がないんだ。もしかしたら、その大物が資金援助をしてくれてるのかもしれないな」

「あるいは、『誠和エステート』は水垣飛鳥のパトロンのダミーとして、吉沢地区の土地買収をさせられてるのじゃないのか」

「そうか、そういうことも考えられるな」

「水垣飛鳥は、まだ会社にいるのか？」

「彼女は非常勤の顧問だから、週に一、二回、会社に顔を出すだけなんだ。きょうは出てこなかった」

「昼間おれが電話をしたとき、途中でおまえは上司に相談するって、保留ボタンを押したな。あのとき、水垣飛鳥に連絡を取ったんじゃないのか？」

「実は、そうだったんだ。彼女がプロジェクトの責任者だからね」

「あの女は、おれをどうしろって言ったんだ？」

「やくざたちに痛めつけさせて、ビデオのマスターテープのありかを吐かせろって……」

曽我が言いにくそうに言った。

「並の女じゃなさそうだな。水垣飛鳥は、どこに住んでるんだ？」

「名古屋市内だよ。千種《ちくさ》区の高級マンションに住んでる」

「それじゃ、これからおまえにひと芝居うってもらおう。おれから例のビデオのマスターテープを奪ったと電話で彼女に告げて、すぐにマンションに届けると言うんだっ」

「そんなことはできない」

「やらなきゃ、虫の息になるまで車で引きずり回して、そのあと岸壁から手足を縛ったまま、おまえを海に投げ落とす」

「そんなことされたら、水死してしまう」

「ああ、確実に溺死《できし》するな。さあ、どうする？　おれは本気だぜ」

瀬名は両眼に凄みを溜《た》めた。

「言われた通りにするよ。まだ死にたくないからな」

「彼女の自宅の電話番号はわかってるな」

「ああ、知ってるよ」

曽我が言った。

瀬名は懐からスマートフォンを取り出し、屈《かが》み込んだ。曽我がゆっくりとテレフォンナンバーを口にした。

瀬名はすぐに電話をかけた。ややあって、先方の受話器が外れた。

「水垣です」

女の声を確かめてから、瀬名はスマートフォンを曽我の耳に押し当てた。

「わたしです。うまくいきましたよ。加茂たちが例の男を少し痛めつけたら、あっさりマスターテープのありかを吐きました」

「………………」

当然だが、飛鳥の声は瀬名の耳には届かない。

「あいつの車の中にありました。ええ、マスターテープはわたしが持ってます」

「………………」

「奴は加茂たちに監禁させました。時間の問題で正体はわかるでしょう。いいえ、刑事ではないと思います」

「………………」

「霧笛が聞こえました？　そうなんです、名古屋港の埠頭にいるんですよ。三十分前後で、そちらに行けると思います。それでは、後ほど！」

曽我が話を切り上げた。瀬名は、曽我からスマートフォンを取り戻した。

「名演技だったな」

「彼女がマンションのオートドアのロックを外してくれたら、おれは解放してもらえるんだろう?」

「そうはいかない。おまえは、おれの弾除《たまよ》けになってもらう」

「彼女の部屋の前まで一緒に行くから、そこで自由にしてくれよ。あの女はセクシーな美人だけど、ちょっと冷酷な性格なんだ。何をされるかわからないから、なんか不安なんだよ。彼女が逆上する前に、どこかに逃げたいんだ」

「運が悪かったと諦めてくれ」

「なんてことなんだ」

曽我がぼやき、泣き言を口にした。

瀬名は取り合わなかった。曽我の足首のブースターケーブルをほどき、それで両手首を縛った。麻のロープは解《と》き、リア・バンパーから外す。瀬名はロープの束をトランクルームの中に投げ入れ、曽我を助手席に坐らせた。

瀬名はクラウンの運転席に入り、すぐさま発進させた。

名古屋駅の手前から、曽我に道案内をさせた。指示された通りに若宮大通りを進み、名古屋高速道路の吹上ランプの少し先で右折した。

数百メートル走ると、左側にモダンなデザインの薄茶の磁器タイル貼《ば》りの高級マンションが建っていた。八階建てだった。

瀬名はマンションの少し手前で車を停め、脱いだブルゾンで曽我の両手首をすっぽりと覆った。

「まるで護送される犯罪者みたいだな。もう両手を自由にしてくれてもいいでしょ？ 逃げたりしませんよ」

「おれは、一度でも嘘をついた人間は信用しない主義でね」

「疑り深いんだな」

曽我が低く言った。

瀬名は先に車を降り、素早く助手席のドアを開けた。曽我を外に引きずり出し、マンションの集合インターフォンの前まで歩かせる。

水垣飛鳥の部屋は三〇三号室だった。

瀬名はテンキーを押し、曽我の顔をインターフォンに近づけた。待つほどもなく、スピーカーから女の声が洩《も》れてきた。

「曽我さんね？」

「ええ、そうです。例のマスターテープをお届けに上がりました」

「ご苦労さま。いま、エントランスのオートドアを開けるわ。それから、部屋のロックも外しておくわね」

「はい、わかりました」

曽我の声を聞きながら、瀬名はエントランスロビーの二カ所に設置された防犯ビデオカメラの位置を目で確認した。

三〇三号室の主は、モニターで来訪者の顔をチェックするだろう。しかし、長くは見ないはずだ。

「先にロビーに入れ」

瀬名は曽我に言って、オートドアの横の壁に隠れた。曽我が先にオートドアを通過した。

瀬名はドアが閉まる直前にロビーに走り入った。

曽我の陰に隠れるようにして、エレベーター乗り場に急いだ。

エレベーターホールには誰もいなかった。

瀬名は曽我とともに三階に上がった。曽我の両手首に掛かったブルゾンを剝ぎ取り、素早く着込む。三〇三号室は、ホールからあまり離れていなかった。

瀬名は曽我を先に飛鳥の部屋に押し込み、玄関ホールに土足で上がった。

そのまま曽我の肩を押しながら、奥に進んだ。

水垣飛鳥は居間のドアの近くにいた。ラヴェンダー色の薄手のニットドレスを着ている。胸が誇らしげに突き出し、ウエストのくびれが深い。

「曽我さん、どういうことなの？」

飛鳥が身を竦ませながらも、気丈に問いかけた。

「面目ありません。ちょっと裏をかかれて、こんな結果になってしまいました」

「あなたを信じたわたしがばかだったわ」

「仕方がなかったんです」

曽我がそう前置きして、弁解しはじめた。

瀬名は話の途中で、曽我の首に右腕を回した。

「水垣飛鳥さんだな？」

「そうよ。あなたは、ビデオテープを送りつけてきた男ね？」

「ああ、そうだ。部屋には、あんたのほかには誰もいないな？」

「ええ」

「それじゃ、床に腹這いになってくれ」

「なぜ、そんなことを!?」

「あんたに逃げられちゃ困るからさ。言う通りにしないと、曽我の首をへし折ることになるぜ」

「手荒なことはやめて」

飛鳥が言って、白いシャギーマットの上に這った。床板は焦茶《こげちゃ》だった。

二十畳ほどのＬＤＫの左右に居室《きょしつ》がある。

左側の部屋が八畳ほどの和室で、右側には十畳あまりの洋室があった。半開きのドアから、洒落《しゃれ》たベッドが見える。

「おまえは仰向けになれ」

瀬名は曽我の足を払い、飛鳥の横に転がした。曽我がぶつくさ言いながら、飛鳥のかたわらに横たわった。

「まずは一息入れさせてもらうぜ」

瀬名は縞柄《しまがら》の深々としたリビングソファにどっかりと腰かけ、セブンスターをくわえた。

4

煙草の火を消しながら、居間を眺《なが》め回す。

リビングボードの横に、ゴルフバッグがあった。瀬名はソファから立ち上がって、ゴルフバッグの中からアイアンクラブを抜き取った。婦人用だった。

「何をする気なの？」

俯《うつぶ》せになった飛鳥が不安顔になった。

「川又等は金属バットで百カ所近くぶっ叩かれて、若死にしちまった」

「誰なんです？　その方は？」

「問題のビデオを撮影した式場恵の彼氏だった男だよ」

「式場さん？　その方も存じ上げないわ」

「ふざけるなっ」

瀬名はアイアンクラブを振り下《お》ろした。

クラブヘッドが、フローリングの床をへこませた。飛鳥の顔の近くだった。飛鳥が全身を硬直させた。

「今度は頭を潰すぞ。いや、それじゃ面白みがないな。川又と同じ思いをさせてやろう」

「乱暴なことはしないで」

「あんたが式場恵と川又等に殺し屋を放ったのか。それとも、あんたのパトロンが二人に刺客を向けたのかい？　どっちなんだっ」

「なんの話をなさってるの？」

飛鳥が問い返してきた。

瀬名はサイドテーブルに歩み寄り、クラブをスイングさせた。白いガラス製の花器が派手な音をたてて割れた。コスモスの花弁も飛び散った。

「いつまでも空とぼける気なら、次は頭上のシャンデリアを叩き割る。砕けた破片が、あんたの背中や尻に突き刺さることになるだろう」

「そんなことはやめてくれ。おれは仰向けになってるんだ」

曽我が飛鳥より先に口を開いた。

「おまえは黙ってろ」

「しかし……」

「おれが何か訊くまで口を開くなっ」

瀬名はゴルフクラブのヘッドを曽我の額の上に載せた。曽我が顔を引き攣《つ》らせ、二度うなずいた。

「殺し屋の依頼人は？」

「わたしは誰も殺させていないわ。それから、パトロンもいません」

「曽我は、あんたに大物の愛人がいると吐いたんだ」

「でたらめよ。あなた、いいかげんなことを言わないでちょうだい！」

飛鳥が曽我を咎《とが》めた。

「社内に、そういう噂があるんですよ」

「噂は噂でしょ！　事実じゃないわ」

「それはそうだけど」

曽我が、ばつ悪げに顔を背《そむ》けた。なおも言い募《つの》りかけた飛鳥の言葉を、瀬名は遮《さえぎ》った。

「内輪揉《うちわも》めはみっともないぜ」

「でも、根も葉もないことを言われたら、誰だって怒るでしょ？」

「裸になってもらおうか」

「ええっ」

飛鳥の顔に驚愕《きょうがく》の色が拡《ひろ》がった。

「素っ裸《すっぱだか》になるんだ」

「わたしを辱《はずか》しめる気なの？」

「こう見えても、女には不自由してない。あんたを犯したりしないよ」

「なら、なぜ裸になれだなんて言ったの？」

「面白いことを思いついたのさ。起き上がって、服を脱ぐんだっ」

瀬名は語気を荒らげた。

飛鳥が少しためらってから、ゆっくりと身を起こした。瀬名に背中を向け、ニットドレスを脱いだ。ランジェリーは、同じ紫色で統一されていた。

飛鳥は生まれたままの姿になると、ドレスでランジェリーをくるみ込んだ。両膝を抱え込むような恰好で床に坐る。

白い柔肌《やわはだ》は、まだ充分に瑞々《みずみず》しい。張りがあり、艶《つや》やかな光沢を放っている。出るべき所は出ていた。男の欲情をそそる体つきだった。

「曽我のペニスをしゃぶるんだ」

瀬名は冷然と言った。飛鳥と曽我が、同時に驚きの声を洩らした。

「そんなこと、いやよ。できないわ」

一拍おいてから、飛鳥が毅然《きぜん》とした態度で言った。

瀬名は無言でアイアンクラブをコーヒーテーブルに振り下ろした。テーブルに亀裂が走り、小さな穴が開いた。

「やらなきゃ、あんたの背骨が砕けるぞ」

「わたしを抱きたいんでしょ、ほんとは？」

「うぬぼれるな。あんたは確かにセクシーな女だ。しかし、どんな男も欲情するわけじゃない」

「堪忍《かんにん》して」

「早くくわえてやれ」

「悪魔！」

飛鳥が憎々しげに喚《わめ》き、曽我ににじり寄った。瀬名は、ほくそ笑《え》んだ。

「やめたほうがいいよ。やめてほしいな」

曽我が狼狽した。

「わたしだって、やめたいわよ」

「だったら……」

「やらないわけにはいかないでしょ！」

飛鳥が苛立《いらだ》たしげに言って、曽我のスラックスのファスナーを下げた。曽我が身を捩《よじ》って、小声で言った。

「おれ、困るよ。やめてくれないか」

「こっちを見ないで。わたしの顔を見ないでちょうだい」

「そう言われてもな」

「目をつぶってよっ」

飛鳥が高く叫び、曽我の分身を摑み出した。

平均サイズを上回っていたが、まだ萎《な》えたままだった。飛鳥が男根《だんこん》の根元を握り込み、擦《こす》り立てはじめた。ひと擦りごとに、曽我の体は猛《たけ》りを増した。

飛鳥が上体を大きく倒し、曽我の昂《たか》まりを呑《の》み込んだ。その瞬間、曽我は眉を寄せて小さく呻いた。

瀬名はブルゾンの内ポケットからスマートフォンを取り出し、口唇愛撫中の飛鳥を動画撮影しはじめた。

気配で、飛鳥が顔を上げた。

「どういうつもりなの⁉」

「一瞬、遅かったな。フェラチオシーンをばっちり撮らせてもらったぜ」

「汚いことをやるわね」

「また、くわえてやれよ」

「冗談じゃないわ」

「逆らう気なら、いま撮った動画を大公開することになるな」

瀬名は冷たく言い放った。

「卑怯者《ひきょうもの》！」

「なんとでも言ってくれ。どうする？　おれは、どっちでもいいんだぜ」

「ろくでなし、悪党！」

飛鳥が忌々《いまいま》しそうに言って、ふたたび曽我の股間《こかん》に顔を埋めた。

舌技はどこか投げ遣《や》りだった。それでも、曽我は明らかに煽《あお》られた。瀬名は、ふたたび動画撮影を開始した。

飛鳥は裸身をわずかに硬くしたが、そのまま舌を閃《ひらめ》かせつづけた。もはや観念したのだろう。

「水垣さん、もうやめてくれないか。そんなふうに舐《な》められたら、おれ……」

曽我が切なげに言った。

瀬名は二人に歩み寄り、飛鳥に声をかけた。

「顔を上げろ」

「もう気が済んだでしょ」

飛鳥が上体を起こし、手の甲で口許を拭《ぬぐ》った。

「次は騎乗位《きじょうい》でセックスしてもらおうか」

「好きでもない男性とそんなことはできないわ」

「やってもらう」

瀬名は飛鳥を睨《ね》めつけた。

「もう勘弁してあげてよ」

曽我が横から言った。瀬名はアイアンクラブで、勃起《ぼっき》したペニスを叩く真似をした。

「やめてくれ。頼むから、やめてくれーっ」

「二度と口を挟むな」

「わ、わかったよ」

曽我が力なく呟き、それきり黙り込んだ。

瀬名は飛鳥の腰をクラブで叩く恰好をした。飛鳥が慌てて曽我のスラックスとトランクスを膝のあたりまで下げ、すぐに跨がった。馴《な》れた手つきで男根を自分の体の中に収めた。

「いい子だ。じっとしてないで、腰を使ってやれよ。さ、早く！」

瀬名は飛鳥に言って、淫《みだ》らな動画を撮りだした。

飛鳥が諦め顔で腰を弾ませはじめた。上下に動くだけではなかった。曽我の分身を捏《こ》ね回した。

「うまいもんだな」

瀬名はにやついて、アングルを変えた。五分後、スマートフォンを懐に戻す。

「もう離れてもいいよ」

「こんなの最悪だわ」

飛鳥が露骨に顔をしかめ、腰を浮かせた。次の瞬間、曽我の男根から乳白色の粘液が迸《ほとばし》った。

「いやだ」

飛鳥が跳《と》びのいた。

その直後だった。室内の照明が一斉に消えた。

瀬名はベランダに目を向けた。隣のビルの窓は明るい。隣室も暗くはなかった。

誰かが、この部屋のブレーカーをわざと落としたのだろう。瀬名はアイアンクラブを握り直し、リビングボードの陰に身を隠した。

「何なんだよ、これは⁉」

曽我が心細げに呟いた。

暗がりの底で、白い影が動いた。瀬名は目を凝《こ》らした。裸の飛鳥が中腰で寝室に逃げ込み、ドアの内錠を掛けた。

瀬名は動かなかった。

全神経を耳に集める。玄関ホールの方から、かすかな足音が響いてきた。飛鳥のパトロンかもしれない。

瀬名は姿勢を低く保《たも》ちながら、居間の出入口のそばまで抜き足で進んだ。

「誰でもいいから、早く電灯を点けてくれよ」

曽我が肘《ひじ》を使って起き上がり、リビングソファに坐り込んだ。

瀬名は左手で、ベルトの下からペンライト型のストロボマシンを引き抜いた。接近してくる相手の目を眩《くら》ませ、アイアンクラブで叩きのめすつもりだった。

足音が高くなった。

黒っぽい人影が見えてきた。細身だが、上背はあった。にわかに緊張感が高まった。

瀬名はストロボマシンのスイッチボタンを押した。

瞬《また》いた閃光《せんこう》が、男の顔を照らす。狼のように目が鋭い。頬の肉は削《そ》いだようにへこみ、唇がひどく薄かった。三十四、五歳か。

黒ずくめだった。男は右手に奇妙な武器を握っていた。燃料エアゾールの缶とピストルを接合したような形だ。

よく見ると、缶はバーベキュー用のガスボンベだった。どうやら手製の小型火炎放射器らしい。

瀬名はゴルフクラブを振り被った。

そのとき、青みを帯びた炎が男の手許から噴いた。瀬名は顔面に熱さを覚え、思わず二、三歩退《さ》がった。

すると、眼光の鋭い男が跳躍した。

瀬名は顎と腹を相前後して蹴られた。敵ながら、みごとな連続蹴りだった。

腰が砕けた。瀬名は倒れかけながらも、アイアンクラブを水平に薙《な》いだ。手応えがあった。男が口の中で呻いた。

瀬名は床に倒れた。

弾みで、クラブが手から離れた。拾おうとしたとき、また炎の塊《かたまり》が襲いかかってきた。

本能的に瀬名は横に転がった。

転がりながら、足を飛ばす。蹴りは相手に届かなかった。瀬名は床を手で探《さぐ》った。

指先がアイアンクラブのシャフトに触れた。

摑みかけたとき、三たび火炎放射器が音をたてた。

瀬名は右手の甲を焼かれ、体を丸めた。そのすぐ後、首筋に尖鋭《せんえい》な痛みを覚えた。注射器を突き立てられたようだ。男は、すぐ近くに立っていた。

瀬名は男の脚《あし》を両手で掬《すく》おうとした。

だが、間に合わなかった。男は軽やかにステップバックし、強烈な前蹴りを放った。

瀬名は肝臓をまともに蹴られ、闘うパワーを殺《そ》がれてしまった。体も痺《しび》れはじめた。

「さっき注射したのは、麻酔薬の溶液なのか?」

「筋肉弛緩剤《しかんざい》だ。手脚が動かなくなるだけだから、安心しろ」

黒ずくめの男は言って、玄関ホールの方に走っていった。

少し経つと、室内の電灯が点《つ》いた。

寝室から、水垣飛鳥が走り出てきた。セーターに、チノクロスパンツという身なりだった。

飛鳥がアイアンクラブを拾い上げ、瀬名の腰を思うさま叩いた。女の力とはいえ、かなり痛かった。瀬名は声をあげた。飛鳥が今度は尻をヘッドで強打した。

瀬名は反撃する気になった。

しかし、体を起こすこともできなかった。どうあがいても、筋肉に力が入らない。

飛鳥が瀬名の懐に手を突っ込み、スマートフォンを抜き取った。

「これ、貰うわよ」

「くれてやる」

「ビデオのマスターテープはどこにあるの？」

「忘れたよ」

瀬名は言って、せせら笑った。

曽我が飛鳥に声をかけた。

「水垣さん、おれの両手を自由にしてくれませんか」

飛鳥が舌打ちして、曽我に走り寄った。ゴルフクラブを持ったままだった。

曽我はブースターケーブルをほどいてもらうと、飛鳥に小声で訊いた。

「黒ずくめの男は誰なんです？」

「ちょっとした知り合いよ」

「大物のパトロンにしては若すぎるな」

「ばかね。彼は、ただのボディーガードよ。それより、スラックスをちゃんと整えなさいな」

飛鳥が曽我に言って、瀬名のいる場所に引き返してきた。

「立場が逆になっちまったか」

「そうね。わたしの質問に素直に答えないと、うちの曽我のシンボルを舐めさせるわよっ」

「そいつはノーサンキューだ」

「なら、曽我にあんたのオカマを掘らせてやってもいいわね」

「下品だな。教養のあるおれには、そういう低級な話は迷惑だ」

「気取るんじゃないわよ。マスターテープはどこなの？」

「忘れたと言っただろうが！」

瀬名は言い返した。言い終わらないうちに、飛鳥の蹴りが急所に入った。睾丸《こうがん》を直撃され、瀬名は長く呻いた。

「おれにも仕返しさせてくださいよ」

曽我が走り寄ってきて、ブースターケーブルで瀬名の全身を叩きはじめた。鞭《むち》で打たれているような痛みに見舞われた。

曽我の息が上がったとき、黒ずくめの男が飛鳥に言った。

「その男は格闘技の心得はないようだが、捨て身で生きてる感じです。並の締め上げ方では口を割らないでしょう」

「それなら、あなたに任せるわ。やってもらえる？」

「いいですよ。これも報酬のうちだからね」

「それじゃ、わたしたちは見物させてもらうわ」

飛鳥がそう言い、曽我とともに後ろに退《さ》がった。

黒ずくめの男が黒革のブルゾンのポケットから、スポンジボールを取り出した。

瀬名は男に頬を手で強く挟みつけられ、自然に口を開けてしまった。すかさずスポンジボールを口の中に押し込まれた。

息苦しい。余力をふり絞って暴《あば》れると、男が小型火炎放射器の炎を頭に向けてきた。

茶色のウィッグに火が点いた。瀬名は急いで、燃えている鬘《かつら》を剝ぎ取った。

床に投げ捨てると、男は素手で火の点いたウィッグを抓《つま》んで掌《てのひら》で丸め込んだ。火は、あっさり消えた。

単なる用心棒ではなさそうだ。

瀬名は度肝《どぎも》を抜かれた。男が火炎放射器で瀬名の全身を炙《あぶ》りながら、大ぶりのフォークで瀬名の二《に》の腕《うで》や太腿《ふともも》を突きはじめた。

「マスターテープのありかを喋る気になったら、二、三度、瞬《まばた》きをしてくれ。あんまり我慢すると、体中が穴だらけになるぞ」

「………」

瀬名は男を睨みつけた。

男が次第にフォークを深く突き刺すようになった。突かれるたびに、激痛が走った。炎の熱さも耐えがたい。

ここで尻尾《しっぽ》を丸めたら、元も子もない。

瀬名は歯を喰いしばって、痛みと熱感に耐えつづけた。しかし、だんだん意識が霞みはじめた。男や飛鳥の顔が陽炎《かげろう》のように揺れ、不意に何もわからなくなった。

それから、どれだけの時間が経過したのか。

瀬名は、ふと我に返った。車の助手席に坐らされていた。見覚えのあるクラウンだった。

運転席には、曽我がいた。ステアリングを抱え込むような恰好で、天然パーマの男は寝息を刻んでいる。

曽我は麻酔注射で眠らされたようだ。

瀬名は窓の外を見た。どこかの河原だった。二人が放置された理由は、すぐにわかった。助手席の下から、かすかな針音が響いてきた。

時限爆破装置のタイマーの針音にちがいない。瀬名は曽我の肩を揺さぶった。

しかし、曽我は目を覚まさない。瀬名は助手席のドアを静かに開けた。

何事も起こらなかった。

助手席に耳を近づけると、針音がはっきりと聞こえた。

だが、時限爆破装置を探している余裕はない。曽我を見殺しにするのは気の毒な気もしたが、所詮《しょせん》は敵側の人間だ。命懸けで救出してやる義理もない。

「あばよ」
瀬名は助手席のドアを閉め、土手の斜面に向かって全速力で駆けはじめた。
河原は真っ暗で、砂利が多かった。ひどく走りにくかった。
三十メートルほど走ったとき、大きな爆発音が轟いた。地響きもした。
瀬名は背中に爆風を感じながら、川岸の方を振り返った。
宙に浮いたクラウンが爆《は》ぜ、幾つかの炎の塊が飛び散った。
瀬名は土手に駆け上がり、街の灯に向かって疾走しはじめた。

第四章　仕組まれた迷路

1

傷口の疼《うず》きが鋭い。

瀬名は、フォークで刺された箇所に軟膏《なんこう》を塗りはじめた。太腿《ふともも》には、二十数カ所の穴が開いている。右の二《に》の腕《うで》にも、二十カ所近い刺し傷があった。

名古屋市中区栄町にあるシティホテルの一室だ。

瀬名は少し前にシャワーを浴びたばかりで、トランクスしか身にまとっていない。

午後二時過ぎだった。

昨夜、爆殺されそうになったのは木曽川の河原である。犬山《いぬやま》市の外《はず》れだった。瀬名は通りかかった長距離トラックに乗せてもらい、名古屋市に戻った。

名古屋プラザホテルの地下駐車場に置いてあったサーブに乗り、水垣飛鳥のマンションに行ってみた。しかし、何度インターフォンを鳴らしても応答はなかった。

瀬名はひとまず諦《あきら》め、このホテルに午前一時過ぎにチェックインした。

すぐにベッドに潜《もぐ》り込んだが、傷の痛みで眠れなかった。小型火炎放射器で焼かれた手の甲は火脹《ひぶく》れになっている。

明け方、瀬名は氏家に電話をして、応援を求めた。

氏家は愛車のパジェロを駆って、三時間後にはホテルに来てくれた。化膿《かのう》止めの内服薬と外傷用軟膏を取り出し、彼は手早く傷の手当てをしてくれた。

いまは瀬名の代わりに、飛鳥のマンションの前で張り込んでくれている。まだ一度も連絡がない。

飛鳥は朝のテレビニュースで瀬名の爆殺に失敗したことを知り、当分、自宅には戻らないつもりなのかもしれない。あるいは裏をかき、自宅でひっそりと息を潜《ひそ》めているのか。

瀬名は傷口の手当てを終えると、半袖のTシャツの上に黒いタートルネックのセーターを重ねた。下は厚手の起毛の白いチノクロスパンツだった。

ベッドに仰向《あおむ》けに横たわって間もなく、サイドテーブルの上に置いたスマートフォンが鳴った。瀬名は寝そべったまま、スマートフォンを耳に当てた。

「ぼくです」

館隆一郎だった。

「さっき電話で頼んだこと、もう調べてくれたのか⁉」

「そんなにびっくりしないでくださいよ。一般企業のコンピューターに潜り込むぐらいは、それこそ朝飯前です」

「ずいぶん大きく出たな。で、『誠和エステート』の取引先で気になる会社はあった?」

「ええ、ありましたよ。『誠和エステート』は永年、東海地方や中部地方の会社ともっぱら取引してるんですが、この春に東京の『新栄開発』という中堅不動産会社と接触してるんです。ただ、取引内容がはっきりしないんですよ」

「そうか」

「ついでに『新栄開発』の筆頭株主を調べてみたら、大手ゼネコンの『光陽《こうよう》建設』でした」

「『光陽建設』は数年前に、自社開発の残土や建設廃材を瀬戸内海の無人島に不法投棄して、マスコミに糾弾《きゅうだん》されたことがあったな」

瀬名は身を起こし、ベッドの上に胡坐《あぐら》をかいた。

「ええ、だいぶ叩かれましたよね」

「『光陽建設』は系列会社の『新栄開発』に、自社関係の残土や廃材の処分場候補地探しをさせたのかもしれないな。『新栄開発』は候補地の買収と処分場施設の建設を『誠和エステート』に任せたんじゃないだろうか」

「それ、考えられそうですね。ゼネコンに限らず大手企業はどこも自社のイメージが汚れることを気にして、土地の買収なんかをダミーにやらせてますからね。銀行なんかも新しい支店を開設する場合、大手の不動産会社に用地購入を依頼するわけだけど、その不動産会社は決して自ら土地の買収には乗り出しません」

「中小の同業者や町の不動産屋に買収交渉をやらせてるんだろう？」

「そうです。そうしておけば、買収話がこじれたとき、大手不動産会社や依頼主の銀行のイメージはさほど落ちませんからね」

「無理に土地を買い上げようとしたのは、町の不動産屋だって言い逃れができるわけだな」

「そういうことですね。そうだ、大事なことが後回しになっちゃいました。水垣飛鳥というリサイクル・プランナーは、『新栄開発』の役員名簿に名を連ねてましたよ。相談役でした」

館が言った。

「相談役だって⁉　そいつは何かの間違いだろう。飛鳥は、まだ三十一歳だぜ」

「でも、ちゃんと相談役という肩書になってましたよ。もしかしたら、水垣飛鳥は『光陽建設』の大株主の娘か孫なんじゃないのかな」

「そうだとしても、相談役だなんて」

「確かに三十一歳の女性が『新栄開発』の相談役に抜擢《ばってき》されるなんてことは、常識じや考えられませんよね」

「ああ。きっと何か裏の事情があるにちがいない」

「ぼくも、そう思いますね。でも、ハッキングでそこまで調べることはできないな」

「そいつは無理だろう。約束の謝礼は、会ったときに渡すよ。その前にどうしても風俗店で遊びたいっていうんなら、とりあえずサラ金の無人貸し出し機の世話になってくれ。それが厭《いや》なら、かみさんに小遣いの前借りを頼んでみるんだな」

「陽子に小遣いの前借りなんか頼んだら、尾行されかねませんよ」

「マスオ君は何かと大変だな。勝ち気で、夜のサービスもよくない女房なんかとは、さっさと別れちまえよ」

「無責任なことを言うんだな。確かに女房は少し生意気で、性的には淡泊です。でも、いい面もあるんですよ」

「他人に女房の悪口を言われると、庇《かば》ってやりたくなるもんらしいな」

瀬名は茶化した。

「別にそんなんじゃないんだけど、一応、惚れて一緒になった相手だから。ぼくは瀬名さんと違って、恋愛には一途《いちず》なタイプですからね」

「そんな男がかみさんに内緒で、よく風俗店に行く気になるな」

「男の下半身は、上半身とは別のものでしょ？」

「この野郎、聞いたふうなことをぬかしやがって」

「妻の話はよしましょうよ。それより、氏家さんから連絡は？」

「まだ、ないんだ。『新栄開発』の役員名簿に飛鳥の東京の連絡先は載ってなかったか？」

「ええ、自宅の住所は摑《つか》めませんでした。人事課のコンピューターにも侵入してみたんですけどね」

「そうか。とにかく、ご苦労さんだったな」

「瀬名さんも氏家さんも、あまり無茶なことはしないほうがいいですよ。命は一つしかないんだから」

館が分別《ふんべつ》臭いことを言って、先に電話を切った。

飛鳥は東京にも住まいがあるにちがいない。そこに隠れてるとも考えられる。

瀬名はスマートフォンで、すぐにＮＴＴの番号案内係に電話をかけた。

『新栄開発』の本社の代表番号を教えてもらい、さっそく電話をする。飛鳥の同窓生になりすましたのだが、連絡先は明かしてくれなかった。

女強請《ゆすり》屋の依光真寿美なら、飛鳥の東京の自宅を探《さぐ》り出せるかもしれない。

瀬名はそう思い、広尾にある真寿美の自宅マンションに電話をした。待つほどもなく、真寿美が電話口に出た。

「おれだよ」

瀬名は言った。

「どなた？　おれだと言われても、わからないわ」

「こないだのことで、まだ怒ってるようだな」

「なんの用なの？　わたしは、あなたの相棒じゃないのよ。気安く電話なんかしないでちょうだい」

「悪かったよ。少しきつく言いすぎたと思ってる」

「それで？」

「きみに調べてもらいたい人間がいるんだ。『新栄開発』の水垣飛鳥って相談役の東京の自宅や彼女の交友関係を洗って欲しいんだよ。相談役といっても、まだ飛鳥は三十一歳で……」

「ちょっと待って」

真寿美が遮《さえぎ》った。

「何だい？」

「わたしは経営コンサルタントなのよ。私立探偵じゃないわ」

「いまさら何を言ってるんだっ。きみの表稼業は経営コンサルタントだろうが、その素顔は強請屋じゃないか」

「もう足を洗ったのよ、裏の仕事のほうは」

「冗談言うなって」

「ほんとよ」

「なぜ、急に足を洗う気になんかなったんだい？」

「いい相棒に恵まれないからよ。女ひとりでは危険な裏ビジネスだもの」

「相棒はいるじゃないか。このおれさ」

「あなたは、わたしの申し出を断ったはずよ」

「あれは本心じゃなかったんだ。なんとなく優位に立ちたくて、そっちの申し出をつい突っ撥《ば》ねちまったんだよ」

「そうだったとしたら、あなたとは組めないわね」

「どうしてなんだっ」

瀬名は、もどかしさを覚えた。

「考えてもみて。妙な駆け引きをする相棒なんかと、安心して組めると思う？　命懸けで危《ヤバ》いことをするわけだから、相互の信頼がなかったら、きっとうまくいかないわ」

「相互の信頼だって？　よく言うな。きみこそ、おれから平気で上前をはねたし、気を惹《ひ》くようなことをして、ディープキスさえさせなかったくせに」

「それは、あなたのうぬぼれが強いからよ」

「そこまで言われたんじゃ、もう話し合いの余地はないな」

「なんで、もっと冷静になれないの？　どんな事件に喰《く》らいついたのか、一応、話してみてよ。場合によっては、協力できるかもしれないでしょ？」

「そんな御為《おため》ごかしに引っかからないぞ。おれに獲物のことを喋《しゃべ》らせて、どうせ先に牙《きば》を立てる気なんだろう」

「そこまでわたしを疑うんなら、とてもコンビは組めないわね。わたしたち、縁がなかったのよ。お元気で！」

真寿美が硬い声で言い、電話を切ってしまった。

なぜ、こんなふうに空回りしてしまうのか。瀬名は固めた拳《こぶし》で寝具を打ち据え、ベッドに引っくり返った。

ぼんやりと天井を見上げていると、次第に瞼《まぶた》が重くなってきた。いつしか寝入ってしまった。

スマートフォンの着信音が眠りを破ったのは、夕方の五時過ぎだった。

真寿美が感情を和《やわ》らげ、飛鳥のことを調べてくれる気になったのか。あるいは、今夜の塒《ねぐら》を提供してくれることになっていた女が電話をしてきたのだろうか。

スマートフォンを耳に当てると、男の低い声が耳を撲《う》った。

「悪運が強い野郎だ」

「その声は、昨夜《ゆうべ》の黒ずくめの男だなっ」

「おまえにも、曽我と同じ麻酔注射を打つべきだったよ。そうすれば、曽我と一緒に始末できたはずだからな」

「おれのスマホのナンバーをなぜ知ってるんだ⁉」

「氏家拓也という空手使いを預かってる」

「なんだとっ。はったり噛《か》ますな。奴は実戦空手四段なんだ。そうやすやすと……」

「並の男より手強《てごわ》かった。しかし、まだまだ修業が足りないな。隙《すき》だらけだったよ」

「あいつを人質に取ったというなら、その証拠を見せろ」

瀬名は上体を起こし、ベッドに浅く腰かけた。男の声が途絶え、氏家の声が流れてきた。

「すまん。張り込み中に隙を衝《つ》かれて、こんなことになってしまったんだ」

「飛鳥の自宅マンションに監禁されてるのか？」

「いや、伴内町の山の中だ。パジェロの後部座席に坐《すわ》らされてる。両手にプラスチックの手錠を掛けられてな」

「敵は、電話をかけてきた細身の男ひとりだけなのか？」

瀬名は小声で氏家に訊《き》いた。

そのとき、人の揉み合う音がした。氏家の呻《うめ》き声も伝わってきた。

「おれの話を信じる気になったかい?」

男が、からかう口調で言った。

「そっちの要求は何なんだ?」

「例のビデオのマスターテープだ。今夜八時にマスターテープを持って、吉沢地区の谷に来い。東側の斜面で待ってる。マスターテープと引き換えに、人質を渡してやろう」

「その後、おれたち二人を殺すって筋書きだなっ」

「その質問には答えられない。とにかく、午後八時に来るんだ」

「あんたほどの男が、水垣飛鳥ごとき女の番犬に成り下《さ》がることはないだろうが。おれと手を組もうじゃないか」

瀬名は誘いかけた。もちろん、本気で黒ずくめの男と手を組む気はなかった。遣《や》り取《と》りをできるだけ引き延ばして、少しでも敵の情報を得たかったのだ。

しかし、男は嘲笑《ちょうしょう》しただけで電話を一方的に切ってしまった。

「くそったれめ!」

瀬名は出かける準備に取りかかった。靴を履きながら、サーブのトランクに積んであるある手製の武器の数を頭の中で確認する。

予備のストロボマシン、アメリカ製の強力パチンコを改良したカタパルト、そして特殊閃光手榴弾《スタングレネード》が二個ある。

カタパルトに使う五百口径の鋼鉄球は、十数個あるはずだ。数十メートル先の大鹿でも一発で仕留めることができる。その貫通力は大型拳銃弾に匹敵するほどだ。特殊閃光手榴弾《スタングレネード》は発火と同時に閃光《せんこう》と大音響を発し、近くにいる人間の平衡《へいこう》感覚を三、四秒奪う。

凄《すさ》まじい爆風を浴びた者は鳩尾《みぞおち》を殴打されたような衝撃を受け、たちまち抵抗心を失う。また、マグネシウムの高速燃焼によって生じる煙幕も厚い。敵を威嚇《いかく》する効果は高く、自分の姿を隠すにも好都合だ。

ほどなく瀬名は部屋を出た。

十二階だった。瀬名は一階のフロントに寄って、今夜の宿泊保証金を払い、地下の駐車場に降りた。念のため、サーブの下やマフラーを覗《のぞ》いてみる。妙な細工はされていなかった。

瀬名は車に乗り込み、ただちにスタートさせた。マスターテープはポケットの中だ。名古屋市内を抜けるまで、少し時間を喰ってしまった。しかし、東海北陸自動車道の下《くだ》り線は思いのほか空いていた。

ただし、美並《みなみ》ＩＣの先はまだ多重衝突事故で通行止めになっていた。やむなく越前街道、飛騨《ひだ》街道、白川《しらかわ》街道と進み、また福光ＩＣから東海北陸自動車道に入った。

運転中、瀬名は傷の痛みを忘れていた。

氏家の安否《あんぴ》だけが気がかりだった。ひたすら先を急ぐ。小矢部砺波ＪＣＴまで追い越しレーンを走りつづけた。

伴内町に入ったのは、七時二十分ごろだった。吉沢地区まで、わずか十キロほどだ。

瀬名は目抜き通りを通過すると、車の速度を落とした。

ミラーを用心深く見ながら、ゆっくりと走った。気になる不審な車は見当たらない。

ふたたびスピードを上げる。

谷にあまり接近はできない。

瀬名は吉沢地区の東側の外れの雑木林にサーブを停めた。近くの小枝を五、六本折り、車体を覆い隠す。瀬名はトランクルームの中の手製の武器をすべてポケットに移し、谷の斜面の下まで中腰で進んだ。

あたり一帯は漆黒《しっこく》の闇だった。川のせせらぎだけが聞こえる。

瀬名は熊笹《くまざさ》を掻《か》き分け、谷の斜面をよじ登りはじめた。

蔓《つる》や樹木の根っこに摑まりながら、少しずつ上がっていく。斜面の土は脆《もろ》かった。

一カ所に長いこと重心をかけていると、たちまち足許《あしもと》の土が崩れる。

崖《がけ》の中ほどで、かすかな物音がした。

瀬名は、闇を透かして見た。

氏家の姿が見えた。樹幹《じゅかん》に縛《しば》りつけられた友人は体を左右に揺さぶって、懸命に縛《いまし》めを緩《ゆる》めようとしている。口は何かで封じられているようだ。

氏家の近くに、黒ずくめの男がいそうだ。

瀬名はカタパルトに鋼鉄球をセットし、強力ゴムを引き絞った。

数分間、待ってみた。

だが、動く人影はなかった。敵は、自分が人質の縛めをほどいたときに一気に襲ってくる気なのか。

瀬名は慎重に斜面を登っていった。黒ずくめの男は、依然として姿を見せない。

氏家が瀬名に気づいた。何かを目顔で訴えたようだが、暗くて表情は読み取れなかった。

瀬名は警戒しながら、氏家のいる場所まで登った。

氏家の口には粘着テープが貼《は》られ、針金で樹木の幹に縛りつけられていた。瀬名は最初に粘着テープを剝《は》がした。

「瀬名、勘弁してくれ」

「そんなことより、細身の男は？」

「十分ほど前まで崖の上にいたんだが、どこかに行ってしまったようだ。奴は何か企《たくら》んでるようだぞ」

氏家が言った。

瀬名は周《まわ》りを見ながら、針金をほどきはじめた。解《と》き終えたとき、谷の反対側の崖が爆発音とともに崩れだした。

次の瞬間、瀬名たちのいる斜面も爆発音と同時に地滑りしはじめた。爆風で樹々が次々に倒れ、土や岩の塊《かたまり》が舞い上がった。

爆発音は断続的に轟《とどろ》いた。

黒ずくめの男がダイナマイトを仕掛けたにちがいない。

地滑りする土に覆われながら、瀬名はそう思った。氏家は近くに投げ出されたはずだが、その姿は見えない。瀬名は全身に圧迫感を覚えながら、意識が遠のいた。土や倒木と一緒に谷底になだれ落ちていく。これで、一巻の終わりなのか。

瀬名は混濁した頭のどこかで、死の予感を覚えた。

そのとき、胸の上が急に軽くなった。数本の太い倒木が、斜めに折り重なっていた。かなり大きな空洞ができている。希望が生まれた。

瀬名は倒木にしがみつき、少しずつ頭上の土を掻き落としはじめた。

数十分が経《た》ったころ、かすかな外気が流れ込んできた。大きく息を吸う。瀬名は折り重なった倒木や岩を足場にして、土の上に這《は》い上がった。

谷の両面が完全に崩れ落ち、川は埋まっていた。吉沢地区の民家のあるあたりまで、畑の土が巨大な瘤《こぶ》のように盛り上がっている。敵は畑にも爆発物を仕掛けたにちがいない。遠くから、消防車や救急車のサイレンが響いてくる。

「氏家《ウジ》、どこにいる？　返事をしてくれーっ」

瀬名は泥の山を踏みながら、友人を捜し回った。

あちこち歩き回っていると、かすかな呻き声が耳に届いた。氏家だった。

瀬名は友人のいる場所まで突き進んだ。

氏家は大木の折り重なった下にいた。俯《うつぶ》せだった。

「おれだ。氏家《ウジ》、もろに大木の下敷きになってるのか？」

瀬名は問いかけた。

「いや、片方の脚を挟まれてるだけだよ」

「だったら、できるだけ体を縮めてくれ。いい考えがあるんだ」

「おまえは無傷なのか？」

「ああ」

「それは何よりだ。瀬名、誰か呼んできて、おれの片足にのしかかってる倒木を早く取り除いてくれないか」

氏家が言った。

「おれひとりで充分さ」

「それは、とても無理だよ。重い大木なんだ」

「さっき、いい考えがあると言ったろう。目をつぶって、体を丸めてくれ」

瀬名は上着のポケットから手製の特殊閃光手榴弾《スタングレネード》を取り出し、レバーをいっぱいに絞り込んだ。

ピンリングを引き、スタングレネードを友人の上に被《かぶ》さった倒木のそばに転がした。腸《はらわた》に響くような炸裂音が夜気《やき》を震わせ、オレンジ色の炎と白い煙が上がった。爆発時の風圧で、倒れた大木が大きく崩れた。

「寿命が縮まったよ」

氏家がそう言いながら、むっくりと起き上がった。瀬名は友人に走り寄った。

二人は無言で抱き合った。いま、敵のことは瀬名の頭になかった。友人ともども命拾いしたことを素直に喜びたかった。

2

テレビの画面に吉沢地区が映し出された。

瀬名は身を乗り出した。名古屋市内にあるホテルの一室だ。氏家は、まだベッドの中にいる。

「昨夜八時ごろ、富山県伴内町の吉沢地区で崖崩《がけくず》れがあり、数戸の民家が土に埋まって五人の死者がでました」

二十代後半の女性アナウンサーが少し間《ま》を取った。

「警察の調べで、何者かが谷の斜面に十数本のダイナマイトを仕掛け、故意に崖崩れを誘発させたことが明らかになりました。犯行に使われたビル解体用のダイナマイトは先月、大手ゼネコン『光陽建設』の倉庫から盗まれたものでした。そのほか詳《くわ》しいことは、まだわかっていません。崖崩れで犠牲になったのは、次の方たちです」

画面が変わり、五人の犠牲者の氏名と年齢が映った。その中に、処分場建設に強硬に反対していた長坂善太の名もあった。

敵は人工的に谷間を埋め、吉沢地区の地権者の畑を安く買い叩くつもりなのだろう。ついでに、処分場の建設を望まない住民たちも殺したにちがいない。ひどいことをするものだ。

瀬名はセブンスターに火を点《つ》けた。

光陽建設は用地買収が予定通りに進まないことに焦《じ》れて、こんな卑劣なことをしたのか。その可能性はありそうだ。ただ、一つだけ腑《ふ》に落ちない点がある。

なぜ犯行に、自社のダイナマイトを使ったのだろうか。ダイナマイトは先月、何者かに盗まれたものだという話だった。

火薬類は法律で厳しく管理することを義務づけられている。そう簡単に十数本のダイナマイトが盗まれるものだろうか。『光陽建設』は盗難に遭《あ》ったと偽り、自社のダイナマイトを谷の両斜面に仕掛けたのかもしれない。

そうだとしたら、ずいぶん大胆ではないか。捜査当局は当然、ダイナマイトが盗まれたという話を疑う。

盗難が事実なら、真犯人は『光陽建設』に濡衣《ぬれぎぬ》を着せたかったのだろう。逃げた黒ずくめの男は、いったい何者なのか。彼が単独で、十数本のダイナマイトを仕掛けたのだろうか。

瀬名はテレビニュースを観《み》つづけたが、爆死した曽我のことは報じられなかった。捜査は難航したままなのだろう。

テレビの電源を切る。

午前十時半だった。生欠伸《なまあくび》を嚙《か》み殺したとき、ベッドの氏家が目覚めた。ホテルの寝巻き姿だった。

「テレビの音声が大きかったようだな」

「いや、それで目を覚ましたわけじゃないんだ」

「きのうの晩のこと、報道されたよ」

瀬名はニュースの内容をつぶさに話し、自分の推測も語った。

「『光陽建設』の仕業臭《しわざ》いが、誰かが『光陽建設』を陥《おとしい》れようとした疑いもあるな」

「ああ。ただ、そいつの正体がまるで見えてこないんだよ。吉沢地区の土地を買収してるのは、『誠和エステート』だ。その後ろにいるのは、『新栄開発』と『光陽建設』だろう」

「それは間違いないと思うよ。となると、『新栄開発』か『光陽建設』の誰かが『光陽建設』に恨みのある大手ゼネコンに抱き込まれた可能性もありそうだな」

「もう少しつっついてみりゃ、どっちの犯行かはっきりするだろう」

「そうだな」

「氏家《ウジ》、右脚の痛みはどうだ？」

「もう痛みは治まったよ。足首の捻挫《ねんざ》も楽になった。自分で、ちゃんと整体治療をしといたからな」

「それはよかった。おれのほうの傷口も塞《ふさ》がりかけてるようだ」

「しかし、まだ化膿止めの薬は服《の》んだほうがいいぞ」

「ああ、そうするよ。それにしても、おまえに迷惑をかけちまったな。死の恐怖を与えられた上に、黒ずくめの奴にパジェロまで乗り逃げされちまった」

「命よりも、パジェロのほうが惜《お》しい気がするよ。生活費を切り詰めて、やっと手に入れた四駆《よんく》だったからな」

「そのうち、おれが新しいパジェロを買ってやるよ。おれのせいで、車をかっぱらわれたんだからさ」

「そんなこと、気にするなって。車は、いつか自分で買うよ」

「しかし、それじゃ……」

「それより、黒ずくめの奴は徒者《ただもの》じゃないな」

氏家が話題を変えた。

「ああ、侮《あなど》れない相手だな。氏家《ウジ》、奴は武道家崩れなんだろう？」

「中国拳法を少し齧《かじ》ってるようだが、いわゆる武道家じゃないだろうな。自分で編《あ》み出したサバイバル戦法を使ってるようだし、手製の特殊武器造りにも長《た》けてるみたいだから」

「もしかすると、傭兵《ようへい》崩れかもしれないな」

「おれも、そんな印象を受けたよ。とにかく、まったく隙を見せない奴だった。後頭部に手製のロケット・ピストルを突きつけられるまで、まるで奴の気配を感じなかったんだ。ロケット弾には、金属鋲《びょう》か針が入っているんじゃないのか」

「おそらく、そうなんだろうな。おれも、ロケット・ピストルを密造したことがあるんだ」

瀬名は言った。

「そうなのか。瀬名、これからどうする？」

「おまえの作務衣《さむえ》がクイック・クリーニングから戻ったら、もう一度、飛鳥のマンションに行ってみよう。地下駐車場から潜《もぐ》り込んで、万能鍵で彼女の部屋に忍び込もうや」

「そうするか。何か手がかりを摑めるかもしれないからな。出かける前に、ちょっとシャワーを浴びてくる」

氏家がベッドから降り、浴室に向かった。わずかだが、片方の脚《あし》を引きずっていた。まだ捻挫した足首が痛むのだろう。

瀬名はルームサービスの朝食を頼んだ。そのすぐ後、氏家の作務衣が届けられた。

氏家が浴室から出てきて、糊《のり》の利いた作務衣を身につけた。

「どっかで下駄を買わないとな」

「下駄は音が響くから、おれの車のトランクに入れてあるスニーカーを履《は》けよ。さ、腹ごしらえだ」

瀬名は先に椅子に腰かけた。

朝食を摂《と》ると、二人は部屋を出た。瀬名のサーブで、飛鳥のマンションに向かう。

目的のマンションに着いたのは十数分後だった。

瀬名は、マンションの裏手にサーブを路上駐車した。

氏家と一緒にさりげない足取りでマンションの前に回り込み、地下駐車場の出入口の横の植え込みの陰に走り入る。地下駐車場のシャッターは降りていた。

マンションの出入口はオートロック・システムになっていた。勝手にエントランスロビーには入れない。十分ほど待つと、オフブラックのアウディが駐車場の前で一時停止した。

ドライバーは中年女性だった。マンションの居住者だろう。

シャッターが巻き上げられた。アウディがスロープをゆっくりと下《くだ》っていった。

「氏家《ウジ》、行くぞ」

瀬名は身を屈《かが》めて、先に地下駐車場に飛び込んだ。すぐに氏家が追ってくる。彼の背後で、シャッターが閉まった。

二人はうつむき加減でスロープを駆け降り、太いコンクリート支柱に身を隠した。

「おれたちの姿、防犯カメラに映っただろうな？」

氏家が小声で言った。

「ああ。しかし、二人とも下をむいてたから、まともには顔を撮られなかっただろう」

「それを祈りたいね」

「アウディの女、エレベーターホールに向かったよ」

瀬名は氏家に言って、駐車場の走路に出た。

飛鳥が乗っていたマスタングは見当たらない。後ろで、不意に氏家が驚きの声を洩《も》らした。

瀬名は立ち止まった。

「どうしたんだ？」

「おれの車が、ほら、あそこにある！」

氏家が駐車場の奥を指さした。

まさしく氏家のパジェロだ。二人は急ぎ足でパジェロに近づいた。タイヤは泥だらけだった。

「鍵《キー》は差し込んだままだ。また乗り逃げされたんじゃ、目も当てられない」

氏家が運転席のドアを開け、素早く鍵を抜き取った。

「おまえのパジェロがここにあるってことは、例の男は飛鳥の部屋にいるんだろう」

「瀬名、これは敵の罠《わな》かもしれないぜ」

「いや、そうじゃないだろう。地下駐車場の出入口からじゃ、パジェロは見えなかったから」

「そういえば、そうだったな。奴が飛鳥の部屋にいたら、今度こそ、ぶちのめしてやる」

「氏家《ウジ》、勇み足は禁物だぞ」

瀬名は釘《くぎ》をさし、エレベーター乗り場に足を向けた。

二人は三階で降り、三〇三号室に忍び寄った。瀬名は玄関ドアに耳を押し当てた。近くに人のいる気配はなかった。

瀬名は周囲に目を配ってから、懐《ふところ》を探った。

抓《つま》み出したのは特殊な万能鍵だった。プロの合鍵屋から錠を外すテクニックをこっそり教えてもらい、瀬名自身が工夫して造ったのだ。

一般の鍵よりも全体に薄く、針金のように細長い。素材はニッケル合金だ。片側には幾つか溝がある。

瀬名は万能鍵をそっと鍵穴に滑り込ませた。

二つ目の溝が金属を噛む感触が伝わってきた。手首を軽く捻《ひね》ると、内錠の外れる音が小さく響いた。

ドア・チェーンが掛かってないことを祈りたい。

瀬名は万能鍵を引き抜き、ノブを少しずつ回した。幸運にも、ドア・チェーンは外されていた。

瀬名はドアを十センチほど手前に引いた。

室内は物音一つしない。黒ずくめの男は、仮眠をとっているのだろうか。

瀬名はドアを大きく開け、先に玄関の三和土《たたき》に入った。氏家が彼につづき、後ろ手にドアを閉めた。

二人は十秒ほど動かなかった。

足音は、どこからも響いてこない。二人は合図し合って、玄関ホールに上がった。

どちらも靴は脱がなかった。瀬名と氏家は背中合わせになり、身構える姿勢をとった。

そのままの形で、短い廊下を進む。

居間には誰もいなかった。

二人は左右に分かれ、二つの居室を検《しら》べることにした。氏家が左手にある和室に足を踏み入れた。

瀬名は右の寝室に歩《ほ》を運んだ。

無人だった。ダブルベッドには、きちんとカバーが掛けてあった。右側にウォークイン・クローゼットがある。

黒ずくめの男は、クローゼットの中に隠れているのかもしれない。

瀬名はベルトの下から、ペンライト型のストロボマシンを引き抜いた。

クローゼットの扉を開きかけたとき、中から白刃《はくじん》が突き出された。とっさに瀬名は後ずさった。

クローゼットの奥から、四十絡《がら》みの男が飛び出してきた。角刈りで、狐目《きつねめ》だった。

男は段平《だんびら》を右手にぶら提《さ》げていた。鍔《つば》のない日本刀だ。刃渡りは、優《ゆう》に九十センチはあった。

「おめえ、瀬名渉だな？」

「黒ずくめの男はどこにいる？」

瀬名は訊いた。喋ることで、恐怖心を捩《ね》じ伏《ふ》せたかったのだ。

「さあな」

「中京会の者か？」

「名古屋の田舎やくざに見えるかい？　花のお江戸から、わざわざおめえをぶった斬りに来たのよ」

男が段平を上段に構えた。

瀬名は前に踏み込むと見せかけ、後方に退《さ》がった。

白刃が振り下ろされた。刃風《はかぜ》は重かったが、切っ先は空を断《た》っただけだった。

「フェイントをかけるとは、味なことをやるじゃねえか」

男が酷薄そうな笑みを浮かべ、段平を中段に構え直した。

瀬名はストロボマシンを瞬《また》かせた。男が小手を額《ひたい》に翳《かざ》し、棒立ちになった。瀬名は男に組みつこうとした。組みつく前に、男は寝室に駆け込んできた氏家の横蹴《よこげ》りを受けていた。蹴られたのは腰だった。

男は突風に煽《あお》られたように体を泳がせ、壁にぶち当たって床に倒れた。瀬名は男に走り寄った。ストロボマシンで相手の右手首を強打する。

角刈りの男の手から、日本刀の柄《つか》が離れた。

瀬名は白刃を摑み上げ、刃先を男の眉間《みけん》に突きつけた。

「黒ずくめの男は、どこにいるんだっ」

「そんな野郎、知るけえ」

「誰に頼まれた？」

「そんなこと言えるか！　おれは新宿の人斬り健《けん》だ。逃げも隠れもしねえ。さっさと斬りやがれ！」

男が開き直って、胡坐《あぐら》をかいた。

氏家が人斬り健と名乗った男の利き腕を捩《ね》じ上げ、顔面を床に押しつけた。

「芝居がかった台詞《せりふ》を吐いてないで、依頼人の名前を言うんだっ」

「おれは男だ。口が裂けても、絶対に白状しねえぞ」

「いい根性してるな。それじゃ、腕の関節を外してやろう」

「好きなようにしろい」

男が喚《わめ》いた。

氏家は容赦《ようしゃ》なく関節を外した。男は声をあげて痛がったが、依頼人の名を明かそうとしなかった。氏家が左腕の関節も外した。

男は翼を折られた鳥のように横に転がった。悶絶《もんぜつ》しそうになりながらも、口は引き結んだままだった。

「命を捨ててまで依頼人を庇《かば》っても意味ないだろうが！」

瀬名は、段平の刃を男のアキレス腱《けん》に当てた。左足だった。

「ア、アキレス腱をぶった斬る気なのか⁉」

「そっちが意地を通す気ならな」

「上等だ！　やりやがれ」

男が吼《ほ》えた。

瀬名は段平を押しながら、一気に手前に引いた。男が獣《けもの》じみた声を放ち、体を左右に振った。切断されたアキレス腱は、脹《ふく》ら脛《はぎ》まで縮まっていた。テニスボールほどの大きさだった。スラックスの裾は血糊で濡れていた。

「そっちが粘《ねば》る気なら、もう一方のアキレス腱も切断しちまうぞ」

「ち、ちくしょう！」

「十までカウントする。それまでに、返事をしてもらおうか」

瀬名は男の反対側の足首に、血と脂《あぶら》でぎとついた刀身を宛《あて》がった。

「おれの負けだ。『新栄開発』の副社長の船越《ふなこし》さんに頼まれたんだよ」

「そいつのフルネームは？」

「船越友裕《ともひろ》、年齢は確か五十二歳だ」

「どういうつき合いなんだ？」

「若いころ、おれは『光陽建設』で鉄筋工をしてたんだ。その当時、船越さんは現場監督のひとりだったんだよ。いまは、系列の『新栄開発』に出向中だがな。船越さんには何かと世話になったんで、頼みを断るわけにはいかなかったんだ」

「船越は、おれにどんな恨みがあるって言ってた？」

「ただ、始末してくれと……」

　男は途中で言葉を呑《の》んだ。

「この部屋には、どうやって入った？」

「船越さんが部屋の鍵を渡してくれたんだよ。ここは、船越さんの愛人《レコ》の部屋だからな」

「やっぱり、あの女は『新栄開発』の重役と特別な関係だったか。水垣飛鳥と面識はあるのか？」

「おれは会ったこともねえよ。でも、おそらく東京にいるんだろう。今朝、船越さんと東京駅で落ち合ったとき、この部屋と同じ残り香を漂わせてたからな」

「なるほど。船越の自宅はどこにある？」

「世田谷の用賀《ようが》にあるはずだが、おれは所番地《ところばんち》までは知らねえ」

「船越は背の高いボディーガードを雇ってるな？　狼のような顔をしてる奴だ」

「そんな野郎のことは知らねえよ。嘘じゃねえ」

「船越に余計なことを言うなよ」

瀬名は言いざま、段平を引いた。

人斬り健が凄まじい悲鳴をあげ、白目を晒《さら》した。もう片方のアキレス腱も完全に断ち切れていた。

「過激だな」

氏家が言って、男の両腕の関節を元に戻してやった。男は胎児のように体を丸め、のたうち回りはじめた。

「東京に戻ろう」

瀬名は血刀《ちがたな》をベッドの上に投げ落とし、先に寝室を出た。

3

張り込んだ場所は悪くない。

ビルの表玄関と通用門の両方が見える。

『新栄開発』の自社ビルはＪＲ飯田橋駅近くの角地に建っていた。八階建てだ。

瀬名は、館隆一郎の白いマークXの後部座席に坐っていた。

名古屋から東京に戻ったのは数時間前だった。

瀬名はサーブを自宅マンションに置き、タクシーで館の勤務先に行った。そして館を強引に早退《はやび》けさせ、張り込みの手伝いをさせたのである。

間もなく午後六時半だ。船越副社長は、まだ社内にいる。すでに船越友裕の顔は確認済みだった。

張り込む前に瀬名は向かいの雑居ビルの屋上から、双眼鏡で『新栄開発』の副社長室を覗き込んだのだ。船越は知的な風貌《ふうぼう》で、紳士然とした男だった。

運転席の館が溜息《ためいき》をついた。

「おれがやったバイト代を握って歌舞伎町の風俗店に駆け込みたいんだろうが、今夜はもう諦めろ」

「風俗店に行きたくて溜息をついたんじゃありませんよ。ぼくは瀬名さんと違って、一応、まともな勤め人なんです」

「それがどうだって言うんだ？」

瀬名は問いかけた。

「このぼくに張り込みや尾行の手伝いをさせることはないでしょ！　自分だけでやってほしいな」

「敵はおれがサーブに乗ってることを知ってるんだ。変装してレンタカーを使うことも考えたんだが、それも見破られそうな気がしたんで、おまえに助っ人を頼んだんだよ。氏家《ウジ》はまだ捻挫が完治してないし、道場や整体治療のことも気になるだろうからな」

「ぼくを助っ人に選ぶより、たくさんいる女友達の誰かに手伝ってもらったほうがよかったんじゃない？」

「どの女にも、裏の仕事のことは話してないんだ。ノーギャラでおまえを巻き込んだわけじゃないんだから、露骨に溜息なんかつくな」

「十万円も貰《もら》えたのは嬉しいけど、命懸《いのちが》けのバイトですからねえ」

「命懸けとはオーバーだな。ただ、船越を尾《つ》けるだけじゃないか」

「でも、刺客に襲われるかもしれないでしょ？　ぼく、荒っぽいことは苦手なんだよな」

館がぼやいた。

「おれがおまえを見殺しにするわけないだろうが」

「そういう気持ちがあっても、相手が凶暴で強い奴だったら、自分の身を護《まも》るのが精一杯でしょ？」

「そんなにビビッてるんだったら、電車で家に帰ってもいいよ。おれが自分でハンドルを握る」

「先に帰ったりしたら、後が怖いですよ。妻に風俗店通いのことを告げ口されそうだもん」

「そのことは内緒にしといてやる。ただし、おまえが昔、ゲイのやくざに尻《けつ》を狙《ねら》われたことは喋る。オカマ掘られたってことにしてもいいな」

「やめてくださいよ、そんなこと。陽子は冗談の通じない女なんですから、本気にしちゃうでしょ」

「安心しろ。おまえの秘密をバラしたりしないよ。怖いんだったら、本当に先に帰ってもいいぞ」

瀬名は言った。

「つき合いますよ、とことんね。ぼくだって、男です。紳士面《づら》して悪いことをしてる奴らは赦《ゆる》せませんからね」

「そこまで無理することはないのに」

「いいえ、つき合います。ただ、さっき貰った十万のバイト代のほかに三万円の危険手当を付けてもらえます？」

「しっかりしてやがる」

「駄目ですか？」

館が探りを入れてきた。瀬名は苦笑し、三枚の一万円札を館の上着の胸ポケットに突っ込んだ。

「さすが瀬名さんだな。お金の切れがいいや」

「現金な野郎だ」

「えへへ。危険手当を付けてもらったんで、夕飯奢《おご》りますよ。ちょっと先にあるコンビニまで行ってきます。いいでしょ?」

「自分の弁当だけ買って来いよ。おれは、缶コーヒーだけでいい」

「そうですか。それじゃ、ひとっ走り行ってきます」

館が車を降り、コンビニエンスストアのある方向に走りだした。

瀬名は『新栄開発』の表玄関と通用門を等分に見ながら、スマートフォンで七人の女のひとりに電話をかけた。ある高級スポーツクラブのインストラクターだった。

二十五歳である。中学時代から器械体操で体を鍛え上げてきたせいか、ヒップや内腿の筋肉が発達している。括約筋《かつやくきん》も、よく動く。前の部分の締まりは、さながら万力《まんりき》だ。

電話が繋がった。

「悪いが、今夜はきみの部屋に行けなくなったんだ。マーケティング・リサーチの報告書を急いでまとめなきゃならなくなったんだよ」

「そうなの。わたしも、あなたに電話しようと思ってたとこ」

「残業か？」

「ううん、そうじゃないの。あなたとは、もうジ・エンドにしたほうがいいと思ったから、そのことを伝えようと思ったのよ」

女が醒《さ》めた声で言った。

「ほかに好きな男ができたらしいな」

「そんなんじゃないわ。あなたに遊ばれてることに気づいたからよ」

「おれが、きみを戯《たわむ》れの相手にしてるって⁉」

「違う？」

「そいつは心外だな。おれは、きみにぞっこんなんだぜ」

「嘘ばっかり！　あなた、わたしのほかに六人も女がいるじゃないのっ。わたし、先々週、友達に頼んで、あなたを尾行してもらったのよ。ちゃんと証拠写真もあるわ。この二週間ずっと迷ってたんだけど、友達の忠告に従って、あなたとは別れることにするわ。わたしは独占欲が強いから、掛け持ちされるのは耐えがたいのよ」

「きみの気持ちは、よくわかった。残念だが、別れたほうがよさそうだな。今度は誠実な男を見つけてくれ。それじゃ、元気でな」

瀬名は通話を切り上げた。

女から別れ話を切り出されたのは、身から出た錆《さび》だろう。相手を恨む気持ちは少しも湧いてこない。しかし、一抹の淋《さび》しさからは逃れられなかった。

自業自得ではないか。

瀬名は自分に言い聞かせて、セブンスターをくわえた。

ふた口ほど喫《す》ったとき、館が車に戻ってきた。ビニール袋を提げていた。

「瀬名さんには、缶コーヒーとミックス・サンドイッチを買ってきました。よかったら、食べてください」

「おまえは幕の内弁当か？」

「カツ弁当です。悪に勝つ——なんてね。飲みものはウーロン茶です」

「大変な散財をさせちまったな」

瀬名は明るく厭味《いやみ》を言って、缶コーヒーとサンドイッチを受け取った。煙草の火を消し、缶コーヒーのプルトップを引き抜いた。

ちょうどそのとき、ビルの表玄関から船越が現われた。茶系の背広の上に白っぽいコートを羽織り、黒いビジネスバッグを手にしている。

「まいったなあ。弁当を喰《く》おうとしたのに」

館がギアをD《ドライブ》レンジに入れた。

瀬名はシートに深く凭《もた》れかかった。船越は会社の前で、タクシーを拾った。館がマークXを発進させ、タクシーの数台後ろに割り込んだ。

船越を乗せたタクシーは後楽園の方向に走っている。自宅のある用賀とは逆方向だ。取引先の誰かと会食することになっているのか。それとも、愛人の水垣飛鳥の許《もと》に急いでいるのだろうか。

「マークしたタクシーにあんまり接近するなよ」

「わかってます。なんかテレビのサスペンスドラマの主人公になったような気分で、ちょっとスリリングだな」

「そんなふうに浮かれてると、タクシーを見失うぜ」

瀬名は注意を促《うなが》し、缶コーヒーで喉《のど》を潤《うるお》した。

タクシーは水道橋《すいどうばし》駅の近くで左折し、白山《はくさん》方面に向かった。白山通りを突っ走り、本駒込の住宅街に入った。

タクシーが停まったのは、七階建てのマンションの前だった。船越が車を降り、マンションの中に入っていく。

オートロック・システムの玄関ではなかった。

「もう家に帰っていいよ」

瀬名は館に言って、後部座席のドアを開けた。

「えっ、いいんですか⁉」

「ああ。多分、水垣飛鳥はこのマンションに住んでるんだろう。後は、おれの仕事だ」

「ぼく、しばらくここで待ってますよ。そのほうがいいでしょ?」

館が言った。

「いや、待たれるのは困るな」

「どうしてです?」

「船越に怪しまれるかもしれないからさ。遠慮なく消えてくれ」

瀬名は缶コーヒーを握ったまま、マンションの表玄関に向かった。

マークXが走り去った。

瀬名は入居者のような顔をして、集合郵便受けを覗き込んだ。六〇一号室のプレートに、水垣と姓だけが記されている。飛鳥の東京の自宅だろう。

瀬名はエントランスロビーに入り、エレベーターに乗り込んだ。六階で降りる。六〇一号室はエレベーター乗り場の近くにあった。

瀬名は人目のないことを確かめてから、六〇一号室のクリーム色のドアに耳を押し当てた。

飛鳥の声が、かすかに耳に届いた。船越らしい男の低い声も聞こえた。部屋の中には、二人だけしかいないようだ。いま、押し入るのは賢明ではない。もう少し経ったら、二人は一緒に風呂に入るだろう。それまで待ったほうがよさそうだ。

瀬名はエレベーターホールの反対側にある非常口まで歩き、死角になる場所に身を隠した。

缶コーヒーを飲みながら、二十分ほど時間を遣《や》り過ごした。

瀬名は空になったアルミ缶を足許に置き、抜き足で六〇一号室の前まで戻った。立ち止まったとき、エレベーターから夫婦者らしい中年の男女が出てきた。

瀬名は鹿革《しかがわ》の茶色のジャケットの襟《えり》を立て、すぐに六〇一号室から離れた。中年のカップルに会釈《えしゃく》し、いったんエレベーター乗り場まで引き返す。

中年の男女は六〇三号室に消えた。

瀬名は足音を殺しながら、六〇一号室の前に戻った。手製の万能鍵でロックを解《と》く。ドア・チェーンが掛かっていた。

チェーンの長さは微妙だった。なんとか手が届くかもしれない。

瀬名は右腕の袖口《そでぐち》を大きく捲《まく》り上げ、ドアとフレームの隙間に手を入れた。手は開いた形だった。ぎりぎりだが、なんとか指先がラッチに届いた。ラッチを押し込み、チェーンを外す。

室内に忍び込むと、左手の洗面室の隣にある浴室から男女の声が響いてきた。船越は飛鳥に背中を流してもらっているようだ。

瀬名は靴を脱ぎ、手に持った。

忍び足で、部屋の奥に進む。

間取りは1LDKだった。だが、専有面積は名古屋のマンションとほとんど変わらなかった。LDKは二十畳以上のスペースがある。北欧調のリビングセットの長椅子に男物の背広の上下とワイシャツが脱ぎ揃《そろ》えてあった。

瀬名は、リビングに隣接している寝室に入った。

ナイトスタンドの淡い光が外国製らしいダブルベッドを仄《ほの》かに照らしている。情事には、ほどよい明るさだ。

ベッドのほかに、壁際にドレッサー、チェスト、クローゼットが並んでいる。クローゼットの中に隠れる気になったが、女物の衣服がびっしり吊り下げられていた。とても身を入れるスペースはない。

ふと出窓を見ると、一間《いっけん》ほどの幅で奥行きも五十センチ前後ある。

しかも外側のガラス窓はブラインドで閉《と》ざされ、室内側には花柄の遮光《しゃこう》カーテンが下がっていた。

瀬名は出窓の置物を横にずらし、白い張り出し板の上に上がった。靴を履き、立て膝で坐る。瀬名は遮光カーテンを両側から引き寄せ、合わせ目を重ねた。

まさか出窓に人間が隠れているとは思わないだろう。船越たち二人は浴室で前戯に耽《ふけ》り、ベッドの上で本格的に求め合うにちがいない。

瀬名は革ジャケットの左ポケットから、デジタルカメラを取り出した。撮影して、すぐにディスプレイで画像を観《み》ることができる。

十五分ほど経《た》ったころ、寝室に二人の足音が近づいてきた。

瀬名は遮光カーテンの合わせ目に五ミリほどの隙間をこしらえ、片方の目を寄せた。

バスローブをまとった船越と飛鳥がベッドの際《きわ》で抱き合って、濃厚なキスを交わしていた。

二人は舌を吸い合いながら、互いに相手のバスローブを脱がせ合いはじめた。

濃紺とピンクのバスローブは相前後して床に落ちた。二人は顔を重ねながら、相手の性器を愛撫《あいぶ》しはじめた。

船越は、五十過ぎとは思えないほど猛々《たけだけ》しくエレクトしていた。浴室で、さんざん飛鳥に欲望を刺激されたのだろう。船越は飛鳥のクリトリスを指の間に挟みつけて、揺さぶっている。パトロンが指の腹で痼《しこ》った部分を転がすと、飛鳥は喉を甘く鳴らした。

「相変わらず、感度良好だね」

船越が唇を飛鳥の耳朶《みみたぶ》に移し、嬉しそうに言った。

「あなたこそ、若い男性みたいよ」

「硬度は、まだ四十代の半《なか》ばってとこかな」

「ううん、三十代のパワーがあるわ。あふっ、そんなことされたら、立っていられなくなっちゃう」

飛鳥が喘《あえ》ぎ声で言い、船越の胸に顔を埋めた。

船越が満足そうな笑みを浮かべ、飛鳥をベッドに導いた。二人は身を横たえると、すぐさま性器を舐《な》め合う姿勢をとった。舌の鳴る音が淫猥《いんわい》だ。

瀬名は遮光カーテンの合わせ目からデジタルカメラを突き出し、痴態《ちたい》を撮《と》りはじめた。

二人は上になったり下になったりして、口唇愛撫を施《ほどこ》し合った。どちらも喉を鳴らしながら、オーラル・セックスに励んでいた。

やがて、二人はきわめてアクロバチックな体位で交わった。飛鳥は逆立ちをして、むっちりした両腿を船越の胴に巻きつけていた。

「変態カップル、お娯《たの》しみはそこまでだ」

瀬名は大声で言って、出窓から飛び降りた。

驚いた船越が腰を大きく引いた。飛鳥が悲鳴をあげ、前に転がった。向こう臑《ずね》をヘッドボードに打ちつけ、彼女は長く呻《うめ》いた。

「きさま、生きてたのか⁉」

船越がベッドの上で仁王立ちになったまま、呻くように言った。

「人斬り健は、おれを始末したと報告したらしいな」

「手に持ってる物は何だっ」

「デジタルカメラさ。二人が舐め合ってるとこを撮影させてもらったぜ。ちょっと画像を観てみるかい？」

瀬名はデジタルカメラをレザージャケットのアウトポケットに戻し、内ポケットに手を移した。ＩＣレコーダーの録音スイッチを押す。

飛鳥が憎悪に燃える目で瀬名を睨《にら》み、寝具の中に胸まで潜り込んだ。船越もベッドの上に坐り込み、羽毛蒲団《ふとん》で股間を隠した。

「ジャーナリストの式場恵、恵の彼氏だった川又等、それから『誠和エステート』の曽我を消せと命じたのは船越友裕、あんただな！」

瀬名は声を張った。

「わたしは関係ないっ。きみを始末してくれと人斬り健に頼んだことは認めるが、ほかのことには関与してない」

「黒ずくめの男に吉沢地区の谷に十数本のダイナマイトを仕掛けさせたのも、あんたなんだろうが！」

「そんな男は知らん。わたしは飛鳥との仲を強請のネタにされると思って、きみを抹殺する気になっただけだ。後のことは本当に知らない」

「空とぼける気なら、あんたたち二人をミンチにしちまうぜ」

「ミンチって、どういうことなんだね？」

船越には、わけがわからないようだった。

瀬名はジャケットの左ポケットから、特殊閃光手榴弾《スタングレネード》を摑み出した。普通の手榴《しゅりゅう》弾《だん》とは異なり、爆薬の量は少ない。殺傷能力はないが、一般の人間はそこまで見抜けないはずだ。

「その手榴弾は本物なのか⁉」

「もちろんさ。レバーを引き絞って手を放せば、五、六秒で炸裂《さくれつ》する。その間に、おれは非常扉のある所まで逃げられるだろう。しかし、素っ裸《すっぱだか》のあんたたちは下着をつけてる最中に爆死することになる」

「お願いだから、早まったことはしないでくれ。さっき、きみが言ってたことはすべて『光陽建設』の有馬《ありま》常務がやらせたのかもしれないな」

「その有馬という常務が処分場建設プランの責任者なのか？」

「そうだよ。有馬修平《しゅうへい》はわたしより一年早く『光陽建設』に入社したんだが、われわれは同じ年にそれぞれ部長になったんだ。その後、わたしは一期先輩の有馬よりも二年も早く取締役になった。有馬はわたしの昇格を妬《ねた》んで、卑劣にもわたしのスキャンダルをでっち上げて、重役たちにご注進に及んだんだ。出世の速いわたしは、先輩の役員たちには疎《うと》まれてたんだよ。そんなわけで、系列会社に出向させられることになったんだ。有馬という男は自分の手柄のためには、どんな汚い手も使う奴なんだよ。おそらく黒ずくめの男は、有馬が雇ったんだろう」

　船越が長々と喋った。

「あんたは黒ずくめの男など知らないと言ったが、その言葉を信じるわけにはいかないな。あんたの愛人の水垣飛鳥は、奴をよく知ってたんだ。それだけじゃない。黒ずくめの男に、曽我とおれを爆殺しろと命じたのは、その女にちがいないんだ」

　瀬名は飛鳥に顔を向けた。飛鳥が口を開く前に、船越が興奮気味に喚いた。

「きみは有馬のスパイだったのか!?」

「待って！　そうじゃないの。わたしは有馬常務に脅《おど》されて、いろいろ協力させられてたのよ。有馬常務は、わたしたちの関係をあなたの家族にバラすと言ったの。それから、あなたがわたしを『新栄開発』の相談役にしたり、名古屋の『誠和エステート』の顧問にしてくれたことも不正だと……」

「有馬の奴め！　あの男がやったこと、きみはどこまで知ってるんだ？」

「有馬常務は新宿のやくざを使って、ジャーナリストの式場恵と彼女の恋人の川又等を殺させたはずよ。それから黒ずくめの男は瓜生猛《うりゅうたけし》という名前で、有馬常務が雇ったプロの始末屋なの。詳しいことは知らないけど、用心棒を兼ねた殺し屋みたいよ」

「瓜生猛という男の居所は？」

瀬名は飛鳥に訊いた。

「そこまでは知らないわ。わたしは有馬に脅迫されて、彼の命令通りに動かされただけだもの」

「あんたたち二人の話をすんなり信じるほど、おれは人間が甘くない。二人とも服を着ろ。これから、有馬に会いに行くぞ」

「会っても無駄よ。あの男が悪事をあっさり認めるはずないわ。どうせ空とぼけるに決まってるわよ」

「いいから、二人とも服を着るんだっ。逆《さか》らったら、あんたの大事なとこに手榴弾を突っ込んで爆破させるぞ」

「やめてよ、そんなこと。いま、服を着るわ」

飛鳥がベッドを降り、チェストからランジェリーを取り出した。船越の下着類も摑み出し、彼女は後ろ向きになってパーリーホワイトのシルクパンティーを穿《は》いた。

この女のマスタングを使わせてもらうか。

瀬名は飛鳥の豊かなヒップに目を当てながら、胸底で呟《つぶや》いた。

4

マスタングが哲学堂《てつがくどう》公園の脇道に入った。

新宿区西落合《にしおちあい》である。『光陽建設』の有馬常務の自宅は、この近くにあるらしい。

瀬名はマスタングの後部座席から、左右の家々の表札に目を向けていた。

かたわらには、船越が坐っている。ステアリングを操《あやつ》っているのは飛鳥だった。

三人は本駒込のマンションを出ると、大手町にある『光陽建設』の本社に直行した。

しかし、あいにく有馬は一時間ほど前に家に帰ったという話だった。そんなことで、
瀬名たちは有馬常務の自宅に向かっているわけだ。

「ちょっと車を停めてもらえないか」

船越が斜め前の飛鳥に声をかけた。

「どうしたの？」

「きみのマンションを出たときから、ずっと小便を我慢してたんだよ。もう限界だ」

「停めてもかまわないでしょ？」

飛鳥が瀬名に問いかけてきた。

「駄目だ」

「でも、もう我慢できないみたいよ」

「有馬の家に着いたら、トイレを貸してもらうんだな」

瀬名は警戒心を緩《ゆる》めなかった。すると、船越が腹立たしそうに言った。

「きみは、わたしが立ち小便をする振りして逃げるとでも思ってるのかっ」

「その疑いはありそうだ」

「逃げたりするもんか。わたしは有馬の陰謀を暴《あば》いてやりたいと思ってるんだ。このわたしを陥《おとしい》れようとした奴は断じて赦せん」

「小便は我慢しろ。我慢できなかったら、車の中で垂れ流すんだな」

「子供じゃあるまいし、そんなみっともないことはできん」

「なら、ひたすら我慢しろ」

瀬名は冷たく言い放った。

船越が小さく舌打ちした。そのとき、急に飛鳥がハンドルを切った。

次の瞬間、瀬名は軽い衝撃を覚えた。飛鳥がわざと車をコンクリートの電信柱にぶつけたのだ。

瀬名は片手で飛鳥の頭髪を引っ掴み、別の腕で船越の頭をロックした。

「なんの真似だっ。わざと車をぶつけて逃げる気だったんだな?」

「そうじゃないの。こうでもしなかったら、彼がおしっこをさせてもらえないと思ったのよ」

　飛鳥が言った。

「立ち小便はさせないと言ったはずだ」

「ひどすぎるわ」

「バンパーをちょっと傷《いた》めただけだな。車をバックしろ」

「お願いだから、おしっこをさせてあげてちょうだい」

「駄目だと言ったら、駄目だ。早くギアをR《リヴァース》レンジに入れろ」

　瀬名は怒鳴った。

と、飛鳥が急にホーンをけたたましく鳴らした。パワーウインドーを下げ、大声で救いを求めた。

「誰か来てーっ！　人殺しよ、殺されるーっ」

「クラクションを止めるんだ！　喚《わめ》くんじゃない」

　瀬名は飛鳥の髪の毛を強く引き絞った。

　飛鳥は痛みを訴えながらも、命令には従わなかった。警笛《けいてき》を轟かせつづけた。

　近くの家から人が飛び出してきた。

　そのとき、船越が瀬名の手首に歯を立てた。痛みは鋭かった。一瞬、瀬名は両手の力を緩めてしまった。

その隙に、飛鳥と船越がほぼ同時にマスタングから転げ出た。瀬名も、すぐさま車を降りた。飛鳥はパンプスを脱ぎ捨て、前方に逃げはじめた。船越は来た道を駆け足で戻っていく。

二人を同時に追うことはできない。瀬名は短く迷い、船越を追いかけはじめた。

船越はもう若くない。みる間《ま》に、距離が縮まっていく。

瀬名は走りながら、口の端《はし》を歪《ゆが》めた。

それから間もなく、船越が哲学堂公園に逃げ込んだ。それほど広い公園ではないが、樹木は割に多い。繁みに身を隠されたら、容易には見つけ出せないだろう。

瀬名は焦《あせ》りながら、公園の中に駆け込んだ。船越は後ろを振り返りつつ、遊歩道を走っている。

じきに追いつくだろう。瀬名は速力を上げた。

その矢先、船越が植え込みの中に飛び込んだ。そのあたりには、太い樹木と灌木《かんぼく》がたくさん植わっていた。

瀬名も繁みに入った。

足音は聞こえるが、船越の姿は見えない。瀬名は折り重なった落葉や病葉《わくらば》に両膝をつき、地べたに耳を近づけた。

船越の足音がはっきりと聞こえた。瀬名は足音のした方向に走りはじめた。

数十メートル駆けても、船越の影は見えなかった。

ふたたび瀬名はうずくまって、地面に耳を押し当てた。

足音は熄《や》んでいた。どうやら船越は繁みの中で、じっと息を潜《ひそ》めているらしい。

特殊閃光手榴弾《スタングレネード》を使えば、あたりが何秒か明るむ。しかし、公園の周囲は一般住宅だ。スタングレネードを炸裂させるわけにはいかない。

瀬名は立ち上がって、一歩ずつ進んだ。

二十メートルあまり歩いたとき、右手の繁みの小枝がわずかに揺れた。風のせいではない。揺れたのは、その場所だけだった。

瀬名は片膝を落とし、腰の後ろからY字形のカタパルトを引き抜いた。ポケットから抓《つま》み出した五百口径の鋼鉄球を革の弾当てで包み込み、強力な生ゴム管を耳の横まで引き絞った。

瀬名は急《せ》かなかった。

船越の動きをうかがう。一分ほど過ぎたころ、また小枝が揺れた。葉擦《はず》れの音も耳に届いた。黒い人影が伸び上がった。

瀬名はカタパルトの鋼鉄球を放った。

風切り音が高く響いた。船越が呻き、横倒しに転がった。

瀬名は繁みまで一気に走った。

船越は腰を摩《さす》りながら、苦しげに唸《うな》っている。腰骨の一部が砕けたにちがいない。

「逃げ出したところを見ると、あんたが言ってた話は事実じゃなさそうだな」

瀬名は言った。

「事実だよ。ただ、ちょっと不安になってきたんだ。有馬は神経の太い奴だから、わたしの話を全面的に否定するにちがいない。だから、あの男と対決しても、わたしのほうが不利になるかもしれないと思ったんだよ」

「で、とっさに逃げる気になったってわけか？」

「そうなんだ」

「小便はどうした？」

「緊張感が高まったんで、尿意は消えてしまったよ」

「嘘つけ！　あんたは最初っから逃げる気だったんだろうが！」

「そうじゃない、そうじゃないんだ。どう言えば、信じてくれるんだね？」

「もう遅いな。立て、立つんだっ」

「腰が痛くて、とても立ち上がれない。今夜は、ひとまず病院に行かせてくれないか。後日、きみの前で必ず有馬と対決するよ」

船越が腰を手で押さえながら、哀願口調で言った。

瀬名は返事の代わりに、船越を乱暴に摑み起こした。船越が腰の痛みに顔を歪ませ、その場に頽《くずお》れそうになった。

「しゃんとしろ」

瀬名は船越の向こう臑《ずね》を靴の先で力まかせに蹴った。

船越が声をあげ、しゃがみ込みかけた。瀬名は船越のベルトを掴み、体を支えた。

そのまま遊歩道まで引きずっていった。

船越は、いまにも倒れ込みそうだった。ひっきりなしに、腰の痛みを訴えつづけた。

だが、瀬名は耳を貸さなかった。

公園の出入口から通りをうかがうと、マスタングの周《まわ》りに人垣ができていた。パトカーが駆けつけるのは時間の問題だろう。

裏側の道から有馬の自宅に行くことにした。

瀬名はターンして、公園の反対側の出入口に向かった。

ほどなく公園を出た。船越を引きずりながら、裏通りを進みはじめた。閑静な住宅街だった。人も車も通りかからない。

「有馬の家まで、あとどのくらいなんだ？」

「三百メートルほどだよ。数奇屋《すきや》造りの立派な邸《やしき》だ。有馬は、わたしと面会したがらないと思うね」

「黙って歩け」

「わ、わかったよ」

「水垣飛鳥は薄情な女だな。さっさと自分ひとりで逃げちまった」

「女は誰も根は薄情なものさ。わたしは、女たちに多くは期待してないんだ。美貌と熟《う》れた肉体があれば、それで充分さ」

船越が曖昧《あいまい》に笑った。

その直後だった。前方から、無灯火の黒いワンボックスカーが猛進してきた。

瀬名は船越と体の位置を入れ替えた。自分は民家の生垣《いけがき》に身を寄せたのだ。

ワンボックスカーは少し手前でハンドルを切った。船越を躱《かわ》す恰好《かっこう》だった。

船越を楯《たて》にする気になった。

瀬名は船越を羽交《はが》い締めにしかけた。

そのとき、ワンボックスカーが近くに急停止した。スライドドアが開き、黒いフェイスキャップを被った男が顔を見せた。

男は、消音器付きの自動拳銃を手にしていた。すぐに銃弾が放たれた。

弾は瀬名の頭の真上を通過していった。衝撃波が髪の毛を薙《な》ぎ倒した。

瀬名は身を屈め、船越のベルトをむんずと摑んだ。強く引くと、ベルトだけが手に残った。船越が抜け目なくベルトを緩めていたのだ。

瀬名は勢い余って、よろけてしまった。

その隙に、船越はワンボックスカーの中に乗り込んだ。フェイスキャップで顔面を覆った男が、また引き金を絞った。

二弾目は、肩すれすれのところを掠《かす》めた。

瀬名は身を伏せた。無灯火の車がスライドドアを開けたまま、急発進した。瀬名は起き上がって、特殊閃光手榴弾《スタングレネード》を素早く取り出した。

レバーをいっぱいに絞り、ピンリングに指をかけた。だが、すでにワンボックスカーは遠のいていた。追いかけたところで、とうてい間に合わないだろう。

瀬名は歯噛《はが》みして、逃げる車を睨みつけた。しばらく茫然自失《ぼうぜんじしつ》の状態で、その場に立ち尽くした。

船越が苦し紛《まぎ》れに喋った話は、すべて嘘だろう。しかし、ここまで来たのだから、『光陽建設』の有馬常務に会ってみるべきだ。

瀬名は気を取り直して、また歩きだした。

有馬の自宅は、数分後に見つかった。瀬名はフリージャーナリストに化けて、応対に現われたお手伝いの女性に取り次《つ》ぎを頼んだ。

玄関先で待っていると、大島紬《おおしまつむぎ》を着た五十三、四歳の男が現われた。押し出しがいい。

「有馬です。ご用件は？」

「夜分に申し訳ありません。『光陽建設』さんが富山県の伴内町に産廃処分場を建設されるという噂《うわさ》を小耳に挟んだんですが、そのことについて二、三うかがいたいと思いましてね」

「その噂は、どなたからお聞きになられたんです？　わが社には、そんな計画はまったくありませんよ。建設廃材の処分は大手の産廃会社に一切任せてあるんです」

「そうなんですか。しかし、『光陽建設』さんの系列会社の『新栄開発』の船越友裕副社長は親会社のために、名古屋の『誠和エステート』に用地の買収をさせてるようですよ」

　瀬名は言った。

「何かの間違いでしょう。『光陽建設』が『新栄開発』を通じて、処分場建設予定地の買収を依頼したことはありません。『新栄開発』の船越が、あなたにはっきりとそう言ったんですか？」

「ええ、まあ。そして、あなたがジャーナリストの式場恵、彼女の恋人の川又等、『誠和エステート』の用地課課長の曽我の三人を殺し屋《プロ》に始末させたとも言ってます」

「きみ、めったなことを言うもんじゃないっ。無礼だぞ。帰りたまえ」

　有馬が怒りだした。

「もちろん、わたしは船越氏の話を鵜呑《うの》みにしたわけじゃありません。しかし、氏がそう言ったことは事実です」

「何か証拠でもあるのかね？」

「ええ、あります」

瀬名はＩＣレコーダーを取り出し、再生ボタンを押した。

本駒込の飛鳥のマンションで収録した音声が流れはじめた。音声を聴き終えると、有馬が険《けわ》しい表情で叫んだ。

「船越の話は何もかも嘘だ。それから、女が喋ってることもね」

「女は船越氏の愛人の水垣飛鳥です。『新栄開発』の相談役で、『誠和エステート』の顧問だと名乗ってます」

「その女は、『光陽建設』の元会長の愛人だったんだ。元会長が他界する前に、彼女を船越に押しつけたんだよ。元会長の頼みで、おそらく船越は水垣飛鳥を『新栄開発』の相談役にしたんだろう」

「そうだったんですか」

「水垣飛鳥とわたしには、なんの繋がりもない。きみに追いつめられて、彼女はあんな言い逃れを言ったんだろう。実に悪知恵の回る女だ。元会長は彼女の性根《しょうね》の悪さに厭気《いやけ》がさして、自分の茶坊主だった船越に押しつけたのさ」

「そういうことですか」

「それから、わたしが船越を妬《ねた》んで系列会社に追いやったなんて話も真っ赤な嘘です。船越は元会長が存命中に会社の財産を私物化したり、下請け業者に袖《そで》の下を要求してたんだよ。そういう不正が新体制になって問題化して、船越は新栄開発に出向させられたんです」

「あなたの言葉を信じましょう。船越副社長は、いったい誰のために伴内町に産廃処分場用地を確保したいと思ったんでしょう?」

瀬名は問いかけた。

「おそらく義弟のためだろうね。船越の奥さんの弟は、元総会屋の産廃業者なんですよ。昔、『光陽建設』も廃材の処分を頼んだことがあるんだが、仕事がずさんだったんで、出入りを禁じたんです」

「その義弟の名前はわかります?」

「重松雅行《しげまつまさゆき》です。四十七、八歳ですよ。産廃会社は『重松興業』という社名で、オフィスは調布市《ちょうふし》にあるはずです」

「手間が省《はぶ》けて助かります」

「船越は自分の将来に見切りをつけて、義弟の重松と産廃会社を共同経営する気になったのかもしれないな。独立するのはかまわんが、『光陽建設』や『新栄開発』の名を騙《かた》るとはけしからん! ひょっとしたら、船越は『新栄開発』の裏金を流用して、

「それは考えられそうですね。表には出せない会社のプール金なら、勝手に遣《つか》っても告訴される心配はない。『新栄開発』には、どのくらいの裏金があったんです？」

「そんなことは話せんよ。しかし、五億や十億じゃないことは確かだ」

有馬が、ぽろりと洩らした。少なくとも、数十億円の裏金があったのだろう。船越は、それをそっくり吉沢地区の用地買収に流用したのかもしれない。

「最後に確認させてもらいたいんですが、あなたは瓜生猛という男は知らないんですね？」

「知らんね、まったく。その黒ずくめの男というのは、おおかた船越の義弟の重松が雇った無法者なんだろう」

「そうなのかもしれません。突然お邪魔して、ご迷惑をおかけしました」

「きみは、本当にフリージャーナリストなのかね？　ジャーナリストが船越たちを痛めつけるようなことをするもんだろうか」

「船越の指図で殺されたと思われる女性ジャーナリスト、彼女の恋人だった男は、わたしの知り合いだったんですよ。それで、探偵の真似事をしてるわけです。どうも失礼しました」

瀬名は深く頭を下げ、有馬邸を出た。

路上を歩いていると、脇道から見覚えのあるワンボックスカーが走り出てきた。無灯火だった。

「くそっ」

瀬名は、ひとまず逃げることにした。

ワンボックスカーは猛然と追ってきた。銃弾も放たれた。ただ、銃声は聞こえなかった。消音器を使ったのだろう。

瀬名は全力疾走した。

無灯火の車は執拗《しつよう》に追ってくる。まっすぐ走っていたら、危険だ。瀬名は何度も道を折れた。

そのつど、わずかながらも距離を稼ぐことができた。それでも敵のワンボックスカーは執念深く追ってくる。

このままでは埒《らち》が明かない。

瀬名は駆けながら、レザージャケットのポケットを探った。特殊閃光手榴弾《スタングレネード》を摑み出し、レバーを引き絞った。

ピンリングを強く引っ張り、振り向きざまにスタングレネードを投げ放った。

手榴弾はワンボックスカーの六、七メートル手前の路上に落ち、すぐに炸裂した。

大きな爆発音が夜気《やき》を震わせ、赤い閃光が走った。急停止したワンボックスカーが、爆風で少し浮き上がった。車体は、たちまち厚い煙に包まれた。

反撃のチャンスだ。

瀬名は地を蹴った。そのとき、煙幕を掻き分けて二つの人影が現われた。どちらも消音器付きの自動拳銃を握っていた。

敵の二人は、すぐに発砲してきた。

「くそったれどもが！」

瀬名は身を翻《ひるがえ》した。頭を低くしながら、またもや逃げはじめた。

広い通りに出ると、不意に赤いポルシェが走り寄ってきた。ドライバーは真寿美だった。

助手席のドアが開けられた。

瀬名は乗り込み、ドアを閉めた。ポルシェが勢いよく走りだした。

「偶然に近くを通りかかったわけじゃないよな？」

「当たり前でしょ」

「おれのことが心配になって、こっそり尾《つ》けてたんだな。そうなんだろう？」

「別に、あなたのことが心配になったわけじゃないわ」

「それじゃ、なぜ？」

「悪党どものお金をあなたに独り占めされるのは癪《しゃく》な気がしたからよ。シートベルトをして！」

　真寿美が命令し、ぐっとアクセルを踏み込んだ。

「無灯火のワンボックスカーに乗ってた二人組は何者なんだ？　もう調べがついてるんだろ？」

「狡《ずる》いわ。一方的に情報をわたしから引き出すつもりなんでしょ？」

「そんなケチな男じゃないさ。どっかで酒でも飲みながら、情報交換しようや」

「いいわよ」

「よし、話は決まった」

　瀬名はシートベルトを掛け、ヘッドレストに頭を凭《もた》せかけた。

第五章　闇ビジネスの全貌《ぜんぼう》

1

甘い期待が膨らんだ。

瀬名は浮かれた気分で、『広尾《ひろお》アビタシオン』の八〇一号室に入った。依光真寿美の自宅マンションである。間取りは2LDKだった。

瀬名は居間に導かれた。

二十畳ほどの広さだった。リビングセットも飾り棚も安物ではない。

「適当に坐《すわ》って」

真寿美が居間の隅にあるワゴンに歩み寄った。ワゴンの上には、各種の酒が載っている。瀬名は鹿革のジャケットを脱ぎ、長椅子の真ん中に腰かけた。セブンスターに火を点《つ》け、真寿美の後ろ姿に視線を向けた。

真寿美はミッドナイトブルーのミニドレスに身を包んでいる。ウエストが細く、腰は豊かに張っていた。尻の位置も高い。

蜜蜂《みつばち》のような体つきだ。

瀬名は一瞬、真寿美を後ろから抱きしめたい衝動を覚えた。しかし、がつがつしたところは見せたくない。自分のダンディズムに反する。

それに、真寿美はわざわざ瀬名を自宅に招いてくれた。ホテルのカクテルバーでも情報交換はできるわけだ。彼女のほうにも、何かを待つ気持ちがあるにちがいない。少し前に撃たれそうになったが、今夜は悪いことばかりではなさそうだ。

「どこを見てるの？」

真寿美が背を見せたまま、不意に言った。

「えっ」

「ヒップを舐《な》めるように見てたでしょ？　わかるのよ、後ろにも目がついてるんだから」

「そいつは誤解だ。おれは、ワゴンの上のボトルを見てただけさ」

瀬名は内心の狼狽《ろうばい》を隠して、努めて平静に言葉を返した。

「勘違いしないで。あなたをここに連れてきたのは、情報交換しやすいと判断しただけなんだから。ほかに意味はないのよ」

「わかってるさ。きみは男よりも、銭や宝石のほうが好きなんだろう？」

「ええ、その通りよ。人間には感情があるから、面倒臭いでしょ？　どんな感情も移ろいやすいから」

「かなり苦い恋愛体験があるようだな。今夜は、その話をじっくり聞かせてもらおう」

「そんなことより、いやらしい目でわたしの体を見ないで」

「もう見てないよ」

「やっぱり、さっきは露骨に見てたのね」

真寿美が踊るようにターンし、スコッチ・ウイスキーと二つのショットグラスを運んできた。すぐに彼女はダイニングキッチンに歩を進めた。

瀬名は煙草の火を消し、脚《あし》を組んだ。

数分経つと、真寿美がオードブルとチェイサーをコーヒーテーブルの上に置いた。オードブルは、ブルーチーズ、スモークド・サーモン、キャビア・カナッペだった。

「優雅な暮らしをしてるんだな。想像してた以上に、凄腕《すごうで》の強請屋《ゆすりや》らしいね」

「経営コンサルタントの仕事も、ちゃんとやってるのよ」

「表の稼業だけじゃ、とてもこんなリッチな暮らしはできるもんじゃない」

「それは認めるわ」

真寿美がいつになく素直に言い、二人分のストレートを用意した。

二人はグラスを触《ふ》れ合わせ、それぞれスコッチのストレートを口に含んだ。相前後して、チェイサーでアルコールの強さを和《やわ》らげた。

「よかったら、オードブルもどうぞ」

「ああ、いただくよ。早速だが、黒いワンボックスカーに乗ってた二人組の正体だが……」

「その前に、そちらの手の内を見せるのが礼儀なんじゃない？　事件の全貌《ぜんぼう》を教えてもらわないと、協力のしようがないもの」

「いいだろう」

瀬名は式場恵と川又等が殺害されたことを詳《くわ》しく語り、その後の経過も順序だてて話した。

「話は呑《の》み込めたわ。ワンボックスカーの二人組は、関東睦会芝山組《むつみかいしばやま》の組員よ」

「あの二人の名前は？」

「そこまでは、まだ調べてないわ」

「そうか。関東睦会は首都圏で三番目にでかい広域暴力団だよな？」

「ええ、そうね。構成員は五千人弱だったんじゃないかしら？」

「そんなもんだろう。あのワンボックスカーは、どうせ盗難車なんだろうな」

「三週間ほど前に、調布の『重松興業』って産廃会社が盗難届を所轄署に出してるわ」

真寿美がそう言い、キャビア・カナッペを抓《つま》んだ。

「重松興業の社長の重松雅行は『新栄開発』の船越副社長の義弟なんだよ。船越のかみさんの弟が重松らしいんだ」

「一連の事件は、船越が義弟とつるんで絵図を画《か》いたようね」

「そいつは、もはや間違いないだろう。『光陽建設』の有馬常務が言ってたように、船越は自分の先が見えてきたんで、義弟の重松の産廃会社の共同経営に乗り出す気になったにちがいない」

「それで親会社の『光陽建設』のプランに見せかけて、伴内町吉沢地区に産廃処分場を建設する計画を立てたわけね？」

「そう考えていいだろう。しかし、船越には充分な事業資金がなかった。で、有馬が推測したように、船越は『新栄開発』の裏金で用地買収に取りかかり、建設大歓迎の梅沢町長を抱き込んだ。ところが、思いがけない事態に陥《おちい》った」

「ジャーナリストの式場恵が贈収賄《ぞうしゅうわい》の現場シーンをビデオに撮った……」

「ああ。そこで船越と重松は相談して、おそらく芝山組の組員に恵を扼殺《やくさつ》させ、彼女の遺体を代々木公園で焼かせたんだろう。二人は危《ヤバ》いビデオは川又等が保管してると考え、彼を拉致《らち》させた。しかし、何も喋《しゃべ》らなかった。で、彼も始末させたんだろう」

瀬名は生《き》のスコッチ・ウイスキーを呷《あお》った。チェイサーは口に含まなかった。アルコールが喉《のど》や内臓を灼《や》く。

「『誠和エステート』の曽我という男を爆殺したのは、あなたに陰謀を喋ってしまったと考えたからなんじゃない？」

「おそらく、そうだろう。曽我のクラウンに時限爆破装置を仕掛けたのは、瓜生猛という黒ずくめの始末屋にちがいない。氏家を拉致して、吉沢地区の谷に十数本のビル解体用のダイナマイトを仕掛けたのも瓜生さ」

「そのダイナマイトは、船越がこっそり『光陽建設』の倉庫から盗み出したんじゃない？　系列会社の副社長なら、怪しまれることなく倉庫に近づけるものね。その気になれば、倉庫のオートロックの暗証番号も探《さぐ》り出せるはずよ」

「きみの推測は正しいと思うよ。おおかた解体用ダイナマイトを盗み出したのは、船越自身なんだろう」

「今夜のことで、当然、船越と愛人の水垣飛鳥はしばらく身を隠すでしょうね？」

「むろん、そうするだろう。しかし、重松をマークしてれば、船越や飛鳥の隠れてる場所もわかると思うよ」

「そうでしょうね。重松雅行の動きは、わたしが追うわ。重松は船越から、あなたのことを聞いてるはずだから」

「そうだな。重松は、きみにマークしてもらおうか。しかし、張り込みや尾行に真っ赤なポルシェを使うのはやめてくれ」

「そのへんは心得てるわ。ＢＭＷの単車やレンタカーを使うつもりよ」

真寿美が余裕のある表情で言い、グラスを傾けた。

もっとハイピッチで飲んでくれないものか。酔いが回れば、少しはガードが甘くなるだろう。

瀬名はセブンスターをくわえた。

祈りが通じたのか、真寿美がグラスを一息に空けた。釣られて、瀬名も残りのスコッチを飲み干した。真寿美が手馴《てな》れた様子で、二つのグラスにウイスキーを注《つ》いだ。

「重松は元総会屋らしいから、関東睦会だけじゃなく、裏社会の連中とはたいがいつき合いがあると思うんだ」

「でしょうね」

「合気道の有段者だからって、あまり不用意に重松に接近しないほうがいいな」

「そうするわ」

「それから、瓜生猛って敵の助っ人には充分に気をつけてくれ。特定の格闘技は心得てないようだが、まったく隙《すき》を見せない奴なんだ。パワー空手四段の氏家を造作なく人質に取ったぐらいだから、並の用心棒じゃない。奴は特殊な武器を持ってるし、爆破のエキスパートでもあるんだ」

「どんなタイプの男なの？」

「狼のような顔つきで、割に上背《タッパ》はある。細身だが、筋肉は鋼《はがね》のように引き締まってそうだよ」

「ちょっと素敵そうじゃないの」

「男嫌いのきみらしくない台詞《せりふ》だな」

瀬名は二杯目のストレートを口に運んだ。

「別にわたし、男嫌いじゃないわ。どの男も、お金や宝石よりも魅力がないだけよ」

「言ってくれるな。しかし、ある意味じゃ、楽しみだよ」

「何が？」

「口説《くど》きにくい女を落とせたら、そいつは男の勲章《くんしょう》になるからな」

「くだらない」

真寿美が蔑《さげす》むような笑いを浮かべた。

「そうかな。この世には、男と女しかいないんだ。気に入った相手がいたら、大いにベッドで愛し合うべきだよ」

「おあいにくさま！　そんな話にやすやすと乗るほど、わたしは世間知らずじゃないわ」

「おれは一般論を言っただけさ。別段、きみにモーションをかけたわけじゃない」

「体裁《ていさい》ぶっても駄目よ。そこに坐ったときから、目に邪《よこしま》な光が揺れてるわ。それを飲んだら、お引き取り願いたいわね」

「もう少しいいじゃないか。まだ今後の打ち合わせもあることだしさ」

「もう打ち合わせは済んだでしょ？」

「冷たいな」

瀬名は肩を竦《すく》め、グラスを傾けた。

しかし、舌の先を湿らせた程度だった。極力《きょくりょく》、飲むペースを遅くして真寿美の気持ちが変わるのを待つ気になったのだ。

「一連の事件の主犯格が船越と重松の二人だとわかったら、両方を咬《か》むんでしょ？」

「そのつもりだよ」

「取り分は五分五分ってことにしましょう？」

「欲が深いな。船越の尻尾《しっぽ》を摑《つか》んだのは、このおれだぜ」

「ええ、そうね。でも、わたしは今夜、あなたの命を救ってやったわ。あのまま走って逃げてたら、きっとどちらかの銃弾があなたに命中してたにちがいないわ」

「おれは、そんなドジな男じゃない。うまく逃げ切ってたさ、きみが現われなくてもな」

「わたしの条件を気持ちよく呑めないんなら、協力できないわ。もちろん、今後もあなたとは組まない」

「わかったよ、きみの勝ちだ。その代わり、こっちにも条件がある」

「どんな？」

「スコッチを三杯ご馳走《ちそう》してくれないか」

「好きなボトルを持って帰ってもいいわよ。ただし、ここでは二杯だけ」

真寿美が、ぴしゃりと言った。

「なんだって、そんなに警戒するんだ？　おれが力ずくで、きみを犯すとでも考えてるのか？」

「男にレイプされるほど、わたしは弱い女じゃないわ。自分の時間を大事にしたいだけよ」

「まだ九時半を回ったばかりじゃないか」

「十時を過ぎたら、自分だけの時間を持ちたいの。だから、ちびちび飲んでないで、豪快にグラスを空けてちょうだい」

「もう少し相棒には愛想よくしても罰《ばち》は当たらないだろうが」

瀬名はグラスを一気に呷《あお》り、鹿革ジャケットを摑んで立ち上がった。真寿美がにやつきながら、手を叩いた。

瀬名はオーバーに首を振りながら、玄関ホールに向かった。

真寿美に見送られて部屋を出る。マンションを出ると、瀬名はタクシーの拾えそうな表通りをめざした。

中途半端な時刻だった。女の家に転がり込むのも、何やら面倒な気がした。

無駄になるのを承知で用賀《ようが》の船越の自宅を回って、笹塚のマンションで寝るか。

瀬名は歩度《ほど》を速めた。それから間もなく、氏家から電話がかかってきた。

「たったいま、川又の弟の克次君から連絡があったんだ。彼はいま、久我山の式場恵さんの家にいるらしいんだが、恵さんのとこにきょうの夕方、富山県在住のある人から一巻のビデオが送られてきたというんだよ」

「その人物は？」

「荒浩典《あらひろのり》という自然保護団体のリーダーだった高校教師の奥さんだよ。荒という人物は吉沢地区の北側にある自然林の保護運動をしてたらしいんだが、数日前に出張先の金沢市で事故死したというんだ」

「事故死？」

「ああ。歩道橋の階段から足を踏み外して、転落死したそうだ。恵さんは取材中に荒氏と知り合って、富山市内にある彼の自宅に泊めてもらったことがあったらしい。そのときに彼女は、荒氏に一巻のビデオを預けたというんだよ。しかし、夫が事故死してしまったんで、未亡人が恵さんの遺族にビデオを返したというわけらしい」

「そのビデオには何が映ってたんだい？」

瀬名は訊《き》いた。

「克次君の話によると、シートに覆われたトレーラートラックや艀《はしけ》なんかが撮影されてるというんだ」

「処分場建設関係の取材ビデオじゃなさそうだな」

「多分ね。しかし、なんか引っかかるんで、克次君にダビングしてもらったんだ。その複製テープを持って、彼がおれのとこに来ることになってるんだ。瀬名もこっちに来ないか？」

「わかった。いま、広尾にいるんだ。三十分以内には、氏家《ウジ》んとこに行けるだろう」

「瀬名、いま広尾にいるって言ったよな？」

「ああ」

「おまえ、まさか依光真寿美さんに妙なことをしたんじゃないだろうな？」

氏家は女には初心《うぶ》だったが、美しい女強請屋には好意以上の感情を寄せていた。マドンナと慕っているのかもしれない。

「広尾に幼馴染《おさななじ》みが住んでるんだ。そいつのとこに久しぶりに顔を出したのさ」

「そんな話、初耳だな。瀬名、真寿美さんを戯《たわむ》れの相手にしたら、絶交だぞ。その前に、おまえの鼻を正拳《せいけん》で潰《つぶ》してやる」

「あんな扱いにくい女を口説くもんか。それじゃ、後でな」

瀬名は通話を切り上げ、大通りまで走った。

数分待つと、タクシーの空車が通りかかった。瀬名はタクシーに乗り込んだ。学芸大学まで二十数分しかかからなかった。

氏家は道場にも整体治療院にもいなかった。エレベーターで六階に行き、勝手に氏家の住まいに入る。1DKの部屋だ。

部屋の主は夕刊を読んでいたが、川又克次の姿はない。

「氏家《ウジ》、捻挫《ねんざ》したとこはもう完治したのか？」

「ああ、すっかりよくなったよ。フォークで刺された傷は？」

「おれのほうも、傷口は完璧に塞《ふさ》がったよ」

瀬名はそう言って、デコラ張りの座卓の横に坐った。

そのとき、部屋のインターフォンが鳴った。来訪者は川又克次だった。

三人は挨拶《あいさつ》もそこそこに、テレビの前に集まった。克次がダビングテープをビデオデッキにセットした。

式場恵が荒という高校教諭に預けてあったビデオの画像が、画面に流れはじめた。

最初に映し出されたのは、トレーラートラックだった。

荷台は青いビニールシートですっぽり覆い隠され、荷はまったく見えない。画像は、だいぶ乱れている。撮影者の心の動揺が伝わってくるような映像だった。

トレーラートラックの車体には、社名が記されていない。ナンバープレートの数字は、黒っぽいビニールテープで隠されている。

撮影場所は、民家も見えない山の中だった。国道ではなさそうだ。どこか地方の県道かもしれない。

画像はいったん途切れ、舫《もや》われた数隻《せき》の艀が映し出された。船名の文字がぼやけて見える。

瀬名は画像を静止させ、画面に目を近づけた。『明神丸《みょうじんまる》』という船名だけが読めた。

画像は変わり、次に福井県の敦賀《つるが》港が映し出された。埠頭《ふとう》の外《はず》れに、最初に撮影されたトレーラートラックが駐《と》まっている。

ビデオに収録されていたのは、それだけだった。

「恵さんの取材対象は何だったんでしょう?」

克次がデッキからビデオを取り出しながら、どちらにともなく訊いた。先に口を開いたのは、氏家だった。

「産廃物を満載した艀が夜間にこっそり敦賀港に入ってるんじゃないのかな?」

「おれは、そうじゃないと思う。仮にそうだったとしたら、ビデオの頭の部分に艀が映ってるはずだ」

瀬名は言った。

「そう言われれば、確かに順番が逆だな」

「敦賀市には、原子力発電所が二カ所もある。そのことが謎を解くヒントにならないだろうか」

「原発って言えば、最近、事故が多いな。まさか核汚染された破損タンクをトレーラートラックに積んで、若狭《わかさ》湾沖にこっそり投棄してるんじゃないだろうなあ」

氏家が冗談口調で言った。克次が真顔《まがお》で応じた。

「いくら何でも、そんなことはできないでしょう？」

「そうだよな。ただ、瀬名が言ったように、トレーラートラックの荷を艀に積み替えて、何かを港から運び出してることは確かなようだ」

「ぼくもそう思います。恵さんがこのビデオをわざわざ荒という学校の先生に預けたわけですから、彼女は見てはならないものを見てしまったんじゃないのかな？」

「それは、その通りだろう。それから、事故死した荒氏のことだが、実は何者かに転落死に見せかけて殺されたとも考えられるね」

「いま、おれも同じことを言おうとしてたんだ」

瀬名はいったん言葉を切って、すぐに言い継《つ》いだ。

「荒浩典は式場恵が殺害されたんで、預かったビデオを観《み》てみた。そして、自分で恵の死の真相を探る気になった。ところが、敵に覚《さと》られてしまい、葬られたとも考えられる」

「ああ。荒氏の奥さんに一度話を聞いてみる手もあるな」

氏家が言った。

瀬名は大きくうなずき、レザージャケットのポケットから煙草とライターを摑み出した。美人ジャーナリストは、とてつもない大きな陰謀を垣間《かいま》見てしまったのではないのか。

2

受話器を取ったのは未亡人だった。

まだ声は若々しい。三十代の前半だろう。

瀬名は式場恵の仕事仲間になりすまし、偽名を使った。電話をかけた先は、荒浩典の自宅である。

瀬名は、笹塚の自宅マンションにいた。正午を過ぎたばかりだ。

「式場さんがあんなことになって、とても残念です」

「わたしも同じ気持ちです。実は、恵さんがあなたのご主人に預けていたビデオを昨夜《ゆうべ》、観《み》せてもらったんですよ。そのことで、少し質問させてください」

「はい、どうぞ」

「恵さんはビデオについて、何かご主人に話したんでしょうか？」

「そのあたりのことは、わからないんですの。ただ、主人はお預かりしたビデオを観てから、何度か敦賀市に出かけました」

「おひとりで？」

「ええ」

「敦賀に出かけられる理由について、何かおっしゃってませんでした？」

「特に何も申しておりませんでしたけど、式場さんが殺されることになった理由を探っているようでした」

荒の妻が答えた。

「敦賀に行かれるようになってから、ご主人は何か変わった様子は？」

「家の戸締まりに急に神経質になりました。何かに怯《おび》えているようなので、その理由《わけ》を主人に訊いたんです。それは思い過ごしだと苦笑するだけで、何も話してはくれませんでした」

「家の周辺で不審な影を見たことは？」

「それはありません」

「脅迫電話の類《たぐい》は、どうでしょう？」

「一度だけ不快な電話がかかってきました。わたしが受話器を取りましたら、男がくぐもった声で『旦那《だんな》に伝言を頼む。妙なことに首を突っ込むと、取り返しのつかないことになるってな』と凄《すご》んで、すぐに電話を切ってしまったんです」

「それは、いつのことです？」

「主人が亡くなる三、四日前のことだったと思います」

「その脅迫電話のことをご主人に話されました？」

瀬名は矢継《やつ》ぎ早《ばや》に訊いた。

「はい、伝えました。主人は一瞬だけ顔を曇《くも》らせましたけど、特に何も申しませんでした」

「そうですか。ご主人は出張先の金沢で事故死されたそうですね？」

「はい。歩道橋の階段から転げ落ちて、運の悪いことに首の骨を折ってしまったんです」

「そのとき、ご主人は酔ってらしたのかな？」

「いいえ。主人、アルコールは一滴も飲めなかったんです」

「転落の瞬間を目撃した人間は？」

「警察の話によると、そういう方はひとりもいなかったそうです。夜でしたし、ふだんから人も車も少ない場所だったらしいんです」

「行政解剖は？」

「いいえ、解剖はしていません。警察の方たちが、はっきり事故死だとおっしゃってましたので」

「他殺かもしれないと疑いを持たれたことは？」

「それは、ございます。ですけど、脅迫電話をかけてきた男がどこの誰かもわかりませんし、その人物が故意に主人を階段の上から突き落としたと主張するだけの材料もありませんしね」

　未亡人の声が湿った。

「ええ、確かにね。しかし、ご主人は殺害されたと思えてならないんですよ。おそらく荒さんは、式場恵と同じ陰謀を嗅《か》ぎ当ててしまったんでしょう」

「いったい主人は、敦賀で何を見たんでしょうか？」

「残念ながら、それはわかりません。何か手がかりを得られるかもしれないと思って、お宅に電話をさせてもらったんですがね」

「そうだったんですか」

「話が前後しますが、脅迫電話がかかってきたとき、電話の向こうで何か物音や話し声は？」

「脅迫電話をしてきた男は、運送会社の事務所にいたのかもしれません。かすかにトラックのエンジン音がいくつか聞こえたんです」

「そのほか物音は？」

瀬名は問いかけた。

「何か硬い物を砕くような音もしてました」

「運送会社で、そんな音がするだろうか」

「しませんね。それじゃ、運送会社ではないんだわ」

荒の妻が恥ずかしそうに呟いた。自分の推測に矛盾があることを知り、きまりが悪くなったのだろう。

トラックが何台も出入りしてて、硬い物を砕く音がする会社というと……。

瀬名は思考を巡らせた。

産業廃棄物の集積所なら、トラックは出入りしているだろう。そして、コンクリートの塊《かたまり》や鉄骨類を砕く音もするのではないか。脅迫電話の主が『重松興業』の社長だと断定はできないが、その疑いはかなり濃厚だ。

「あなたは、お仕事仲間の式場さんの事件の真相をご自分で探るつもりなんですね？」

「どこまで真相に迫れるかわかりませんが、少し調べてみたいんですよ。ご主人のことで何か新事実を摑んだら、すぐに連絡しましょう」

「どうかよろしくお願いします。いまから警察に行って、主人の死を調べ直して欲しいとお願いしても相手にされないでしょうから」

「そうでしょうね」

「調査費用は遠慮なくご請求ください」

「わたしはプロの調査員じゃないんです。そんなものは必要ありません」

「ですけど、それでは申し訳ありませんから」

「できるだけのことはやってみますが、あまり期待しないでください。なにしろ、こちらは素人探偵ですんでね」

「はい、そのことは承知しています。とにかく、よろしくお願いいたします」

未亡人が静かに電話を切った。

瀬名はベッドに腰かけ、一服した。

その後、『新栄開発』に電話をかけた。やはり、船越は無断欠勤していた。念のため、自宅にも電話をしてみた。

しかし、家にもいなかった。家族は居所も知らなかった。

水垣飛鳥の名古屋と本駒込のマンションにも電話をしてみたが、どちらも受話器は外れなかった。船越と飛鳥は昨夜から、目立たないホテルかどこかに身を潜《ひそ》めているのだろう。

船越の居所がなかなか摑めないようだったら、女房を人質に取って、重松を誘《おび》き出そう。いくら荒っぽい男でも、飛鳥を人質に取られたら、下手なことはしないだろう。

瀬名は秘《ひそ》かに意を決した。

しかし、敵がそのまま尻尾《しっぽ》を丸めるわけがない。死にもの狂いで反撃してくるだろう。船越や重松はともかく、瓜生は一筋縄《ひとすじなわ》ではいかない相手だ。おまけに、手製の小型火炎放射器やロケット・ピストルまで持っている。

自分も武装しといたほうがよさそうだ。

瀬名はベッドから離れ、ベランダに出た。

ベランダの隅においてある特殊キャビネットの中には、百種以上の薬品が入っていた。そのうちの約二割は、青酸カリ、ストリキニーネ、アトロピンといった毒薬だ。砒素《ひそ》や水銀もある。

アンプル入りの静脈麻酔薬ペントバルビタール・ナトリウムは、悪徳医師から半年あまり前に脅《おど》し取ったものだ。

一つのアンプルには、五十ミリリットルの溶液が入っている。アンプルは、ちょうど十本あった。個人差はあるが、アンプル一本でたいてい一分以内には全身に麻酔が回る。

火薬の主成分であるニトロセルロースとニトログリセリンは、たっぷりあった。時限爆弾造りに欠かせないカートリッジ、雷管《らいかん》、リード線、タイマーといった材料も豊富に揃《そろ》っている。

消音式の手榴弾《しゅりゅうだん》か、鉄パイプ銃を造るか。どっちも手間がかかりそうだ。とりあえず、ゴム式の麻酔ダーツガンでもこしらえよう。

瀬名はキャビネットから必要な材料をてきぱきと選び出し、部屋の中に戻った。

黒い簡易デスクに向かって、木製の傘《かさ》の柄《え》に真鍮《しんちゅう》の筒を取りつける。

ハンドドリルで傘の柄に穴を開け、手製の撃鉄《ハンマー》と引き金《トリガー》をセットした。どちらも金属だ。撃鉄と引き金に、太い輪ゴムを括《くく》りつける。

瀬名は試しに引き金を絞った。火箸《ひばし》のような形をした特殊撃鉄は筒状の銃身の中に勢いよく潜《もぐ》った。

これで、一丁上がりだ。

瀬名は全身麻酔薬のアンプルを強力マグナム弾のカートリッジに収め、先端部分に注射針を取り付けた。アンプルと針の台座の間にできた隙間にセロハンテープを貼《は》り、さらに強力接着剤で固定する。

返しのある特殊な注射針の穴を小さく切り刻んだ消しゴムで塞《ふさ》ぐ。これでアンプルを横にしても、溶液が零《こぼ》れる心配はない。

瀬名は手製の麻酔ダーツ弾を五発造《つく》った。ダーツガンと一緒にキルティングの袋に収め、ダイニングキッチンに足を向けた。

いくらか腹が空いていた。冷蔵庫を覗《のぞ》いたが、すぐに食べられるような物は何もなかった。瀬名は近くのピザ屋に電話をして、シーフード・ピザとコーラの出前を頼んだ。注文した物は三十分以内に届けられた。

コンパクトなダイニングテーブルについて、すぐにピザを頬張りはじめた。

それほど味はよくない。しかし、瀬名はがつがつと食べた。朝から何も口に入れていなかったのだ。ピザを平らげると、瀬名はベランダに出た。なんとなく陽射《ひざ》しを浴《あ》びたくなったのである。

外は完璧な秋晴れだった。

瀬名はしばらく青空を眺《なが》めてから、何気なくマンションの真下の通りに視線を落とした。すると、下から瀬名の部屋を見上げている男がいた。見たことのある顔だ。

なんと萩尾宏だった。殺された川又等が勤務していた建設設計事務所の所長だ。

なぜ、彼がこんな所にいるのか。

瀬名は訝《いぶか》りながら、手摺《てすり》から半身を大きく突き出した。

萩尾が瀬名の視線に気づき、あたふたと歩きはじめた。いかにも不自然な動きだった。

瀬名はいったん部屋の中に引っ込んだ。セブンスターを二本喫《す》ってから、またベランダに出た。しゃがみ込んだまま、手摺の間から眼下を覗く。

萩尾は、さきほどと同じ場所に立っていた。明らかに、こちらを見上げている。

瀬名の動きをマークしているようだ。おそらく彼は、船越か重松と通じているのだろう。

瀬名は意外な展開に、いささか驚いた。

建築家の萩尾は、船越の自宅を設計したのか。それが縁で、その後もつき合いがつづいていたのかもしれない。あるいは、萩尾は施工現場で産廃業者の重松と知り合ったのだろうか。建築廃材の処分は請《う》け負いの工務店に任されている場合が多い。したがって、建築設計者が解体業者や産廃業者に直《じか》に交渉することはない。だが、設計者はちょくちょく施工現場に顔を出す。萩尾が現場で重松と知り合うチャンスはある。

男がどっちと繋がっているのか、吐かせてみることにした。

瀬名は外出の準備をし、ほどなく部屋を出た。こしらえたばかりの麻酔ダーツガンの入ったキルティングの小袋は腋《わき》の下に挟んであった。

瀬名はサーブに乗り込むと、すぐさまスタートさせた。マンションの前を低速で走り抜ける。予想した通り、萩尾の運転するマセラティが追尾《ついび》してきた。車体の色は、メタリックブラウンだった。イタリア製の高級車だ。

瀬名は車を新宿まで走らせ、新宿区役所のそばにあるサウナ会館の地下駐車場に潜《もぐ》った。素早くサーブを降り、駐車中の車の後ろに回り込んだ。

そのすぐ後、マセラティがスロープを下《くだ》ってきた。萩尾は高級イタリア車を中ほどにパークさせ、エレベーター乗り場に駆けていった。

しかし、すぐに戻ってきた。サーブにゆっくりと歩み寄ってきて、車内を覗《のぞ》き込んだ。

瀬名は車の陰から出た。萩尾が声をあげそうになった。

「おれの動きが気になるようだな」

「えっ、なんのことです？」

「いまさら白々《しらじら》しいぜ。誰に頼まれて、張り込みや尾行をしたんだ！」

「わたしがそんなことをするわけないでしょ。何を言ってるんですっ」

「世話を焼かせるなよ」

瀬名は萩尾に躍《おど》りかかり、相手の頭を腕に抱えた。ヘッドロックしたまま、萩尾の頭をコンクリートの壁に力まかせに打ちつけた。萩尾が長く唸《うな》って、尻から落ちた。

瀬名は萩尾の襟首を摑んで、車の陰に引きずり込んだ。

「船越か？」

「そ、そんな名の人間は知らない」

「それじゃ、重松に頼まれたんだなっ」

「そういう名前の男も知らないよ」

萩尾が目を逸《そ》らした。

瀬名は何も言わずに、萩尾の腹を蹴《け》った。一度ではなく、二度だった。

「乱暴は、や、やめてくれ。重松さんだよ」

「重松のほうだったか。奴とは、どの程度のつき合いなんだ？」

「別に親しいわけじゃないんだ。施工現場で顔見知りになって、立ち話をする程度なんだが、うちと組んでる工務店が重松さんに廃材を不法投棄させてた弱みがあるんで、彼の頼みを断れなかったんだ」

「それだけか？　あんたは、重松が義兄の船越と共謀して、いろいろ悪事を働いたことも知ってるんじゃないのかっ」

「そんなことまでは知らない。わたしは、重松さんが素《す》っ堅気《かたぎ》じゃないんで、怕《こわ》かったんだよ。ほんとなんだ」

萩尾が言った。演技をしているようには見えなかった。

「重松は、おれの動きを逐一《ちくいち》報告しろと言ったのか？」

「ま、そうだね。しかし、もう張り込みも尾行もしませんよ。重松さんには、適当なことを電話で言っときます。だから、赦《ゆる》してくれないか」

「あんたは、めでたい男だ。重松は、あんたのとこで働いてた川又等の殺害事件に関与してる疑いが濃いんだっ。川又だけじゃなく、おそらく式場恵殺しにも関わってるだろう」

「ほんとですか⁉　どうして重松さんが、二人の事件に……」

「そこまでは話せない。ところで、重松に関する噂《うわさ》を何か聞いてないか？」

瀬名は問いかけた。

「真偽はわかりませんが、『重松興業』が日本海に点在する無人島を次々に買い漁《あさ》ってるって噂を小耳に挟んだことはあります」

「無人島を買い漁ってるって？」

「ええ。能登《のと》半島沖の無人島だけじゃなく、富山、新潟、山形、秋田、青森、北海道となぜか日本海の無人島を片っ端から買ってるそうですよ。そういう島に産廃物の墓場でもこしらえる気なんじゃないかな」

萩尾がそう言い、起き上がった。

「余計なことを重松に喋ったら、あんたは二、三カ月入院することになるぜ」

「何も言いませんよ。もういいよね？」

「ああ。さっさと失《う》せろ」

瀬名は顎《あご》をしゃくった。萩尾が頭と腹を手で押さえながら、自分の車に向かった。

じきに、マセラティは見えなくなった。瀬名はサーブを走らせはじめた。

サウナ会館の駐車場を出たとき、スマートフォンが着信音を響かせた。

「わたしよ」

　真寿美だった。

「ご苦労さん！　調布の『重松興業』のそばにいるんだな？」

「ええ。たったいま、重松のオフィスに宅配便の荷物が届いたんだけど、その袋には西日本電力の社名が入ってたのよ。元総会屋がやってる産廃会社と西日本電力の結びつきは、意外だと思わない？　重松は、まだ裏で総会屋もやってるのかしら？」

「いや、そうじゃないだろう。ひょっとしたら、『西日本電力』は自社の原発の使用済み核燃料の処分をさせてるのかもしれない」

　瀬名は推測を語った。

「ちょっと待って。使用済みの核燃料は原発内で再処理してるはずよ。わざわざ使用済みの核燃料を外に持ち出さなくても……」

「どの原発も、使用済み核燃料には頭を抱えてる。原発内のウラン廃棄物貯蔵庫は、ほぼ満杯のはずだ」

「そうなの」

「再処理工場の建設が間に合わない状態だし、原発内の敷地には限りがある。だからって、隣接地には簡単には建てられない」

「あちこちの原発で事故が発生してるから、地元住民の反対が強くて、再処理工場の用地確保が難しいのね？」

　真寿美が言った。

「そうなんだ。少し前におれが入手した情報によると、重松雅行は日本海に散らばってる無人島を買い漁ってるらしいんだよ」

「どういうことなのかな？」

「重松は使用済み核燃料を原発から無人島にひとまず運んで、後でこっそり海洋に投棄してるんじゃないだろうか」

「それで、『西日本電力』と取引があるわけか」

「式場恵は、もう一巻のビデオを知り合いに預けてあったんだ。そのビデオには、何かを満載したトレーラートラックと艀が映ってた。しかも、撮影場所は原発銀座と呼ばれてる敦賀なんだよ」

「あなたの筋読《すじよ》み、いい線いってそうね」

「これから、おれは変装して、きみと合流する。会ったときに、詳しい話をするよ」

　瀬名は電話を切ると、車を調布市に向けた。

3

徒労感が深い。

瀬名は溜息《ためいき》をつきそうになった。

昨夜は午前零時近くまで『重松興業』の近くで張り込んでみたが、収穫は何もなかった。重松は午後十一時四十分ごろに自分の会社を車で出て、吉祥寺《きちじょうじ》にある自宅にまっすぐ帰った。その間、重松に接近するチャンスはなかった。

瀬名は自宅マンションでコーヒーを飲みながら、使用済み核燃料に関する資料に目を通していた。

ダイニングキッチンである。もうじき午後三時だ。

使用済み核燃料の再処理は、思っていたよりも深刻な問題を抱えていた。

かつて茨城県東海《とうかい》村の『動力炉・核燃料開発事業団（動燃）』東海再処理工場で起きた火災爆発事故で、原発の使用済み核燃料の再処理が中断し、帯留《たいりゅう》量《りょう》が急増してしまった。

東海再処理工場には、福井県敦賀市にある動燃の新型転換原子炉『ふげん』の使用済み核燃料百七十三体が保管されたままになっている。再処理できる目処《めど》はついていない。こうした状態が長くつづいたら、いくつかの原発は運転停止に追い込まれる。

全国の原発の使用済み核燃料は現在、プールの容量に対し、貯蔵量は早くも八十八パーセントに達している。しかも毎年、確実に約九百トンずつ新たに増加する。『動燃』の東海再処理工場の再処理実績は、過去最高で年間九十トンに過ぎない。それをカバーするために、『日本原燃』が青森県六ヶ所《ろっしょ》村に約二兆円をかけて大規模な再処理工場を建設した。

それでも全国の貯蔵施設は、完全にパンク寸前なわけだ。原発立地自治体は原子力発電所の敷地内での貯蔵拡大を容認する方針を打ち出した。

ただ、使用済み核燃料の〝詰め込み貯蔵〟には問題がある。貯蔵量の増加によって、発熱量が増し、危険性が高まるからだ。反原発団体は、そのことを理由に自治体の貯蔵拡大方針には強く反対している。

反対の声がもっと高まれば、自治体は容認の方針を変えざるを得ない。そんな不安もあって、海外に再処理を依頼する原発は今後も増えるだろう。しかし、それは制限付きだ。

早くから外国にも再処理を委《ゆだ》ねてきた原発は、そろそろ一定の枠《わく》を使いきりかけている。

電力会社は、どこも滞留している使用済み核燃料には頭を痛めている。こっそり再処理不能と称して、使用済み核燃料を〝処分〟する会社も出てきそうだ。

また、外国の再処理業者に闇の再処理を頼む企業もあるかもしれない。さらに、自前の秘密再処理工場を設ける気になる電力会社も出てくる可能性もある。経済産業省、文部科学省、動燃などにうまく根回ししておけば、使用済み核燃料の量をごまかすことは、それほど難しいことではないだろう。

船越と重松は自分たちの産廃処分場を伴内町の吉沢地区に建設するのではなく、『西日本電力』の秘密再処理工場用地を確保しようとしているのだろうか。

瀬名はセブンスターに火を点け、なおも考えつづけた。

重松が日本海に点在する無人島をいくつも買ったのは、使用済み核燃料を土中に埋めるためとも考えられる。敦賀の原発からトレーラートラックで密かに持ち出された使用済み核燃料は艀に積み替えられて、無人島に運び込まれているのかもしれない。

そこまで推測したとき、ノートパソコンのディスプレイに文字が映し出された。館からのメールだった。

瀬名は煙草の火を揉み消し、ディスプレイを見つめた。今朝、館にメールをして、『重松興業』のシステムに侵入して情報を集めてくれと頼んであったのだ。

重松は、わずか半年の間に九つの無人島を手に入れていた。その少し前に、西日本電力から、まとまった金が重松興業の隠し口座に振り込まれている。おそらく、無人島の購入資金だろう。

どうやら重松や船越は、『西日本電力』のために動いているようだ。

瀬名は確信を深め、キーボードに指を躍らせはじめた。館に謝意のメッセージを打ち、飲みかけのコーヒーを喉に流し込む。

マグカップを卓上に置いたとき、スマートフォンが着信音を奏ではじめた。

発信者は真寿美だった。早朝に彼女はレンタカーで東京を発《た》ち、いまは伴内町にいるはずだ。

「もう登記簿の閲覧《えつらん》は終わったのかな?」

「ええ。やっぱり、『誠和エステート』が吉沢地区で買収した山林、農地、宅地はそっくり『重松興業』に転売されてたわ」

「思った通りだ」

「それからね、谷が埋まった数日後から吉沢地区の地権者の約半数が『誠和エステート』に相次いで土地を売ってるわ」

「地崩れで、畑や宅地が使いものにならなくなったんで、泣く泣く地主たちは土地を手放したんだろうな」

「そうなんだと思うわ。そういう土地も、近いうちに所有権が『誠和エステート』から『重松興業』に移るんじゃない?」

「だろうな。『誠和エステート』の社長のことも調べてくれた？」

瀬名は問いかけた。

「ええ、調査済みよ。子安澄生《こやすすみお》という名で、満五十一歳。船越と出身大学が同じで、クルーザーを共同購入したこともあったみたい」

「船越は後輩の子安って奴に利鞘《りざや》を稼がせてやると言って、『誠和エステート』に吉沢地区の土地の買収をさせたんだろう」

「おおかた、そんなとこでしょうね」

「それじゃ、打ち合わせした通り、子安にうまく接近して名古屋のホテルの一室に連れ込んでくれ」

「ええ、これから名古屋に戻るわ。でも、色仕掛け《ハニートラップ》なんて気に入らないな。子安を合気道で捩《ね》じ伏《ふ》せて、ホテルに監禁することぐらい……」

「朝飯前だろうが、大事をとりたいんだ。せいぜい色目を使って、子安の助平心をくすぐってくれ」

「わたし、色気のあるほうじゃないから、あまり自信ないな」

「きみは充分に色っぽいよ。しかし、ガードは固いから、うってつけだと思うぜ」

「なんだか厭味《いやみ》っぽく聞こえるわね。とにかく、やってみるわ」

「子安をホテルに連れ込んだら、また連絡をくれないか。おれも間もなく、東京を出るよ」

「了解！　また、電話するわ」

真寿美の声が途切れた。

瀬名はスマートフォンをダイニングテーブルに置き、ドイツ製のシェーバーで髭《ひげ》を剃《そ》りはじめた。身仕度を整えたとき、館から電話がかかってきた。

「さっきはどうも！　いつもの手で重松と船越の渡航記録をチェックしてみたんですけど、二人は五カ月の間に二度も一緒にロシアに出かけてましたよ」

「ロシアか」

「ええ。モスクワとウラジオストクに一週間ずつね。重松興業は日本海に浮かぶ無人島を九つも買ってます。二人がロシアに行ったことと無人島を入手したことは、何かで繫がってるんじゃないですか？　ふっとそんな気がしたんで、電話をしてみたんですよ」

「いい情報をサンキュー！　重松たちは『西日本電力』の使用済み核燃料を原発から無人島にいったん運んで、日本海の沖合で核燃料をロシアの貨物船に積み替えてるのかもしれないな」

瀬名は言った。

「使用済みの核燃料はロシアに運ばれて、向こうで闇で再処理されてるんですかね」

「そう考えてもいいと思うよ。英仏の再処理業者よりは、はるかに安い料金で請け負ってくれるだろう。いまのロシアは個人企業で財をなした特権階級《ノーメンクラツーラ》とマフィア以外は、経済的に恵まれてないからな」

「そうみたいですね。しかし、ロシアに闇の再処理業者がいるのかな？」

「いると思うが、いるとは断定できない」

「瀬名さん、ロシアン・マフィアが使用済みの核燃料の海洋投棄を請け負ってるとは考えられません？」

「海洋投棄か。北極海にはロシアの旧型原潜がそのまま無数に沈められてるというから、不当投棄も考えられるな」

「ソ連邦が解体してから、ロシアン・マフィアたちは金になることなら、何でもやってるらしいじゃないですか」

「そうみたいだな。旧ソ連軍の銃器や核ミサイルの密売、地下資源の横流し、密漁や密出国の手助け……」

「儲《もう》かるとなれば、連中は日本の使用済み核燃料を平気でロシア海域に不当に投棄しちゃうんじゃないのかな。政府高官や軍の幹部だって、貧乏してるから、ちょっと鼻薬をきかせれば、見て見ぬ振りをしてくれると思いますよ」

館が言った。

瀬名は曖昧《あいまい》な返事をしたが、館の勘はあながち的外《まとはず》れではなさそうだ。説得力があった。

贅沢《ぜいたく》な暮らしに魅《み》せられたロシアン・マフィアは西側のイタリアン・マフィアやチャイニーズ・マフィアが驚くほど凶悪化していると言われている。金になることなら、どんな悪事にも手を染めているにちがいない。

「使用済みの核燃料を艀《はしけ》でロシアの貨物船に運ぶのは、いくら何でも無理ですよ。おそらく日本の貨物船や漁船が荷を中継してるんでしょう」

「そうなんだろうな。特別料金を出すから、おまえ、重松が日本海を仕事場にしてる漁船や貨物船の船長と接触してるかどうか調べてくれないか。これから、おれは名古屋に行かなきゃならないんだ」

「いいですよ。日本海沿いにもパソコン仲間がたくさん住んでるから、なんとか情報は集まるでしょう。ぼくを含めて誰もがハンドルネームで通信してるから、意外に無防備に知ってる情報は流してくれるんですよ」

「自分の本名や住所を明かさなくて済むから、無責任になれるし、大胆さも出てくるんだろうな」

「そうなんでしょうね。ところで、特別料金はどのくらい弾んでくれるんです？」

「情報集めにたいして苦労しないようだから、三万でどうだ？」

「たったの三万ですか⁉」

「不満なら、オリてもいいんだぜ」

「本気でオリたいなんて言ったら、妻に風俗店通いのことを話すつもりなんでしょ？」

「ま、そういうことになるな」

「引き受けますよ、三万円でも」

「いい子だ。それじゃ、頼んだぞ」

瀬名は先に電話を切って、そのまま部屋を出た。

サーブに乗り込み、環七通りを回って東名高速道路の東京ＩＣをめざす。用賀まで少し時間がかかったが、ハイウェイの下《くだ》り線はスムーズに走れた。

名古屋に到着したのは、夕方の五時四十分ごろだった。

東海テレビの本社ビルに差しかかったとき、真寿美から連絡が入った。

「計画通りに事が運んだわ。いま、子安澄生は部屋で気を失ってる。強烈な当て身を一発お見舞いしてやったの」

「で、ホテルは？」

「中区の広小路通りに面した名古屋国際ホテルよ。部屋は一二〇七号室」

「すぐ近くを走ってるんだ。数分で、そっちに行く」

瀬名はスマートフォンを耳から離し、二つ目の交差点を右折した。広小路通りだ。

目的のホテルの地下駐車場にサーブを置き、エレベーターで十二階に上がる。一二〇七号室のチャイムを鳴らすと、真寿美がすぐにドアを開けた。

キャメルカラーのパンツスーツ姿だった。きょうも、息を呑むほど美しい。

「ミニスカートで太腿《ふともも》をちらつかせたと思ってたが……」

瀬名は軽口をたたいて、部屋の奥に進んだ。

ツイン・ベッドルームだった。二つのベッドの間に、渋いグレーの背広を着た中年男が横向きに倒れていた。中肉中背だ。

「そいつが『誠和エステート』の社長よ」

後ろで、真寿美が言った。

「どんな言葉を使って、子安をここに誘い込んだんだい？」

「それは秘密よ」

「まさか売春婦みたいな誘い方をしたんじゃないだろうな」

「商業ビルの売却の相談に乗っていただきたいのって、科《しな》を作っただけよ」

「それだけか。この野郎、かなり女に飢《う》えてたんだろう」

瀬名は憎まれ口をきいて、子安のこめかみを二、三度軽く蹴った。

子安が唸って、意識を取り戻した。脂《あぶら》ぎった顔をしている。眉が太く、やや下膨《しもぶく》れだ。厚い唇は妙に赤かった。

「美人局《つつもたせ》だったんだなっ」

「騒ぐな」

瀬名は手製の麻酔ダーツガンを取り出し、注射針の付いたアンプルを銃身に押し入れた。

「そ、それはなんなんだっ」

「アンプルの中には、コブラの猛毒が五十ミリリットルも入ってる」

「わたしを殺すのか⁉」

子安が上体を起こした。頰の肉が小さく痙攣《けいれん》している。

「おれの質問に正直に答えれば、命だけは助けてやろう」

「何を知りたいんだ？」

「あんたは『新栄開発』の船越友裕に頼まれて、伴内町吉沢地区の土地の買収に乗り出したんだなっ」

「それは……」

「答えになってない。どうなんだ？」

「その通りだ。大学の先輩の船越さんに利鞘を稼がせてやるから、吉沢地区の山林、農地、宅地を買って、義弟の重松さんの会社に転売してくれないかと持ちかけられたんだよ」

「船越は重松と組んで、吉沢地区に何を建設するって言ってた?」

「産廃処分場だよ」

「その話をまともに信じたのか?」

「えっ、産廃処分場とリサイクルセンターを建設するんじゃないの⁉」

「船越は、あんたには気を許してないようだな。奴らは吉沢地区に別の工場を造る気でいるんだ」

「別の工場って?」

「知らなきゃ、それでいい。船越は用地買収資金として、『新栄開発』の裏金を流用したな?」

「裏金⁉ そんなことはないだろう。船越さんは親会社の『光陽建設』が廃材のリサイクルセンターを建てると言ってたから」

「すっかり騙《だま》されたな。そんな話は、最初《はな》っからでたらめだったのさ」

「そ、そんな……」

「船越は西日本電力の重役の誰かと特別に親しくしてなかったか?」

瀬名は訊いた。

「さあ、わからないな」

「船越や水垣飛鳥の居所ぐらいは知ってるなっ」

「それが数日前から、連絡が取れないんだよ」

「コブラの猛毒を浴びたいらしいな」

「ほ、本当に知らないんだ。撃たないでくれーっ」

子安が両手を合わせた。

「この男は船越に利用されただけみたいね」

真寿美が口を挟んだ。

「そうらしいな。せっかく色仕掛けを使ってもらったのに、無駄骨を折らせることになっちまった」

「こういうこともあるわよ」

「そうだな」

瀬名は言葉を切って、子安に顔を向けた。

「船越が重松とロシアにしばしば行ってたことは知ってるか？」

「いや、知らない」

子安が大きく首を横に振った。

瀬名は溜息をつき、麻酔ダーツガンの引き金を絞った。ダーツの針は、子安の首に突き刺さった。

「なぜ、殺すんだ⁉」

「死にはしない。アンプルの中身は、ただの全身麻酔薬さ」

「ほんとなんだな?」

子安が首に手を当てながら、後ろに倒れた。それから数十秒で、彼の意識は途切れた。

「ここは偽名で泊まったんだよな?」

「もちろん!」

「ここを出て、敦賀に行こう」

「敦賀に?」

「歩きながら、説明するよ」

瀬名は麻酔ダーツガンを懐《ふところ》に戻し、真寿美の背を軽く押した。

4

能登半島は豆粒のように小さく見えた。

はるか後方に遠ざかって、ぼんやりと霞《かす》んでいる。

眼下の日本海は荒々しい。蒼《あお》みがかった波頭は高かった。

瀬名はジェット・ヘリコプターの最後列のシートに真寿美と並んで坐っていた。

富山空港を飛び立って、まだ十数分しか経《た》っていない。チャーターしたヘリコプターは、フランス製のアルウェットⅢ型だった。六人乗りである。ふだんは山岳遭難者の救助に使われているという話だ。

瀬名は腕時計を見た。

午前十一時前だった。きのうの晩、名古屋から福井県敦賀市に回った二人は西日本電力の原子力発電所の前の雑木林に長いこと身を潜《ひそ》めていた。

発電所のゲートから不審なトレーラートラックが走り出てきたのは、真夜中のことだった。

瀬名と真寿美はそれぞれの車に乗り込み、怪しいトレーラートラックを尾《つ》けた。荷台にはコンテナに似た物が積まれ、すっぽりと青いビニールシートにくるまれていた。

トレーラートラックは山道をゆっくりと下《くだ》り、敦賀湾に注ぐ川の河口に停まった。河岸には、大きな艀が接岸している。少しすると、暗がりの奥から大型クレーン車が現われた。

トレーラートラックの荷はクレーンでそっくり吊《つ》り上げられ、艀に移された。ビニールカバーは剝《は》がされなかった。トレーラートラックとクレーン車は、慌《あわ》ただしく現場から走り去った。

艀は敦賀湾を抜けると、針路を北東にとった。瀬名は積み荷が使用済みの核燃料と睨《にら》み、艀が日本海のどこかの無人島をめざしていると見当をつけた。

できれば敦賀湾で漁船をチャーターし、艀を追跡したかった。しかし、あいにく船主はすぐには見つからなかった。

やむなく二人は追跡を諦《あきら》め、富山市に車を向けた。

神通《じんつう》川沿いのビジネスホテルにチェックインしたのは、今朝の三時近い時刻だった。

二人はシングルの部屋で、およそ五時間ほど眠った。

ホテルの支配人の世話で首尾よくジェット・ヘリコプターをチャーターできたのは、十時過ぎだった。二人は十キロほど先にある富山空港に車を飛ばした。

東京の館から電話がかかってきたのは、フライト七分前だった。

館がパソコン仲間から集めてくれた情報によると、秋田や新潟の漁港に重松興業のワンボックスカーがしばしば立ち寄っているという。残念ながら、重松が地元の船主と密談していたという目撃証言は得られなかったらしい。

「そろそろ高度を下《さ》げてもらえませんか」

瀬名はインカムを使って、四十年配の操縦士に言った。

すぐに機が少しずつ高度を落としはじめた。瀬名と真寿美はパイロットから借りた高倍率の双眼鏡を目に当て、大海原《おおうなばら》を見下ろした。

晴天だ。視界は悪くない。しかし、海面の照り返しが強烈だった。

陽光をたっぷり吸った海面は、銀色のレフ板のようにぎらついていた。長く海原を見ていると、目が痛くなってくる。

「どんなに小さな島影も見落とさないでくれよ」

瀬名はかたわらの真寿美に声をかけた。

「大丈夫よ、目はいいほうだから。重松が買った九つの無人島の正確な位置がわかれば、苦労しなくても済むんだけどな」

「もっと時間があれば、調べることはできたと思うんだが……」

「仕方ないわ。根気よく探しましょう」

真寿美が風防シールドに顔を寄せた。瀬名も倣《なら》った。

機内は割に静かだ。ローターの回転音は、それほど高くない。しかし、震動は全身に伝わってくる。

ヘリコプターは高度百数十メートルまで降下すると、水平飛行に移った。それから五分ほど過ぎると、前方右手に小さな島影が見えた。

「あの島の上空をゆっくりと旋回してもらいたいんだ」

「了解しました」

パイロットが歯切れよく応答し、さらに高度を下げた。ほどなく島が眼前に迫った。

ヘリコプターは周囲一キロにも満たない小島の上空を旋回しはじめた。

瀬名は目を凝らした。島は樹木に覆われ、桟橋《さんばし》も見えない。むろん、近くに艀の影もなかった。どうやら重松が購入した無人島ではなさそうだ。

パイロットがレーダーを見ながら、瀬名に話しかけてきた。

「数キロ先にも、小さな島影が見えます。行ってみましょうか？」

「ええ、お願いします」

瀬名はパイロットに言った。

ヘリコプターが、また水平飛行に入った。数分で、別の島が見えてきた。さきほどの島よりも、ひと回りは大きい。

「あっ、小さな船着場があるわ。それから、島の中央部は伐採《ばっさい》されて平らに均《なら》されてる」

真寿美が言った。

瀬名は、双眼鏡の倍率を最大にした。平坦な場所はヘリポートのようだ。

九つの無人島の一つと思われる。重松と船越は、島に使用済み核燃料の貯蔵プールを建設する気なのだろう。

「また、島の上を旋回してみましょうか？」

レシーバーから、操縦士の声が響いてきた。

「あの平らな場所に降りられないかな？　ちょっと島の様子を見てみたいんです」

「きわどい広さだな。小型ヘリなら、どうってことないんですけどね」

「できれば、お願いしたいんだがな」

瀬名は喰《く》い下がった。

パイロットは少しためらったが、着陸することに同意した。ヘリコプターは慎重に島の中央部に近づき、平坦な場所に着地した。軽い衝撃《ショック》があった。

瀬名と真寿美はパイロットを機内に残して、すぐさま外に出た。

エンジンは切られていない。ローターの巻き起こす風が凄まじい。近くの草木が揺れ、土埃《つちぼこり》が舞っている。

瀬名たちは駆け足で島内をくまなく巡った。

しかし、人の姿はなかった。使用済み核燃料の貯蔵プールの枠組みもされていない。

瀬名は少し落胆した。

そのとき、真寿美が足許《あしもと》から泥塗れの簡易ライターを拾い上げた。それには、重松興業という社名が入っていた。取引先に配った宣伝用のライターの残りだろう。

「ここは、重松が買った無人島の一つだな」

「そうにちがいないわ」

「収穫はゼロじゃなかった。ほかの無人島もチェックしてみよう」

二人は機内に駆け戻った。

ジェット・ヘリコプターはほぼ垂直に上昇し、次に富山湾沖に向かった。二つ目の無人島を探し当てるのに、小《こ》一時間もかかってしまった。

その島にも小さな波止場が設けられ、ヘリポートらしきものが建設中だった。

「このまま、北海道沖まで北上するには燃料が足りません。新潟空港で給油させてください」

パイロットが言った。

瀬名は快諾《かいだく》した。ヘリコプターは海岸線に沿って飛行し、やがて新潟空港に舞い降りた。

給油がはじまると、瀬名は空港の手洗いに走った。かなり前から、尿意を堪《こら》えていたのである。真寿美も婦人用の化粧室に飛び込んだ。

用を足して手洗いを出ると、前方から氏家の従弟《いとこ》の日下幸輝が歩み寄ってきた。日東テレビ社会部の記者だ。二十六歳だが、童顔のせいで大学生にしか見えない。

「あれっ、瀬名さんじゃありませんか」

「よう！」

「市場調査の仕事で、こちらに？」

「うん、まあ。きみは局の取材かい？」

瀬名は訊いた。

「ええ」

「なんの取材なんだい？　新潟くんだりまで？」

「先週の火曜日に、六本木でニーナという名前の若いロシア人高級娼婦が日本人同士の喧嘩の巻き添えを喰って、刺し殺されちゃったんですよ」

「そんな事件があったのか。仕事が忙しくて、ろくに新聞も読んでないんだ」

「そうですか。そのニーナという女性は先月、不法滞在でロシアに強制送還されたばかりだったんですよ。それなのに、六本木に舞い戻って、高級官僚や一流商社マンたちを相手に売春をしてたんです」

「どうやら日本に密入国したらしいな」

「それは間違いないでしょう。ニーナのハンドバッグには、偽造パスポートが入ってたんです」

「中国人の密航の手助けをしてる蛇頭《スネークヘッド》が、ロシア人も密入国させはじめたんだろうか」

「それはまだわかりませんけど、密入国したと思われるロシア人女性が明らかに急増してるんです。新宿、渋谷、青山、赤坂、六本木に秘密ロシアン・クラブやコールガール組織が続々とできてるんですよ。ロシア人娼婦は推定で七、八百人はいるのではないかと思われます。それから、彼女たちを管理してるロシア人男性も数十人はいる感じですね」

日下が言った。

「で、ロシア人の密入国者たちが日本海から船で不法入国してるんじゃないかと……」

「ええ、そうなんです。セスナ四〇二―ビジネスライナーをチャーターして、ディレクターやカメラマンたちと新潟沖から北海道まで飛んでみようってことになったんです」

「日東テレビの社会部は取材に惜しみなく金を注ぎ込むね。セスナをチャーターしたとは、豪気《ごうき》な話じゃないか」

「双発機なら、最低でも時速三百五十キロ前後で飛べますし、自動方向探知装置、気象レーダー、無線機、与圧装置、それから厨房もあるんですよ。安全だし、長時間の取材にも適してるんじゃないかってことで……」

「生まれ変わったら、おれも猛勉強して、日東テレビの入社試験にチャレンジしよう」

「ぼくが入社できたんですから、瀬名さんなら絶対に採用されますよ」

「おい、おい。冗談を真《ま》に受けないでくれ。おっと、小便しに来たんだったね。妙なところで引き留めちまったな。取材、うまくいくといいね。それじゃ、また！」

瀬名は片手を挙げ、駐機場に戻った。少し遅れて、真寿美もジェット・ヘリコプターに戻ってきた。

機は、ただちに離陸した。新潟沖に出て、ゆっくりと北上する。

三つ目の無人島は、佐渡島《さどがしま》から数十キロ西の海上に浮かんでいた。小さな桟橋は、まだ半分もできていなかった。島の自然林は手つかずのままだった。

山形県鶴岡市から三十キロほど離れた海上に、それらしき無人島があったが、船着場もヘリポートもなかった。

ヘリは秋田沖に出た。

男鹿《おが》半島の西方六十キロ前後の海上に、二つの小島が見える。瀬名はパイロットに低空飛行してもらった。

二つの小さな島は、一キロも離れていないだろう。どちらの島にも、小さな桟橋が設けられている。右側の島の中央には、要塞《ようさい》のような形の建造物が見える。瀬名は島の真上で、ヘリコプターを空中停止《ホバリング》させた。

建造物は堅固なコンクリートで、四方形だった。使用済み核燃料の貯蔵プールだろうか。

人の姿は見えない。船影も見当たらなかった。

「左の島に、人がいる。若い白人女性たちよ！」

双眼鏡を覗いていた真寿美が突然、大声をあげた。瀬名は前のシートに移り、双眼鏡を目に当てた。

林の中に北欧風の木造住宅が見えた。

その近くに、三人の若い白人女性が立っている。ひとりは、樹間に張ったロープに洗濯したブラウスやスラックスを掛けていた。

彼女たちはロシア人の密航者かもしれない。

瀬名は、パイロットに左手の島の上空を旋回してくれと頼んだ。

ローター音に気づいた外国人女性が空を見上げ、何か言い交わした。三人は、すぐに家の中に逃げ込んだ。

「人影の見えた島に降りたいんです。救助用のロープを貸してくれませんか」

瀬名はパイロットに言った。

「素人の方がロープ降下なんて、とても無理ですよ」

「万が一のことがあっても、責任を取ってくれとは言いません」

「しかし、無謀《むぼう》過ぎます」

パイロットが難色を示した。

そのとき、ヘリコプターの脚部に金属音が響いた。着弾音だった。

「赤毛の男が短機関銃《サブマシンガン》の銃口をこのヘリに向けてるわ。いったん退避したほうがいいと思うな」

「そうしよう」

瀬名は真寿美の意見に従い、ヘリコプターを急上昇させた。パイロットが震え声で言った。

「あの島に住んでる連中は、いったい何者なんだ。海保《かいほ》に連絡して、すぐに警備艇を向けてもらいましょう」

「それはやめてください。ちょっと事情があって、騒ぎに巻き込まれたくないんです」

「しかし……」

「領海ぎりぎりまで飛んで、そこから青森方向に進んでください」

瀬名はパイロットに言い、新潟空港ビル内で日下幸輝から聞いた話を真寿美にかいつまんで喋った。

「ひょっとしたら、重松と船越はロシアン・マフィアと一種のバーターで、闇取引をしてるんじゃない？」

真寿美が潜めた声で言った。

「重松たちは『西日本電力』の使用済み核燃料の海洋投棄をロシアン・マフィアに任せ、自分たちはロシア人密入国者たちの受け入れをしてる？」

「ええ、そうなんだと思うわ」

「考えられるな。そして、重松たちは西日本電力からもダーティー・ビジネスの報酬をせしめてるんだろう」

「おそらく、そうでしょうね」

「後は証拠固めだな」

瀬名は腕を組んだ。

ヘリコプターははるか沖合まで飛ぶと、ほぼ垂直に北上しはじめた。

ロシア船籍の大型コンテナ船を発見したのは、青森県沖だった。見覚えのあるビニールシートに覆われたコンテナが甲板に載っていた。コンテナ船の船体には、『スヴェトカ号』とロシア語で記されている。

『スヴェトカ号』は碇泊《ていはく》中だった。

真寿美が小型ビデオカメラで大型コンテナ船を撮影しはじめた。それから間もなく、日本の二百トンほどの貨物船が『スヴェトカ号』の横に並び、慎重に接舷《せつげん》した。『スヴェトカ号』の甲板の位置のほうが七、八メートルは高い。

貨物船の船室から、重松と船越が姿を見せた。瀬名はそのことを真寿美に低く伝えた。

真寿美が黙ってうなずき、ビデオカメラのレンズを重松たち二人に向けた。

口髭《くちひげ》をたくわえた重松のほうが、船越よりも老けて見える。総会屋時代から不摂生《ふせっせい》な暮らしをつづけてきたせいか。

『スヴェトカ号』から、タラップが降ろされた。

　船越たち二人がタラップを登り、スヴェトカ号に乗り移った。『スヴェトカ号』の白い居住区《ハウス》から、でっぷりと太った栗毛の中年男が現われた。四十八、九歳だろうか。船長なのかもしれない。

　男は船越たち二人とにこやかに握手し、親しげに軽く肩を抱いた。船越と重松は、男に導かれて居住区の中に消えた。

　あまり船のそばにいると、怪しまれそうだ。

　瀬名はヘリコプターを上昇させてもらった。

　うまい具合に、上空には雲があった。ヘリコプターを雲の陰でホバリングさせてもらう。

「接舷した日本の貨物船が例の物を艀から中継してるんじゃない？　どちらの船にも、起重機があるから」

　真寿美が小声で言った。

「そうだろう。『平成海運』の『あけぼの丸』か」

「多分、中小の海運会社なんだと思うわ。社名に馴染みがないから」

「そうにちがいない。大手や準大手の海運会社を抱き込むのは難しいからな」

「ええ。水垣飛鳥は、『あけぼの丸』の船室にいるのかしら？」

「おそらく彼女は、どこか隠《かく》れ家《が》で待ってるんだろう」

瀬名は口を閉じた。

二人は双眼鏡を目に当て、敵の動きをうかがった。船越と重松は居住区《ハウス》に入ったまま、なかなか姿を現わさない。本場のウォッカでも振る舞われているのか。

二人が甲板《デッキ》に現われたのは、夕闇が漂いはじめたころだった。

ほとんど同時に、『スヴェトカ号』の乗組員が三本の筒状のエアシューターを『あけぼの丸』の甲板に降ろした。『あけぼの丸』の船員たちがエアシューターを固定する。『スヴェトカ号』の船倉に隠れていたロシア人密航者たちが、日本の貨物船に乗り移るのだろう。

瀬名はヘリコプターのパイロットに、ふたたび二隻の船に接近するよう指示した。機は、すぐに高度を下げはじめた。真寿美が小型ビデオカメラを構え直した。

『スヴェトカ号』の居住区《ハウス》から、フード付きのパーカを着た若い白人女性が次々に現われた。全員、フードを被《かぶ》っていた。揃って両手にトランクやキャリーケースを提《さ》げている。

ロシアからの密航者だろう。ざっと数えても、六十人以上はいる。

女たちは分散し、三本のエアシューターに走り寄った。一定の間隔をおいて、女たちは次々にエアシューターの中に潜《もぐ》った。

『あけぼの丸』のデッキに移った女たちは中腰で船室に走った。すべての女が日本の貨物船に移ると、船越と重松は真ん中のエアシューターを使って、『あけぼの丸』に戻った。

『スヴェトカ号』の乗組員たちが手早くタラップと三本のエアシューターを取り込んだ。

船越たち二人は、あたふたと船室に消えた。

『あけぼの丸』がゆっくりとロシア船から離れ、先に北上しはじめた。

「日本の貨物船を追跡してください」

瀬名はヘリコプターのパイロットに言って、隣の真寿美に笑いかけた。真寿美が小型ビデオカメラを左手で上下に揺らしながら、右手でVサインを作った。

『あけぼの丸』は津軽海峡を抜け、北海道の函館湾の沖合に錨《いかり》を落とした。すると、すぐに小さな漁船が貨物船に横づけされた。『あけぼの丸』から長いタラップが降ろされ、船越と重松が漁船に乗り移った。漁船は船首を函館湾に向けた。

『あけぼの丸』は、そのまま動かない。密航者たちを海上保安庁の目の届かない海辺から上陸させるか、どこかの無人島に一時上陸させる手筈《てはず》になっているのだろう。

瀬名はパイロットに船越たち二人を乗せた漁船を追わせた。漁船は大鼻岬《おおばなみさき》を回り、函館港のドック前の岸壁に横づけされた。

埠頭には、白っぽいコートを着た水垣飛鳥が迎えに出ていた。彼女のそばには、灰色のメルセデス・ベンツが駐めてあった。

漁船を降りた船越と重松は、ベンツの後部座席に乗り込んだ。飛鳥が運転席に入り、穏《おだ》やかに発進させた。

ベンツは函館の市街地を抜けると、海岸道路を東に走った。汐首《しおくび》岬を回り込み、日《ひ》浦岬《うらみさき》の突端に建つ古めかしい洋館の敷地の中に入っていった。

「これから、二人で乗り込む？」

真寿美が小さな声で訊いた。

「連中の隠れ家を突きとめたんだから、そう慌てることもないさ」

「怖いの？」

「おれは武闘派じゃないんでね。それに、女のきみに危険な思いをさせたくないんだよ」

「とか言って、独り占めする気になったんじゃないでしょうね？」

「見損なうな。約束したものは、ちゃんと半分渡すよ。近々、氏家《ウジ》と一緒に決着をつける」

瀬名は言って、パイロットに富山空港に戻りたいと伝えた。

ジェット・ヘリコプターが大きく右旋回しはじめた。函館の夜景は、どこか幻想的だった。

エピローグ

海霧《ガス》が濃い。

朝まだきの日浦岬は白く煙っている。洋館の三角屋根だけが透《す》けて見えた。

瀬名は洋館の前庭を覗《のぞ》き込んでいた。

広い車寄せには、二人の見張りが立っている。ともに三十歳前後だ。関東睦会芝山組の組員だろう。敵はすんなり要求を呑《の》む気はないらしい。

瀬名は口の端《はし》を歪《ゆが》めた。

ジェット・ヘリコプターで日本海の上を飛んだのは、五日前だった。

その翌々日、瀬名は氏家と一緒に調布市にある『重松興業』を訪ねた。社長の重松雅行は前夜のうちに、函館から東京に戻っていた。

瀬名は、ヘリコプターの機内から真寿美が撮影したビデオテープを重松に観《み》せた。

重松は狼狽《ろうばい》し、執務机の中から消音器付きの自動拳銃を取り出した。次の瞬間、氏家の上段回《まわ》し蹴《げ》りが重松のこめかみを捉《とら》えた。

重松はボールのように吹っ飛び、壁に激突した。瀬名は氏家から渡された拳銃で、重松を脅《おど》した。しかし、重松は罪を認めようとしなかった。

氏家が憤《いきどお》り、重松の顎《あご》の関節を外した。すかさず瀬名は、サイレンサーの先端を重松の喉《のど》の奥まで突っ込んだ。

元総会屋の虚勢は、わずか数分で崩れた。

氏家が顎の関節を元に戻してやると、重松は一切の悪事を吐いた。

瀬名の推理は、おおむね正しかった。式場恵と川又等を殺害した実行犯は、やはり関東睦会芝山組の二人だった。後日、高校教諭の荒浩典を歩道橋の階段から突き落としたのも、同じ二人組だったという。

重松は総会屋時代から親交のあった『西日本電力』の下高原隆広《しもたかはらたかひろ》社長のために義兄の船越友裕や水垣飛鳥と謀《はか》って、伴内町吉沢地区の土地を買い漁《あさ》りはじめた。『西日本電力』は、同地区に自社の使用済み核燃料の秘密再処理工場を建設する計画だった。

重松たち三人は『西日本電力』の陰謀を利用して、ひと儲《もう》けすることを企《たくら》んだ。下高原社長を説き伏せて、使用済み核燃料の約半分をロシアン・マフィアに海洋投棄させることを承知させた。

三人の狙《ねら》いはロシアから麻薬や銃器を密輸し、ついでにロシア人の密入国の手助けをして、税金のかからない裏金をしこたま稼ぐことだった。

重松たちは、『西日本電力』が用意してくれた金で九つの無人島を購入し、それぞれの島に使用済み核燃料の貯蔵庫を造り、目立たぬように少しずつロシアン・マフィアに北極海に投棄させる予定だったという。すでに、三十数個の核燃料を海底に沈めさせたらしい。

重松たちは九つの無人島に住居を建て、そこに密航者たちをいったん住まわせ、少人数ずつ漁船で本州の各地に運ぶ計画だったという。密航者用の住居はまだ一棟しか建てていないが、すでに約五百人を入国させていた。

ロシアン・マフィアのボスのセルゲイ・マレンコフは、なんと現職のロシア対外情報庁（旧ＫＧＢ）の幹部職員だった。

五十八歳のマレンコフは旧ソ連時代の特殊工作員や軍人を千人近く束《たば》ね、国営企業から衣料や食料品を盗み出させたり、巨万の富を築いた個人企業家たちを強請《ゆす》らせているらしい。むろん、銃器の密売、密出国の手助け、外国人相手の高級売春婦の管理もさせているという話だ。

吉沢地区の谷の斜面にダイナマイトを仕掛けた実行犯は、やはり重松たち三人の用心棒兼始末屋の瓜生猛だった。『誠和エステート』の曽我を爆死させたのも、黒ずくめの男だ。

重松は裏社会の顔役の紹介で、瓜生を破格の謝礼を払う約束で雇い入れたらしい。だが、瓜生の前歴については何も聞いていないという。

渋々ながらも全面的に罪を認めた重松に、瀬名は十一億円を要求した。そのうちの三億円は口止め料で、残りの八億円は式場恵、川又等、荒浩典、崖崩《がけくず》れで犠牲になった吉沢地区の五人の住民たちの香典である。

重松は巨額な要求に驚き、函館の洋館に愛人の飛鳥と身を潜《ひそ》めている義兄の船越に電話で相談した。瀬名は通話中の重松から受話器を奪い取り、船越に脅しをかけた。

船越は要求を呑むと憮然《ぶぜん》と言い、預金小切手の支払い場所と日時を指定した。

きょうの午前五時に、目の前にそびえる洋館で十一億円の小切手を受け取ることになっていた。瀬名と氏家は昨夜のうちに、飛行機で札幌入りした。そして、レンタカーで函館にやってきたのである。

ダイバーズ・ウォッチ型の特殊無線機が小さな放電音を刻んだ。

瀬名は竜頭《りゅうず》を押した。それが送受信のスイッチになっていた。裏庭に回った氏家からの連絡だった。

「こっちに見張りはいないよ。船越、飛鳥、重松の三人は居間にいる。マントルピースの陰に散弾銃が隠されてる。おそらく重松も丸腰じゃないだろう」

「やっぱり、予想通りだったな。瓜生の姿は？」

「それが見えないんだ。しかし、きっと洋館のどこかにいるな」

「氏家《ウジ》、気をつけろよ」

「おまえもな」

「ああ。それじゃ、打ち合わせた通りに行動する」

瀬名は交信を打ち切って、綿パーカーの右ポケットから麻酔ダーツガンを摑《つか》み出した。

全身麻酔薬ペントバルビタール・ナトリウム入りのアンプルを銃身に入れ、強力ゴムをハンマーに引っ掛ける。瀬名は手前にいる剃髪頭《スキンヘッド》の男にできる限り近寄り、引き金《トリガー》を絞った。アンプルの先端の注射針は、男の首筋に命中した。

男が視線をめまぐるしくさまよわせながら、必死に注射針を引き抜こうとしている。だが、抜けない。

異変に気づいた仲間の見張りが、こちらに走ってくる。

瀬名は素早く二発目のダーツ弾を装塡《そうてん》した。

つるつるに頭を剃《そ》り上げた男が膝《ひざ》を落とし、俯《うつぶ》せに倒れた。仲間が倒れた男に声をかけながら、抱え起こそうとしている。

瀬名は二弾目を放った。

ダーツ弾は標的の脇腹に当たった。男は一瞬、きょとんとした。すぐに顔をしかめて、横倒れに転がった。

二人の見張りは相前後して昏睡《こんすい》状態に入った。

瀬名は庭に入り、男たちの懐《ふところ》を探った。スキンヘッドの男は自動拳銃、もう片方は回転式拳銃《リボルバー》を忍ばせていた。二挺の拳銃を庭木の奥に投げ込み、瀬名は車寄せのベンツまで走った。

車体の下に潜《もぐ》り込み、ある細工を施《ほどこ》した。たいした時間はかからなかった。

瀬名はポーチに忍び寄った。

近くに人のいる気配はうかがえない。瀬名は綿パーカーの左ポケットから、手製の特殊閃光手榴弾《スタングレネード》を取り出した。レバーを強く引き絞り、玄関のドアをそっと開けた。

広い玄関ホールの右手に三つのドアが並んでいる。船越たち三人のいる居間は左側の奥にあるはずだ。裏庭に面していた。

瀬名は足音を殺しながら、居間の出入口に迫った。

重厚な木製ドア越しに、三人の話し声が聞こえた。どの声にも余裕が感じられた。

船越たちは見張りの二人が瀬名を生《い》け捕《ど》りにすると確信しているようだった。

瀬名はドアの横の壁にへばりつき、ピンリングを力まかせに引いた。ドアを開け、居間の奥にスタングレネードを投げ放つ。

「なんなの、これは⁉」

飛鳥が甲高い声を発した。船越と重松の狼狽振りも伝わってきた。

瀬名はノブを手前に引いた。

ドアが閉まった直後、居間で派手な爆発音がした。三人の悲鳴が重なった。ガラスの砕ける音も聞こえた。

爆風でドアが吹っ飛び、厚い白煙が廊下に流れた。

瀬名は麻酔ダーツガンを右手に握り、居間に躍《おど》り込んだ。

ソファセットやコーヒーテーブルが引っくり返り、割れたシャンデリアが床一面に散乱している。船越たち三人は絨毯《じゅうたん》の上に倒れ、呻《うめ》き声を洩《も》らしていた。

テラス側のガラス戸が開き、作務衣《さむえ》姿の氏家がのっそりと入ってきた。彼はマントルピースまで歩き、散弾銃を掴み上げた。レミントンの水平二連銃だった。

瀬名は船越に歩み寄って、唾《つば》を吐いた。唾が船越の顔面を汚す。

「あんたたちは骨の髄《ずい》まで腐ってる。関東睦会芝山組の二人におれを始末させる気だったんだなっ」

「赦《ゆる》してくれ。どうしても五億しか用意できなかったんで、仕方なく……」

「ふざけるな。てめえらは汚いことをやって、三十億や四十億は荒稼ぎしたはずだ」

「約束の金は必ず払うよ。きょうは、とりあえず手付金として、これを受け取ってくれないか」

船越が立ち上がって、上着の内ポケットから額面五億円の小切手を差し出した。

瀬名は預金小切手を受け取った。振出人は重松興業となっていた。

「残りの六億は、あんたたち二人で工面《くめん》しろ」

瀬名は船越と飛鳥の顔を等分に見た。二人は顔を見合わせ、ほぼ同時にうなずいた。

「見張り役の二人が恵さん、川又、荒氏の三人を殺害したんだなっ」

氏家が散弾銃の銃口を船越に向けた。

「そうだ。いいえ、そうです。あの二人は芝山組の若い者《もん》で、坊主頭が新城《しんじょう》、もう片方が笠間《かさま》といいます。義弟《おとうと》が彼らに三人を片づけさせようと……」

「義兄《にい》さん、おれひとりに罪をなすりつける気なのかっ。そりゃ、あんまりだぜ」

重松が船越を睨《にら》みつけながら、憤然と身を起こした。飛鳥も立ち上がった。

「仲間割れとは、みっともねえな。三人とも同罪だ」

瀬名は大声を張り上げた。すると、飛鳥が媚《こ》びるような口調で言った。

「あなたにならら、わかってもらえると思うわ。わたしは船越に引きずり込まれて、仕方なく協力したの」

「見苦しいぞ。おれを甘く見てると、あんたたち三人にここで3Pをさせるぜ」

「そ、そんな！」

「ついでに、どこかに隠れてる瓜生猛を参加させてもいいな。奴はどこにいるんだっ」

「知らないわ、わたしは」

「教えなきゃ、おれがみんなの前であんたを辱《はずか》しめてやる」

瀬名は威《おど》した。

そのとき、天井から黒い塊《かたまり》が落ちてきた。瀬名は天井を仰《あお》いだ。板がずれていた。

そこまで見届けたとき、背中に重みを感じた。瓜生に組みつかれ、瀬名は床に捩《ね》じ伏《ふ》せられた。それだけではなかった。首にスチール・ワイヤーが喰《く》い込んでいた。瓜生は黒い革手袋をしていた。

「ワイヤーを外せ！」

氏家がレミントンの銃口を船越に向け、瓜生に命じた。

「あんたに人を殺《や》る度胸はない。そっちこそ、ショットガンを捨てろ。もたもたしてると、こいつの首に血のネックレスを飾ることになるぞ」

「くそっ」

「十まで数えるうちに、レミントンを足許《あしもと》に置くんだ！」

瓜生が吼《ほ》え、カウントをとりはじめた。

八まで数えたとき、氏家が散弾銃を床に置いた。重松が抜け目なくレミントンを拾い上げ、安全弁を外した。

「おっと、わたしの仕事の領域まで足を踏み入れないでくださいよ。この二人は、わたしがきれいに片づけます」

瓜生が重松に言った。

「そうだな。それじゃ、裏庭で生《なま》の殺人ショーを見物させてもらおう」

「始末する前に、小切手を取り返したほうがいいわ」

重松の語尾に、飛鳥の憎々しげな声が被《かぶ》さった。瓜生はプライドを傷つけられたらしく、飛鳥に尖《とが》った目を向けた。

「おれを素人扱いする気なのかっ」

「そういうわけじゃないけど」

「だったら、黙って見ててくれ」

瓜生が麻酔ダーツガンを踏み潰《つぶ》し、瀬名を摑み起こした。氏家は重松に散弾銃で威《い》嚇《かく》され、先にテラスから広い裏庭に出た。

西洋芝の向こうは、断崖《だんがい》になっていた。岩を打つ波の音が下から這《は》い上がってくる。

瀬名は芝の上に連れ出された。

船越たち三人はテラスにたたずんだ。重松は散弾銃を構えたままだった。

「二対一のセメントマッチといこう」

瓜生がスチール・ワイヤーを外すと、瀬名と氏家の間に立った。

乳白色の海霧《ガス》が三人の腰のあたりまで隠していた。芝生は、しっとりと濡《ぬ》れている。

「おれだけで充分だろう」

氏家が下駄を脱ぎ、後屈《こうくつ》立ちの姿勢をとった。

瀬名はボクシングのファイティングポーズをつくった。格闘技の心得がある振りをしたのだ。

「無理しやがって」

瓜生が瀬名を嘲笑《ちょうしょう》し、氏家の方に向き直った。

そのとき、氏家が地を蹴った。助走をつけて、高く跳《と》ぶ。氏家は宙で右袈裟《みぎけさ》蹴りの構えを整えた。

瓜生は悠然と突っ立ったままだった。それでいて、隙《すき》がなかった。

氏家の右脚が長く伸びた。

瓜生はわずかに体を躱《かわ》し、氏家の肋骨《ろっこつ》に肘《ひじ》打《う》ちを浴《あ》びせた。すぐに横蹴りを放った。氏家が腕で相手の右脚を払い、立ち上がりざまに逆拳《ぎゃくけん》を放つ。

瓜生は一歩退《さ》がり、右のショートフックを返した。

氏家の顔面が鳴った。わずかに体をふらつかせたが、彼は縦拳《たてけん》を瓜生の胸部に叩き込んだ。

互角の勝負がつづいた。

だが、十分ほどで氏家の形勢は不利になった。瓜生がスチール・ワイヤーを氏家の首に掛けたのだ。すぐに始末屋はくるりと体の向きを変え、氏家を背に乗せた。ワイヤーは氏家の喉に深く喰い込んでいる。

氏家をなんとかしなければならない。

瀬名は腰のベルトを引き抜き、瓜生の前に回り込んだ。

瓜生が足を止めた。瀬名は相手の股間《こかん》を蹴ると見せかけ、ベルトを泳がせた。バックルが瓜生の右の上瞼《うわまぶた》を直撃した。瓜生が口の中で呻いた。今度は眉間《みけん》を狙った。的《まと》は外さなかった。スチール・ワイヤーが瓜生の右手から、すっぽ抜けた。

氏家がワイヤーを引っ張り、中段回しを放った。胴を蹴られた瓜生がよろけた。

瀬名は闘牛のように頭を低くして、瓜生の腰に組みついた。

瓜生が瀬名の後頭部や背中に強烈なエルボーパンチを落とした。向こう脛《ずね》も繰り返し蹴られた。

瀬名は痛みに耐えながら、押しまくった。
六、七メートル後ろには、長い柵があった。柵の下は断崖だった。
瀬名は押して押して押しまくり、柵の前で不意に屈《かが》んだ。瓜生の両脚を掬《すく》い上げ、柵の下に投げ落とした。

瓜生は、岩に何度も体を打ちつけながら、潮鳴りのする海に没した。真下の磯は鋭い岩だらけだった。瓜生の体は海面に浮かんでこない。もう生きてはいないだろう。

瀬名は洋館の方に向き直った。

「危ない！　伏せるんだ」

氏家が叫んだ。

レミントンが銃口炎《マズル・フラッシュ》を吐いた。瀬名は芝の上に身を伏せた。扇の形に拡《ひろ》がった夥《おびただ》しい数の粒弾が白い柵にめり込んだ。

瀬名は目で氏家を探した。

十メートルほど離れた場所に這いつくばっていた。ショットガンの銃口が氏家に向けられた。

「氏家《ウジ》、横に転がれ」

瀬名は友人に声をかけ、わざと大胆に立ち上がった。重松の気を散らすためだった。

二弾目が放たれた。

瀬名は素早く身を伏せた。粒弾は、瀬名と氏家の間を疾駆《しっく》していった。

船越と飛鳥がうろたえ、居間に逃げ込んだ。予備の弾《たま》がないのだろう。重松が散弾銃をテラスに叩きつけ、船越たちの後を追った。

「くそっ、悪党ども！」

氏家が起き上がり、三人を追おうとした。

瀬名は氏家を呼び止め、メルセデス・ベンツに爆発物を仕掛けたことを打ち明けた。誰かがアクセルを踏んだとたん、アメリカ製の軍事爆弾に火が走る仕掛けになっていた。

氏家は驚き、何か言いかけた。しかし、何も喋《しゃべ》らずに右手を差し出した。

瀬名も黙って氏家の手を強く握り返した。

ちょうどそのとき、洋館の車寄せのあたりで地響きを伴う爆発音が轟《とどろ》いた。少し経つと、三角屋根の向こうに黒っぽい油煙が立ち昇りはじめた。

瀬名たち二人は洋館の横を抜け、前庭に出た。

ベンツは粉々《こなごな》に爆《は》ぜ、船越たち三人の千切れた手脚《てあし》や胴体が散乱していた。爆風で樹木に叩きつけられた二人のやくざも息絶えていた。

「早いとこ逃《フケ》げよう」

瀬名は氏家に言って、レンタカーに向かって走り出した。すぐに氏家も追ってきた。


翌日の夜である。

瀬名は自宅マンションで、五億円の現金を十人分に分けていた。一連の事件で犠牲になった川又たち八人に一律五千万円の香典を匿名《とくめい》で送り、残りの一億円を自分と真寿美で山分けにするつもりだった。

ダイニングテーブルの上に、十の札束の山ができた。悪くない眺《なが》めだ。

船越たち三人から取りっぱぐれた六億円は、そのうち『西日本電力』から毟《むし》ってやろう。セルゲイ・マレンコフの悪事は館にインターネットで暴《あば》かせるか。川又克次には折を見て、事実を話してやるつもりだ。

瀬名は、ほくそ笑《え》んだ。

その直後、卓上の隅でスマートフォンが振動した。発信者は真寿美だろうか。ほどなく彼女は、自分の取り分の五千万円を受け取りに現われることになっていた。

スマートフォンを耳に当てると、てっきり死んだと思っていた瓜生猛の血を吐くような声が流れてきた。

「おれは、そう簡単にはくたばらねえぞ」

「生きてやがったのか」

「必ず氏家とおまえの息の根を止めてやるからな。楽しみに待ってろ」

「どこの病院のベッドで唸《うな》ってる？　一度、見舞ってやるよ」

瀬名は肌を粟立《あわだ》たせながらも、不死身の始末屋をからかった。彼一流の強がりだった。

「おれを甘く見るなよ」

「その台詞《せりふ》をそっくり返そう」

「せいぜいほざけ！」

瓜生が荒っぽく電話を切った。

次こそ、はっきりと決着をつけてやる。

瀬名はスマートフォンを食卓に戻し、セブンスターをくわえた。

半分ほど喫《す》ったとき、部屋のインターフォンが鳴った。瀬名は喫いさしの煙草の火を消し、玄関に走った。

来訪者は真寿美だった。瀬名は真寿美を部屋に請じ入れ、椅子に坐《すわ》らせた。

「壮観ねえ」

「きみは、男よりも銭や宝石だからな」

「このひと山が、わたしの協力金ってわけね」

真寿美が札束を撫《な》で回し、目を細めた。

瀬名は女強請屋《ゆすりや》の取り分をビニールの手提《てさ》げ袋に手早く詰め、シャンパンを二つのグラスに注いだ。

二人は向かい合って、グラスを掲《かか》げた。

「とりあえず、前祝いだ」

「どういうこと？」

「残りの六億円は『西日本電力』の下高原社長から、せしめよう。近いうちに、おれが集金に行ってくる」

瀬名は言った。

「もう集金は済んでるわ」

「えっ、もう咬《か》んだのか⁉」

「手間を省《はぶ》いてやろうと思ったのよ。でも、五億にしかならなかったわ」

真寿美がハンドバッグから、預金小切手を取り出した。額面は確かに五億円だったが、女強請屋は別に一、二億円をせしめた疑いもある。

「後は現金《ゲンナマ》で貰《もら》ったのかい？」

「何を言ってるの。下高原が吐き出したのは五億円だけよ。近いうちに、あなたの口座に二億五千万円を振り込むわ」

「明日、下高原に会ってくるよ。五億のお礼を言いたいからな」

「わたしのこと、疑ってるのね。いいわ、コンビは解消しましょう」

「待ってくれ。下高原には会いに行かないことにするよ。それで、いいんだろう？」

「今後のことは乾杯してから、ゆっくり相談しましょうよ」

「そうだな」

瀬名はグラスを自分から触《ふ》れ合わせた。

真寿美が艶然《えんぜん》とほほえみ、先にグラスに唇をつけた。軽くタンギングして、流し目を送ってきた。

いつか自分は、この女の下働きをさせられることになるかもしれない。

瀬名はそんな予感を覚えながら、ぐっとシャンパンを呷《あお》った。

今夜こそ、二人の間に何かが起こってほしいものだ。瀬名はそう願いながら、グラスを空けた。

本書は二〇一三年十二月に廣済堂出版より刊行された『宿敵　暴き屋』を改題し、大幅に加筆・修正しました。

本作品はフィクションであり、実在の個人・団体などとは一切関係がありません。

文芸社文庫

二重真相　暴き屋稼業

二〇一七年八月十五日　初版第一刷発行

著　者　南英男
発行者　瓜谷綱延
発行所　株式会社　文芸社
〒一六〇－〇〇二二
東京都新宿区新宿一－一〇－一
電話　〇三－五三六九－三〇六〇（代表）
〇三－五三六九－二二九九（販売）
印刷所　図書印刷株式会社
装幀者　三村淳

ISBN978-4-286-18974-1

[文芸社文庫　既刊本]

贅沢なキスをしよう。
中谷彰宏

いいエッチをしていると、ふだんが「いい表情」に。「快感で人は生まれ変われる」その具体例をあげて、心を開くだけで、感じられるヒント満載！

全力で、1ミリ進もう。
中谷彰宏

失敗は、いくらしてもいいのです。やってはいけないことは、失望です。過去にとらわれず、未来から今を生きる――勇気が生まれるコトバが満載。

フェイスブック・ツイッター時代に使いたくなる「孫子の兵法」
村上隆英監修　安恒　理

古代中国で誕生した兵法書『孫子』は現代のビジネス現場で十分に活用できる。2500年間うけつがれてきた、情報の活かし方で、差をつけよう！

「長生き」が地球を滅ぼす
本川達雄

生物学的時間。この新しい時間で現代社会をとらえると、少子化、高齢化、エネルギー問題等が解消される――？　人類の時間観を覆す画期的生物論。

放射性物質から身を守る食品
伊藤　翠

福島第一原発事故はチェルノブイリと同じレベル7に。長崎被ばく医師の体験からも証明された「食養学」の効用。内部被ばくを防ぐ処方箋！